本书系2019年重庆市教育委员会人文社会科学规划项目
"明清小说视域下的中医文化研究"（19SKGH245）的终结性成果

明清小说中的

中医药书写研究

王莹雪 / 著

四川大学出版社

图书在版编目（CIP）数据

明清小说中的中医药书写研究 / 王莹雪著. — 成都：四川大学出版社，2023.7
　　ISBN 978-7-5690-6197-0

Ⅰ.①明… Ⅱ.①王… Ⅲ.①古典小说－小说研究－中国－明清时代②中国医药学－医学史－中国－明清时代 Ⅳ.①I207.41②R-092

中国国家版本馆CIP数据核字（2023）第126731号

书　　名：明清小说中的中医药书写研究
　　　　　Ming-Qing Xiaoshuo zhong de Zhongyiyao Shuxie Yanjiu
著　　者：王莹雪

选题策划：许　奕　王　静
责任编辑：王　静
责任校对：龚娇梅
装帧设计：墨创文化
责任印制：王　炜

出版发行：四川大学出版社有限责任公司
　　　　　地址：成都市一环路南一段24号（610065）
　　　　　电话：（028）85408311（发行部）、85400276（总编室）
　　　　　电子邮箱：scupress@vip.163.com
　　　　　网址：https://press.scu.edu.cn
印前制作：四川胜翔数码印务设计有限公司
印刷装订：成都市新都华兴印务有限公司

成品尺寸：148 mm×210 mm
印　　张：8.5
字　　数：231千字

版　　次：2023年8月 第1版
印　　次：2023年8月 第1次印刷
定　　价：49.00元

本社图书如有印装质量问题，请联系发行部调换

版权所有　◆　侵权必究

前　言

本书是我主持的重庆市教育委员会人文社会科学规划项目"明清小说视域下的中医文化研究（项目编号：19SKGH245）"的重要成果。涉足明清小说的研究始于2010年，也是我研究生毕业的第三年。在读研期间，我的主要研究方向是唐宋文学，无奈才疏学浅，在唐宋文学的王国里迷失了方向，六年的苦读与钻研并未得其法，故而成果寥寥。2007年7月，我怀揣着梦想来到三峡库区，有幸成为重庆三峡医药高等专科学校的一员。校园依山傍水，环境优美，师生活力四射，奋斗的身影在这座美丽的校园随处可见。它虽然是一所医药类的专科学校，但是科研氛围却异常浓厚，人人享有均等的发展平台。我重拾了幼时的兴趣，重读《三国演义》《水浒传》《西游记》《红楼梦》《儒林外史》《聊斋志异》《官场现形记》等中国古典小说，于2010年公开发表了《论〈水浒传〉中的金钱意象》一文。自此，我在四大名著的汪洋大海中，缅怀传奇英雄，仰慕乱世英豪，感叹儿女情长，悲悯人情世态。经过十二年的辛苦跋涉，我发表了学术论文四十篇，为明清小说研究贡献了自己的绵薄之力。

2018年，我有幸来到兰州大学古代文学研究所进修，聆听了庆振轩教授的课程。在这里，我拓展了知识视野，拓宽了研究思路，学到了文学研究方法。庆老师渊博的学识、严谨的治学态度和对学术的专注与执着，深深触动了我。那时，庆老师正在研究苏轼与中医的课题，上课时不时提起相关研究情况。《黄帝内

1

经》《本草纲目》《苏东坡养生集》中的名言佳句，庆老师信手拈来、脱口而出，令我钦佩和羡慕不已。受到庆老师的启发，进修结束返校后，我开始关注明清小说中的中医药知识书写。我于2019年申请了重庆市教育委员会人文社会科学规划项目，并被批准立项，正式展开了相关研究。

本书以中国古典小说四大名著及《金瓶梅词话》《醒世姻缘传》《儒林外史》《聊斋志异》《镜花缘》《官场现形记》《老残游记》等明清小说代表作为研究主体，梳理了小说中的医者形象类型，总结了小说中关于疾病的描写与中医方剂的书写情况，探讨了小说中的中医养生内容，探析了各小说细节描写中古代医患关系的特征、内涵及成因。具体而言，本书的研究分为了六章：明清小说中的医者形象，明清小说与中医疾病书写，明清小说与中药书写，明清小说中的中医方剂，明清小说中的中医养生，明清小说中体现的医患关系。

我国中医学史上的知名中医，皆是医德高尚、艺术精湛的，如扁鹊、华佗、张仲景等，均被万世景仰。但社会是复杂多变的，在悬壶济世良医的对立面出现了一些私心较重的医者形象，严重损害了医生的职业形象。明清小说继承了唐传奇、宋元话本、元杂剧对医者形象的刻画，塑造了许多栩栩如生的医者形象，能看出文艺思潮、中国传统文化等在医者身上打下的烙印。病因研究、中药学、方剂学、中医治法等在中医药学著作及临床实践中，一直以来不断丰富、发展和完善，形成了一个巨大的精神宝库，为明清小说中医药书写的研究提供了现实的参考。医患关系尤其是医者与患者家属的沟通模式，同中国传统文化中民俗礼仪及人文关怀是密切相连的，这在明清小说中有着显著的体现。与此同时，明清小说中的中医药书写从侧面发挥着文学叙事的功能，起着刻画人物、推动情节发展、揭示主题、反映社会现实等作用。

前　言

　　明清小说中丰富多彩的中医药知识与中医文化，是一座丰富的矿藏，需要我辈不断地深入挖掘其精髓，剔除其糟粕，搭建中医药文化与古典小说的研究桥梁。笔者知识浅薄，需要更多的学者加入这一研究领域，开垦这片中医科学与文学经典研究的土地。

王莹雪
2023 年 3 月于重庆

目 录

第一章 明清小说中的医者形象 …………………… （1）
　第一节　明代以前小说中的医者形象 ………………（2）
　第二节　明代小说中的医者形象 ……………………（13）
　第三节　清代小说中的医者形象 ……………………（41）

第二章 明清小说与中医疾病书写 ……………………（58）
　第一节　明代小说中的中医疾病描写 ………………（58）
　第二节　清代小说中的疾病类型 ……………………（78）
　第三节　明清小说疾病描写的文学价值 ……………（99）
　第四节　明清小说疾病描写的文化底蕴 ……………（119）

第三章 明清小说与中药书写 …………………………（131）
　第一节　明清小说中的中药类型 ……………………（131）
　第二节　明清小说文学功能与中药文化 ……………（169）
　第三节　明清小说中关于用药心理的描写 …………（176）

第四章 明清小说中的中医方剂 ………………………（181）
　第一节　中医方剂的起源与发展 ……………………（182）
　第二节　《西游记》中提及的中医方剂 ……………（185）
　第三节　《金瓶梅词话》中提及的中医方剂 ………（191）
　第四节　《红楼梦》中提及的中医方剂 ……………（197）
　第五节　《镜花缘》中提及的中医方剂 ……………（203）

第六节 《老残游记》与加味甘桔汤·················(211)

第五章 明清小说中的中医养生·····················(213)
  第一节 明清小说与情志·························(213)
  第二节 明清小说与饮食·························(224)

第六章 明清小说中体现的医患关系·················(246)
  第一节 中国古代医患关系·······················(246)
  第二节 明清小说中反映的医患关系···············(249)

参考文献···(255)
后　记···(259)

第一章　明清小说中的医者形象

"医",《说文解字》释之曰:"治病工也。"[①] 意即"医",是治病的工匠。换言之,"医"是具有医疗技能的专业技术人员,与现代汉语中"医"的含义基本吻合。因此,我们所说的"治病工也"之"工"通常指的是为患者治病的医者。凡是有人类存在的地方,就有疾病。疾病与健康伴随着人类文明的整个发展历程,而"医者"自然是人类历史长河中不可或缺的。我国历史悠久,中医药文明更是源远流长,中医文化博大精深,医者自古便有。

在我国漫长的历史长河中,治病救人医术精湛者,研究医学科学卓有成效者,大抵都具有深厚的文化素养。相当部分医者或出身于医学世家,自幼耳濡目染;或有名师点拨,名师出高徒。他们之中有些医药学家,或世代官宦,身份尊贵;或医术精湛,行走民间;或医德高尚,毫厘不取;或医术平平、疗效不佳、耽误治疗。形形色色的医者在历史中或许早已被淹没,但其形象却鲜明、生动地体现在了文学作品之中,以写人叙事擅长的明清小说,医者形象更是灿若星海。明清小说作品中的医者,大多继承了中国传统医药学家的先进医学成果,采用中医传统治疗方法,为患者治病疗疾。其中亦不乏少数的庸医,他们医学知识浅薄,医术拙劣,医德败坏。良医与庸医并存,成为明清小说医者形象

[①]《说文解字》,汤可敬译注,中华书局,2018年,第3228页。

描写的主要特色。明清小说中医者形象的塑造借鉴了魏晋至明代以前小说撰写的经验，并有重大突破。若研究明清小说的医者形象，很有必要梳理明清以前小说作品中医者形象的内涵及其在文学叙事功能等方面的作用。

第一节 明代以前小说中的医者形象

一、魏晋小说中的医者形象

小说能反映社会百态，也能起到教化人们的作用，这是中国古典小说的历史使命。魏晋时期是我国小说的萌芽期，这一时期出现了反映现实人生的短篇小说，主要包括志怪小说与志人小说。为了躲避统治者文字狱的迫害，文人大多以鬼神含蓄地表达其创作意图，志怪小说便应运而生，如《搜神记》《幽明录》。其中不乏涉医题材的小说，如《搜神记》中记载医者段符章的事迹，但仅仅是简单记载他传授膏药，粗略叙述其用膏药治病的方法，寥寥数字，未能展现医者的神态与心理。可以说，医者的形象较为模糊。《搜神记·华佗治疮》一文关于神医华佗形象的塑造亦较为简略，仅写到华佗治病能够做到对症下药和恰到好处。文中仅用一句话叙述了华佗治病的过程："是易治之。当得稻糠黄色犬一头，好马二匹。"① 这段话是华佗治病之法，但仍然无法勾勒出性格鲜明、医德高尚的医者形象。《搜神记》中刻画了巫医的形象，描写了巫术治疗疾病的情形：

> 余外妇姊夫蒋士，有佣客得疾下血。医以中蛊，乃密以

---

① 《搜神记》，马银琴译注，中华书局，2012年，第74页。

蘘荷根布席下，不使知。乃狂言曰："食我蛊者，乃张小小也。"乃呼："小小亡去。"今世攻蛊，多用蘘荷根，往往验。蘘荷，或谓嘉草。①

　　蘘荷之名始于《名医别录》，陶弘景称之为"白蘘荷"。《名医别录》关于白蘘荷的记载为："微温。主治中蛊及疟。"② 在上则医案故事中，患者的病因是"中蛊"，并未说明患者的具体病症。笔者认为病症属于蘘荷所治之症，但医者既未给患者内服，也未外敷，而是将蘘荷之根用布包起来，悄悄地将之藏于患者的枕席之下。故事结尾交代了这个方法的治疗效果颇佳，虽然是巫术治疗法，但既能有精神安慰，又能有药物作用。这则故事中的医者，显然是巫医。

　　《幽明录》中记载："时岸傍有文欣者，母病，医云：'须得骷髅屑，服之即差。'欣重赏募索。有邻妇杨氏见无患尸，因断头与欣。"③ 在这个病例故事中，医者只是整个事件的引线，开药方之后的一系列情节，皆与其无关。医者形象极其含糊不清，性别、相貌、年龄、语气、神态均无从知晓。

　　从以上分析可知，这一时期小说作品中的医者形象富有神秘色彩，尚未完全摆脱神话色彩，具有常人所未有的超能力。神化医者形象与人们对巫术和超自然力的崇拜有着密切关系。此外，这一时期的涉医小说篇幅较短小，针对医者的形象描写十分粗陈梗概。

---

① 《搜神记》，马银琴译注，中华书局，2012年，第291页。
② 陶弘景撰：《名医别录》，尚志钧辑校，中国中医药出版社，2013年，第164页。
③ 刘义庆撰：《幽明录》，郑晚晴辑注，文化艺术出版社，1988年，第177页。

3

二、唐传奇中的医者形象

小说发展到了唐代，题材、语言、篇幅、情节、艺术成就都有了极大突破，值得注意的是，这一时期的小说由魏晋小说的志异转为虚构，颇具现代小说的特征。唐人小说，又称唐传奇，是我国文言小说成熟的标志。唐传奇更加关注现实社会，反映人生百态，医者亦在其视野之中。医疗题材作品日渐增多，小说中的医者群体十分庞大，医者形象的内涵更加丰富。不仅有名噪一时的大家，也出现了更多的平民医家，他们往往是某一医学领域的专家，或擅长眼科，或擅长针灸。从整体上来说医者形象都是正面形象，文中极力赞扬他们医术高超，药到病除、妙手回春，能彰显历代神医风采与良医风范。

如《独异志》中记载了医生用针刺为唐高宗治病的情形。

> 唐高宗尝苦头风而目闭心乱，乃召医工。工曰："当于眉间刺血，即差。"天后怒曰："天子头是汝出血处！"命扑之。帝曰："若因血获差，幸也。"遂针之，血出，溅龖衣，眼遂明而悉复平。天后自抱缯帛以赠医工。①

从上述故事可以看出，这个医工是位太医，擅长针灸，用针刺眉间放血，治好了头风病。所幸的是，此太医比《三国演义》中的华佗运气好得多，他遇到了圣明的皇帝唐高宗，甘愿相信其医术。倘若遇见曹操这样的患者，恐怕轻则被逐，重则被杀，小说《三国演义》中的华佗便是典型代表。太医用针灸的方法令唐高宗眼睛康复，可见其高超的针灸医术。

唐人小说中的医工大多姓名不详，但也描写了一些名医。例

---

① 李冗：《独异志》，中华书局，1985年，第13页，标点为笔者所加。

如《独异志》中记载了华佗为魏国女子医治脓疮之事：

> 魏国有女子极美丽，踰时不嫁。以右膝上常患一疮肿，脓水不绝。遇华佗过，其父问之。佗曰："使人乘马，牵一栗色狗走三十里，归而截犬右足挂之。"俄顷一赤蛇从疮而出，入犬足中，其疾遂愈。①

以上这则医案，生动形象、全面细致地叙述了华佗治病的整个过程，语言、行为举止刻画得栩栩如生。华佗以犬足祛除患处的毒蛇，治疗方法可谓独特。华佗由《搜神记》中具有神话色彩的神医变为精通医理的医学专家，其形象更加真实，较贴近社会生活。这则医案小故事为《三国演义》中塑造的华佗形象提供了素材。

此外，《唐国史补 因话录》中记载一位擅长外科手术的医者谭生，他能用娴熟的手法将眼中的赘肉割除。谭生为崔相国治眼疾时的语言、动作等细节描写极为细致、生动、形象，详情如下：

> 谭生请公饮酒数杯，端坐无思。俄而谭生以手微扪所患曰："殊小事耳。"初觉似拔之，虽痛亦忍。又闻动剪刀声。白公曰："此地稍暗，请移往中庭。"象与小竖扶公而至于庭。坐既定，闻栉㶌有声。先是，谭生请好绵数两染绛。至是，以绛绵拭病处，兼傅以药，遂不甚痛。②

---

① 李冗：《独异志》，中华书局，1985年，第43页，标点为笔者所加。
② 李肇等：《唐国史补 因话录》，古典文学出版社，1957年，第120～121页。

唐朝张鹭的《朝野佥载辑校》中不乏有关名医的记载，其书载张文仲治应病：

> 洛州有士人患应病，语即喉中应之。以问善医张文仲，经夜思之，乃得一法。即取《本草》，令读之，皆应；至其所畏者，即不言。仲乃录取药，合和为丸，服之，应时而愈。①

应病，是一种罕见的病证，即便是善医张文仲，也需苦思冥想一整夜才得一方。喉性与人的情绪相通，人怕即喉怕，人怕不感应，喉亦不感应。此方看似玄妙，却深得医理，充分说明了人的情志与身体是密切相关的。

综上所述，与之前的小说描写相比，唐人小说中的医者形象较为丰富，治疗过程较为详尽，对医方和医理阐释较为具体。但是，著名医学家一般出现在其医学著作中，很少出现在唐人小说中。因此，唐人小说中的医者形象大多是虚构的，大多数医者属于无姓、无名的小人物。同时，唐人小说中的医者形象性格仍然不够鲜明，仅仅突出了医者医术之高超。但唐人小说毕竟为后世塑造医者文学形象提供了素材和创作手法，极大提高了涉医小说的创作水平。

三、宋代笔记小说中的医者形象

两宋时期，涉及医者叙事的文学作品逐渐增多，医者形象更加丰富。宋代小说受唐传奇的影响，多为仿作，艺术成就不高。但宋代小说的桥梁作用是不可忽视的，它使得中国古典小说创作

---

① 张鹭撰：《朝野佥载辑校》，郝润华、莫琼辑校，山东人民出版社，2018年，第4~5页。

未曾中断,继续向前发展,直到明清小说创作达到高峰。因此,宋代成为中国古代小说史上不可或缺的一个时期。宋人小说中出现了不少关于医者的记载,这在很大程度上受到了统治者对医学重视程度的影响。

宋代医学的发展不仅表现为医生群体的壮大,还表现为医学的分科已相当细致。笔者从洪迈《夷坚志》中的描写来看,中医包括内科、外科、产科、骨科等,形成了专业的产科医、乳医、疡医、眼医等,如婺源疡医、外科医者范接骨、乳医屈老娘等,又如眼医徐远。[①] 宋代的医生主要通过"把脉"诊断病情,治疗方法多种多样,有内服汤药、外敷、针灸等。小说描写涟水军医刘师道为患者看病的流程为,先把脉,后用汤剂,再施以针灸。[②] 针灸是当时一种重要的治疗方法,一些医生擅长针灸之术,如饶州民杨道珍尤擅针灸。[③] 医者上官彦成曾在京师试针灸,学得翰林医学。[④] 小说还特别描写了当时的名医庞安常,据《夷坚志》记载,一妇人将产,七日子不下,服汤药无用。名医庞安常使这对母子平安无事。庞安常曰:儿已出胞,而一手误执母肠胃,不复能脱,故虽投药而无益。适吾隔腹扪儿手所在,针其虎口,儿既痛,即缩手,所以遽生,无他术也。[⑤] 仅施一针便可救人性命,可见当时的针灸技术已达到相当高的水平。周密《齐东野语》极力称赞针砭之功效:"古者针砭之妙,真有起死之功。盖脉络之会,汤液所不及者,中其俞穴,其效如神。"[⑥] 而赵三翁治疗冷疾的方法极其奇妙:

[①] 洪迈撰:《夷坚志》,何卓点校,中华书局,1981年,第83页。
[②] 参见洪迈撰:《夷坚志》,何卓点校,中华书局,1981年。
[③] 参见洪迈撰:《夷坚志》,何卓点校,中华书局,1981年。
[④] 参见洪迈撰:《夷坚志》,何卓点校,中华书局,1981年。
[⑤] 洪迈撰:《夷坚志》,何卓点校,中华书局,1981年,第83页。
[⑥] 周密撰:《齐东野语》,黄益元校点,上海古籍出版社,2012年,第142~143页。

> 赵三翁者……于技术无所不通。能役使鬼神，知未来事。为人嘘呵按摩，疾痛立愈。保义郎顿公孺苦冷疾二年，至于骨立。一日正灼艾，而翁来，乃询其病源。顿以实告，翁悉令撤去。时方盛暑，俾就屋开三天窗，放日光下射，使顿仰卧，揉艾遍铺腹上，约十数斤，乘日光灸之。移时，热透脐腹，不可忍；俄腹中如雷鸣，下泄，口鼻间皆浓艾气，乃止。明日复为之。如是一月，疾良已。仍令满百二十日。自是，宿疴如洗，壮健如少年时。①

这则故事中的赵三翁医术甚奇，中医施行艾灸，一般是以火灼艾。赵三翁则是利用太阳光聚焦作为热源来施行艾灸，治疗方法十分独特，而且治疗效果极佳。治疗过程描写细致，医疗周期一月，比较切合中医治病求本的特点。最后有赵三翁讲解治疗原理，具有较强的科学性。此则案例中的赵三翁具有该时代医者的特点，脱离了神秘色彩。

《夷坚志》出现了以"医"作为关键字的作品，如《观音医臂》。同时《夷坚志》有以"医者"为题目的作品，如《谢与权医》《王李二医》《张敦梦医》，仿佛有为医者立传的意味。医者形象在洪迈笔下十分生动、形象，他不仅赋予了医者姓名，而且还将医者的语言、行为描写得十分详尽。医者形象，与前代作品一般，以正面形象为主，多数为良医，医术高超，如谢与权、赵三翁等。这些对医者形象的描写为后世小说医者形象的塑造，提供了宝贵的创作经验。

这一时期的医者形象也更接近现实人生，但并未完全脱离神化色彩。医者在现在看来仿佛富有超能力一般，如宋初《太平广

---

① 洪迈撰：《夷坚志》，何卓点校，中华书局，1981年，第1027页。

记》中记载了具有神仙身份的医者——徐福的故事,其中有其治病救人的细节描写:

> 又唐开元中,有士人患半身枯黑,御医张尚容等不能知。其人聚族言曰:"形体如是,宁可久耶?闻大海中有神仙,正当求仙方,可愈此疾。"……徐君曰:"汝之疾,遇我即生。"初以美饭哺之,器物皆奇小,某嫌其薄。君云:"能尽此,为再飨也,但恐不尽尔。"某连啖之,如数瓯物致饱,而饮亦以一小器盛酒,饮之致醉。翌日,以黑药数丸令食,食讫,痢黑汁数升,其疾乃愈。①

在这则故事中,徐福的身份不仅仅是一名医者,更是一个道家的神仙。高超的医术和其所炼制的神奇药物都是为了渲染徐福的神仙身份,整个故事虽然以治病救人为主要内容,但仿佛是为了渲染其神力,而不是医术。徐福被描写成了具有神仙色彩的医者形象,是因为神仙与宗教关系密切,神仙者非僧即道。医者形象神仙化在后世小说中亦时常出现,如《三国演义》中的南华老仙、《红楼梦》中的跛足道人。

在唐宋时期的文学作品中,医者形象被渐渐弱化,大多成了渲染宗教力量的陪衬,没能完全独立出来形成一个完整的医者群体。他们往往依附宗教而存在,形象刻画较多雷同,缺乏独特性和生动性。

四、元杂剧中的医者形象

到了元代,文学作品中的医者形象更加生动、有趣,这一现象在元杂剧中得到了显著的体现。作为元代代表性的文学体裁之

---

① 李昉等编:《太平广记》,中华书局,2020年,第24页。

一，元杂剧的篇幅较长，出场人物数量较多，这就使得剧作家在塑造人物形象时有了更广阔的空间。因此，元杂剧在人物形象塑造方面较前代有了很大的进步，而医者形象的塑造艺术亦随之有了较高的提升。现存元杂剧中的医者形象，较之前代，在数量上亦有所增长。这是由于元代战乱频发和瘟疫横行，百姓看病求医成为家常便饭。因此，医者开始受到更多关注，也有人将其融入文学作品创作之中。元杂剧中的医者形象，无论是在人物塑造方面，还是在形象数量上，都有了极大的进步和提高。

医者形象的塑造多触及道德层面，这是元杂剧人物塑造的显著特点。文人墨客采用讽刺的艺术手法塑造了大量性格鲜明、形象丰富的医者形象。其中，庸医是他们极力刻画的对象，目的在于控诉那个黑暗如漆的时代。

元杂剧描写了大量的庸医形象，如赛卢医之流。关汉卿在《窦娥冤》中为读者塑造了赛卢医的形象，运用了反讽和戏剧化的手法，嘲笑并讥讽了一个内心黑暗和视财如命的医者形象。"卢医"本是名医扁鹊的代称，而用"赛卢医"这一褒义词为剧中的庸医命名，恰如其分地反衬了其拙劣的医术和狠毒的心肠，如同其在开场诗中所说：行医有斟酌，下药依本草；死的医不活，活的医死了。①

赛卢医声称自己曾读过《神农本草经》，也会据之用药。但其医术十分平庸，治疗效果极差，可见其医术之低劣。赛卢医不仅医术平平，而且品德败坏。同时，赛卢医在《窦娥冤》中充当了一个重要的角色，不再是文学作品中的闲笔，而是一个关键的叙事人物，全篇故事因他而起，可以说他是整个故事的导火索。

又如宋了人、胡突虫。元杂剧《降桑葚》中塑造了太医宋了

---

① 顾学颉选注：《元人杂剧选》，人民文学出版社，2016年，第8页。

人、胡突虫这两个庸医形象。①"宋了人"是太医,"宋了人"即"送了人";而"胡突虫"中的"胡"是"糊"的谐音,"突"是"涂"的谐音,故"胡突虫"是"糊涂虫"。"糊涂虫"是医生医术平庸的代名词。"宋了人""胡涂虫"采用了谐音双关的方法,对人物的形象和性格起到了一锤定音的作用。一锤定音的手法奠定了其庸医形象的性格基调,讽刺了他们所谓的高超医术。此作品以宋了人之口道出了其庸医本质:首先,作为太医,十分了不起,派头十足,自称是医学世家;其次,自以为懂得医方与切脉,貌似才华出众;再次,深有自知之明,医术平庸,胡乱下药,导致病人病情加重,经他治疗的病人,死者多,生者少;最后,宋了人到了病人家中,大吃大喝,饮酒享乐,毫不考虑病人及其家属的心情。

显然,无论是其医术,还是医德,宋了人均不合格。孙思邈《大医精诚》一文中,劝诫医生对待病人如同自己的亲人,视患者之疾为己之疾,要与病人及其家属产生共鸣。孙思邈还提倡医者治病之时,行为举止要得体,要神情庄重,到了病人家中,不得因享受美食而忘记患者之痛苦。② 而宋了人之行为,显然有损医者形象,违背其职业道德。他的医术不仅不能救治病人,反而断送了病人的生命,真是一名庸医。

与宋了人联袂出场的是另一位庸医胡突虫,文中亦是采用一锤定音的写法,不过是未出场便定音。作者运用两种创作方法塑造胡突虫这一庸医形象:一方面,通过宋了人之口,说明胡突虫的医术与人品,他与宋了人如出一辙;另一方面,通过当事人胡突虫本人之口,不打自招地暴露了自己庸医的本质。

胡突虫的自我评价形象地诠释了宋了人对他的看法。与宋了

---

① 参见顾学颉:《金元杂剧二编》,上海古籍出版社,2011年。
② 参见孙思邈撰:《千金方》,刘清国等校注,中国中医药出版社,1998年。

人一样，胡突虫虽不懂切脉之术，但借看病之机骗吃骗喝，毫无廉耻可言。宋了人只是说自己喜欢饮酒、听音乐，而胡突虫更甚，在病人家中享用美酒菜肴，喝得酩酊大醉，医者风范尽失。文中用冷色调笔墨描写了二人的庸俗嘴脸。

宋了人、胡突虫二人未看病，便已暴露了他们庸医的身份，一旦诊治病人，更凸显了其庸医本色。宋了人敲打病人，以是否有痛感来判断病人是否意识清醒、是否有性命之忧，真是滑稽至极。这与《金瓶梅词话》中对赵龙岗治病过程的描写极为相似，可见兰陵笑笑生采用了元杂剧关于宋了人形象的刻画艺术。

不用切脉，根据病人身体冷暖判断是热病，还是冷病；分左右两半身进行医治，可笑至极。更令人啼笑皆非的是胡突虫竟然让蔡员外割掉眼珠作为药引为病人治病，既杀生又害生，离生的要义更远了。宋、胡二庸医之间的插科打诨，演尽了反面人物的丑恶嘴脸，令人生厌。视病人生命如草芥，可知这胡、宋二人不仅是庸医而且还是恶医。

庸医诚然可恨，他们易使人们丧失对医者的信任；良医却是病人的恩人，也是元杂剧创作者极力讴歌的对象。庸医会败坏医生的名誉，良医能担负人们的神圣使命，如元杂剧《赵世孤儿》中的程婴，便是一位为人们所赞扬的良医形象。

在剧中，程婴是一个忠诚、仁厚的良医形象，是剧中正义思想的人物形象。正是程婴不顾家人安危、挺身而出，用自己孩子的生命拯救了赵武的生命，使得贯穿整个故事的仁义思想得以充分展现。可以说，医者程婴是《赵世孤儿》的中心人物，对全剧的情节发展起到了重要的推动作用。纵观全剧，程婴这一医者形象已经脱离了医者身份的限制，不再只是以看病作为出场线索，而是参与到整个故事的情节发展之中，对故事发展起到了重要的推动作用，承担着宣扬仁义道德的重任。

在元杂剧中，众多的医者形象被刻画得活灵活现、栩栩如生、惟妙惟肖。创作者不仅仅对医者形象的言行和内心进行刻画，更是为其赋予了独特的个性。总之，元杂剧塑造的医者形象既生动又情节丰富，大大超越了前代对于医者形象描写单一、情节单调的窠臼，是一次较大的进步。这些元杂剧采用的讽刺手法被明清小说继承，尤其为《醒世姻缘传》等明清小说中的庸医形象塑造提供了艺术借鉴，对医者形象的刻画产生了深刻的影响。

总体而言，从志怪小说到元杂剧，中国古代文学作品中的医者形象经历了从简单到复杂，从单一到丰满的发展历程。医者形象逐渐地从巫术与宗教的束缚中脱离出来，形成了独立的个性和具体的内涵。元杂剧在人物形象塑造方面的进步，深刻地影响着明清小说中对医者形象的塑造，如医者与巫术和宗教之间的联系及对庸医的讽刺手法等。

第二节　明代小说中的医者形象

明代小说在经历志怪小说、唐传奇、宋元话本的发展历程之后，在中国古典小说创作中逐渐成熟。这一时期的小说无论是题材、语言、篇幅，还是反映社会的深度，均超越前代。明清小说作品数量巨大，题材多样，艺术水平发展不一，代表了明代小说最高艺术成就的是《三国演义》《水浒传》《西游记》《金瓶梅》。[①] 笔者为探讨明代小说中的医者形象，以此为切入点，纵观有明一代小说中的医者形象及其内涵、时代特色及其文学价值。

[①] 浦安迪：《明代小说四大奇书》，沈亨寿译，生活·读书·新知三联书店，2015年，第1~2页。

一、《三国演义》中的医者形象

"演义"一词出自晋代潘岳《西征赋》："灵拥川以止斗，晋演义以献说。"① 其意是援引古事、敷陈其事而加以引申的意思。大约自元末明初，"演义"成为小说体裁的名称。由于它以讲史为主要内容，偏重叙述，行文浅显易懂，通常称其为历史演义小说。明代的历史演义小说创作成就最高的作品是产生于元末明初的《三国演义》，一般认为作者是罗贯中。继《三国演义》之后，出现了很多新的历史演义小说，如《隋唐演义》《杨家府演义》等。但叙事粗糙，艺术成就难以与《三国演义》比肩。作为百余回的历史演义小说，《三国演义》在叙事、刻画人物等方面具有独特的优势，塑造了形形色色的人物形象，如英勇善战的武将、运筹帷幄的谋士、总揽天下的集团统帅、笑傲林间的隐士、神秘不可测的术士，还有医术高明的医者形象，等等。

《三国演义》描写的是乱世之中的英雄人物，呈现的是各个军事集团之间的政治斗争，描写的是帝王将相的奋斗史。因此，医者在《三国演义》主叙事描写中为次要人物。但在充满硝烟的英雄世界中，难免会有伤亡；在连年征战、饿殍遍野的时代，下层百姓注定是食不果腹、疾病丛生。因此，《三国演义》中不乏医者形象。医者形象也是《三国演义》中不可或缺的人物形象，但限于体裁及篇幅等，又是不能塑造得过于丰满的艺术形象。在有限的笔墨中，创作者要能够使读者充分地了解《三国演义》中的医者风采。在战乱频仍的东汉末年，英雄是治疗乱世之伤的良药，而医者是治疗英雄之"伤"的良药。《三国演义》中对医者形象的塑造是与时代、战争、英雄分不开的。

---

① 潘岳：《潘黄门集校注》，王增文校注，中州古籍出版社，2002年，第3页。

第一章　明清小说中的医者形象

（一）《三国演义》中医者形象的类型

1. 虚实相生的医者形象

虚构，是小说构成的重要因素之一，亦是重要的创作手段。作为历史演义小说，《三国演义》中的人物形象，既有真实的历史人物，诸如曹操、刘备、孙权之流，又有虚构的人物，比如貂蝉、南华老仙等。小说中的医者亦是如此，既有有据可考的医者形象，又有无以求证的虚构的医者形象。

《三国演义》中有名有姓的医者并不多，华佗便是其中之一。华佗的事迹散见于史书与文学著作之中，华佗的医学成就是史学家、文学家大写、特写之处。显然，在《三国演义》中塑造的神医华佗乃是我国东汉末年杰出的中医学家。华佗精通中医全科，擅长中医外科手术与方药，发明了麻沸散，将其应用于外科手术。华佗的生平事迹详见于东晋陈寿的《三国志·魏书方技传·华佗》一书中，该书记载："华佗字元化，沛国谯人也，一名旉。游学徐土，兼通数经。"[①] 可见，华佗是一名儒医。陈寿记述了华佗与曹操之间的事迹，曹操主动召见华佗为己治病，企图独占优秀的医疗资源令华佗长期侍奉自己。华佗归家后不返，曹操便怒而杀之。

华佗在《三国演义》中被提到过四次，出现过三次。其中，华佗与曹操之间的故事情节较为精彩。而对此情节的描写自然不是无源之水，这显然是取材于《三国志·魏书方技传·华佗》中的记载。《三国演义》又进行了再创作，曹操与华佗的第一次相见，便是最后一次交往，与《三国志》记载的之前华佗多次为曹操治病的表述存在较大出入。但无论其细节如何不同，史书与小说共同记载了曹操召华佗医治头风之事，从而印证了东汉末年历

---

① 陈寿撰：《三国志》，裴松之注，中华书局，2006年，第476页。

史上确有华佗此人。

《三国演义》从侧面描写了华佗的高徒,他们是东汉末年著名的医者吴普和樊阿。根据《三国志·魏书方技传·华佗》记载,华佗确有两位徒弟:"广陵吴普、彭城樊阿皆从佗学。"① 吴、樊二人均得到了华佗的真传,医术亦颇为高超。《三国演义》第二十九回"小霸王怒斩于吉　碧眼儿坐领江东"中写到孙策被刺杀成重伤,请华佗治伤,适逢华佗出游,请得其徒。小说并没有提及"其徒"的姓名,但可以推测出是吴普、樊阿二人之一。

《三国演义》中有两位身份特殊的医者形象——张角和于吉。

张角是东汉末年农民起义军黄巾军的领袖,自然是历史真实人物。张角采用符水为百姓治病,疗效甚佳。小说《三国演义》中的张角,基本符合历史人物的事迹。张角在《三国演义》第一回"宴桃园豪杰三结义　斩黄巾英雄首立功"出场,得到了南华老仙的真传,散施符水,救助病人。在小说中,张角是一位农民起义军领袖,他企图借医人而得天下,并不是真正的医者。小说重在渲染张角的政治角色,对其医者身份描写较为简略。

于吉则是东汉末年黄老道的代表人物,专心研究道教教义,代表作为《太平经》。在《三国演义》第二十九回"小霸王怒斩于吉　碧眼儿坐领江东"中。他自称"代天宣化,普救万人"②。于吉此人在史书中多有记载,《三国志·孙策传》注引《江表传》:"时有道士琅邪于吉,先寓居东方,往来吴会,立精舍,烧香读道书,制作符水以治病,吴会人多事之。"③ 无独有偶,《后

---

① 陈寿撰:《三国志》,裴松之注,中华书局,2006年,第479页。
② 罗贯中:《三国演义》,毛纶、毛宗岗点评,中华书局,2009年,第170页。
③ 陈寿撰:《三国志》,裴松之注,中华书局,2006年,第658页。

汉书·襄楷传》亦记载，汉顺帝时，宫崇向朝廷奉献神书《太平青领书》。小说中描写的有关于吉在江东治病及被孙策所杀的情节，同《三国志·孙策传》中有关于吉的记载基本吻合。《三国演义》中于吉的医者身份较为显著。

《三国演义》中不乏虚构的医者形象，所谓虚构是指历史上无有此人。作为历史演义小说的《三国演义》，虽然是根据历史创作而成，但是其人物形象并非都有历史根据。其中关于医者形象的描写较为粗略，不知名者颇多，有名有姓的医者形象较少。微乎其微、不足道的医者形象，其中尚有虚构之处，如小说大写特写的董承、马腾、刘备等人联合诛杀曹操事件中铤而走险鸩杀曹操的太医吉平，就是无据可考的文学形象。据《三国志·魏书·武帝纪》中有关董承等人欲谋杀曹操的记载较为简略，仅仅以"五年春正月，董承等谋泄，皆伏诛"①，一语带过，一字未提吉平。与此次事件相隔十八年后，又发生了一次诛杀曹操的事件。《三国志·魏书·武帝纪》记载："二十三年春正月，汉太医令吉本与少府耿纪、司直韦晃等反，攻许，烧丞相长史王必营，必与颍川典农中郎将严匡讨斩之。"② 由上文可知，小说《三国演义》中吉平极有可能是以"太医令吉本"为原型。吉平形象的塑造虽不是毫无根据，但完全是为了达到宣扬汉室正统论和忠君思想的写作意图而设置的文学形象。

2. 医官形象

医官即太医、御医，是专门为上层统治阶级服务的医者。他们的身份不仅是医者，而且是官员，能够为达官贵族甚至是皇帝诊治疾病。他们共同组成了这个朝代最高的医疗机构，并受到统一的管理。在《三国演义》第二十三回"祢正平裸衣骂贼　吉太

---

① 陈寿撰：《三国志》，裴松之注，中华书局，2006年，第11页。
② 陈寿撰：《三国志》，裴松之注，中华书局，2006年，第30页。

医下毒遭刑"中的太医吉平，他曾为董承治疗因感愤、忧虑而患的疾病，也常常为曹操治疗"头风"。

3. 普通类医者形象

明代小说中的医者数量众多，其中大多数的医者在职业类型上都可以划为普通医者之列，也是最常见的类型。他们往往挂牌行医，受到了社会大众的普遍信任。上至达官贵人，下至穷苦百姓都是其救治的对象。他们有固定的行医地点，也可以上门为患者诊治。《三国演义》中的华佗就属于这一类型。华佗的神医身份受到普遍认可，医术得到人们的高度赞扬，如周泰、关羽等均称其为"神医"。

4. 道医形象

明代小说中有许多关于道士、道姑救治病人的情节描写。道教是我国土生土长的宗教，植根于本土文化。治病救人，亦是道教的主要教义之一。《三国演义》中描写的道教人物全部是男性，其医术神秘莫测，大多具有法术，富有神话色彩，比如南华老仙等人，可以说是传统意义上的"道医"。

张角、于吉是《三国演义》道教方术的代表人物，他们的医术能反映东汉末年的宗教及医学文化。张角在《三国演义》第一回"宴桃园豪杰三结义　斩黄巾英雄首立功"中出场时原本是个落第秀才，并非道士。后来张角改行学医，进山采药遇到南华老仙，被授以《太平要术》。张角得到此书后，日夜练习，掌握了高超的医术与法术，成为道教的主要创立者之一。东汉末年，民不聊生，人民生活苦不堪言。中平元年（184）正月，疫气流行，张角散施符水，为人治病，深得人心。于吉在《三国演义》第二十九回"小霸王怒斩于吉　碧眼儿坐领江东"中出现，声称自己是琅邪宫道士，汉顺帝时曾进入大山采药，无意间得到了一百多卷的神书《太平青领道》，书中记载了治疗疾病的方术。

由上文可知，张角亦是植根于民间，为人民大众祛除疾病。

张角利用治病救人控制民心，聚众造反，声势浩大。可见，张角深受当时百姓的爱戴。于吉不仅在民间颇有威望，而且赢得了政府官员的信任。于吉既能悬壶济世，又能治病救人，医德高尚"未曾取人毫厘之物"①，被毛氏父子评曰："于吉反是仙中之医。"② 江东的官员、百姓无不顶礼膜拜，全都感恩戴德。当时百姓对张角、于吉的信任，皆有力地表现了饱受战乱之苦的人民对济世良医的信任。

（二）《三国演义》中医者形象的文化内涵

1. 大医医国，忠君报国

所谓"大医医国"，说的是深受封建礼教洗礼的医者，面对皇室衰微、奸臣当道的政治环境，毫无畏惧，不惜抛洒忠义之血，效忠皇室，力扶社稷。生逢乱世的医者往往会被卷入政治斗争的漩涡，《三国演义》中的吉平便是一个典型代表。吉平的思想中有着深厚的忠君思想，他痛恨曹操残害忠良、把持朝政、欺君罔上等不臣行为，当得知董承、马腾等人联合密谋诛杀曹操时，吉平积极加入，主动请缨，欲乘为曹操看病之时毒杀他，可谓忠勇可嘉。

2. 一心救助，悬壶济世

医者中的良医秉承"悬壶济世，救助苍生"的行医理念，不问患者的善恶、贵贱、贫富、妍媸，更不问政治。这种行医观念在《三国演义》中表现得颇为显著，医者穿梭于各个军事集团之中，为患者疗疾，主要有以下两位代表性医者。

第一位是不求回报的于吉。道人于吉行医于民间，治病救人且不收人钱财，正如于吉所言："贫道得之，惟务代天宣化，普

---

① 罗贯中：《三国演义》，毛纶、毛宗岗点评，中华书局，2009年，第170页。
② 罗贯中：《三国演义》，毛纶、毛宗岗点评，中华书局，2009年，第170页。

19

救万人,未曾取人毫厘之物。"① 这种悬壶济世之举,使江东霸主孙策难以置信。更令人钦佩的是,于吉虽遭到孙策拘押,却毫不畏惧,理直气壮地表达自己救助苍生的初心。无欲则刚,这就是医者于吉的精神气质。

第二位是不问政治的华佗。东汉末年神医华佗,在军阀混战的动乱年代,奔走各方,为各色人等施药治病。根据《三国演义》的描写,华佗先为东吴的周泰治疗枪伤,又为蜀国的关羽刮骨疗毒。蜀国和吴国为友邦,华佗自然不用顾及为两国武将治病会给自己带来危险。更为难能可贵的是,华佗自己主动登门为关羽疗伤。但蜀国为曹操之大敌,为关羽治病,就是救助曹操的敌人。而华佗却不顾个人安危,应曹操召见为其治疗"头风",最终丧生于奸雄毒爪之下。华佗治病不管病人之间是敌是友,更不考虑个人安危,一心解除病人的病痛。

(三)《三国演义》中医者形象的政治内涵

东汉末年,皇室衰微,宦官当政,政治黑暗,群雄风起云涌。反映这样一个社会动荡时代的《三国演义》,自然地具有鲜明的政治性,其中医者形象难免被卷入政治斗争的漩涡之中,从而具有一定的政治色彩。

《三国演义》中医者形象的政治色彩,或是封建伦理道德之忠君思想所赋予的,或是某些政治因素或军事集团领袖所给予的。医者的命运往往与残酷的政治斗争密切相关。小说中具有政治色彩的医者形象,按照小说出场的顺序,大致有以下三人:

第一位医者是以治病为名收揽人心的张角。张角通过治病救人收买人心,招揽大众,揭竿起义。张角已失去了医者本色,显然违背了中医悬壶济世、淡泊名利的职业准则。

---

① 罗贯中:《三国演义》,毛纶、毛宗岗点评,中华书局,2009年,第170页。

第二位医者是治病报国的吉平。吉平是一名太医，其职责是为皇室、王公大臣治病。在朝廷危难之际，吉平不仅医人，而且以医者身份力扶汉室，参与到锄奸除恶的斗争之中。吉平毛遂自荐，欲借治病之机为国除掉奸臣曹操，不料事情败露，惨遭毒刑而亡。

第三位医者是神医华佗。华佗是东汉末年的神医，在小说中首次出现是通过董袭之口，他正式出场是为周泰治疗伤口。第二次出场，华佗听闻关羽受伤，主动上门为其治病，此次不请自来是因仰慕关羽的英雄之名，他深深地被刮骨疗毒时关羽表现出来的镇静自若的英雄气概折服。作为医者的华佗，生逢乱世，亦深爱英雄。小说中华佗第三次出场，也是最后一次，即为曹操治疗头风。

华佗欲采取开颅取瘤的医治方法，被曹操否定。曹操甚至认为华佗是存心不良，欲谋害自己。因而，"操大怒曰：'汝要杀孤耶？'"[①] 曹操误认为华佗与关羽有旧识，欲为之报仇。最后，一代神医死于政治家曹操之手。在《三国志》中，华佗之死源于曹操怨恨华佗不为己用，而在《三国演义》中却是曹操误认为华佗为蜀汉之奸细而误杀华佗。因此，《三国演义》中的华佗是死于政治斗争的，华佗之死被渲染了鲜明的政治色彩，同时亦是为了刻画性格多疑又手段残忍的曹操形象的需要。

（四）《三国演义》中医者形象的文学意义

医者形象虽然是《三国演义》中微不足道的人物形象，但是在《三国演义》中又具有文学叙事的功能，这是明代以前小说中医者形象为闲笔所无法比拟的。其文学意义大致体现在以下两个方面。

---

① 罗贯中：《三国演义》，毛纶、毛宗岗点评，中华书局，2009年，第466页。

首先，医者形象的塑造推动了小说情节的发展。《三国演义》中写张角散施符水为百姓治病，深得人心，为其揭竿而起进行铺陈。东吴大将周泰身受重伤，陈武推荐了医者华佗，为后文华佗的出场埋下了伏笔。孙策受伤请华佗而未遇，而于吉在江东治病救人又惹恼了孙策，这些情节描写间接导致孙策因箭疮暴发而亡，孙权从而继位。太医吉平被曹操杀害，为后来吉平之子参与反曹事件埋下了伏笔。

其次，医者形象的塑造有力地刻画了人物的性格。太医吉平誓死反曹，维护汉王朝统治，不屈服于曹操的毒刑，遍体鳞伤，身受酷刑，仍然坚贞不渝。吉平刚强、威武不屈的性格跃然纸上。华佗为关羽刮骨疗毒既凸显了关羽刚强、坚毅的性格特征，又侧面刻画了华佗崇拜英雄的儒医气质。华佗原本可以不应曹操所请，但出于医生治病救人的职责所在，他仍然去为曹操治病，最终不幸为曹操所害。对华佗的猜忌与迫害，对吉平的严刑逼供，均集中表现出了曹操多疑、残忍的性格特征。

二、《水浒传》中的医者形象

（一）简述《水浒传》中的三位医者形象

《水浒传》以英雄为主要叙述对象，但其中不乏医者形象，有名有姓者有三人。其中，两名医者均为梁山好汉，分别是神医安道全与兽医皇甫端。另外一位医者是作作何九，他是一位法医。三人当中，安道全与皇甫端两人医术高明，先在民间行医，后归顺梁山，最终被朝廷征用。小说重点刻画了神医安道全的形象，其医术、性情描写都较为详尽，而有关兽医皇甫端的描写则较为粗略。

1. 神医安道全

神医安道全的形象较《三国演义》及其前代作品中的医者形象内涵更为丰满，身上具有多重文化特征，集江湖义气、士大夫风度和市井气息为一体。神医安道全的形象可谓内涵丰富，性格多重，这是由其所处的社会环境及士大夫身份所决定的。

正如之前小说作品中的良医一样，安道全医术高超。《水浒传》通过三次细致描写展现了安道全的神医气质。小说第一次描写安道全的形象时，采用了"先声夺人""未见其人先闻其声"的创作手法。通过侧面描写衬托其医术高超，借他人之口道出了其医术之高超。张顺当年在浔阳江边以捕鱼为生时，其母患背疾，延请诸医为其治疗，尝试许多药物均不能治愈。后来，张顺请安道全为母亲治疗，安道全手到病除。通过张顺的描述，安道全医术高超的特征，未及安道全出场，便已一锤定音。

《水浒传》中第二次描写安道全医术高超是在张顺遇到安道全之时，文中极力赞扬了安道全高明的医术，声名远播乡里，并引用诗歌赞扬了安道全的神医风采。

> 肘后良方有百篇，金针玉刃得师传。
> 重生扁鹊应难比，万里传名安道全。①

这首七言绝句给出了三个有效信息：一是其精通医理，"肘后良方有百篇"，表明他并非糊弄世人的江湖郎中；二是他的医术较为正宗，针灸、外科等是有师承的；三是他医术之高超远胜于扁鹊；四是安道全是一位人人皆知的名医。小说唯恐此诗不足以描绘安道全良医之风范，又正面补充和说明安道全良医的特征："这安道全祖传内科外科尽皆医得，以此远方驰名。"② 安道全是士大夫出身，他精读医学典籍，深谙医学之道。所以，安道全虽身在江湖，混迹市井，但非一般江湖郎中所能比。

---

① 施耐庵：《水浒传》，人民文学出版社，1997年，第862页。
② 施耐庵：《水浒传》，人民文学出版社，1997年，第862页。

第三次是从安道全为宋江治疗背疮这一情节上体现出来的良医特征，他未见病人便能够凭借临床经验做到"闻病之阳，论得其阴"。神行太保戴宗介绍宋江病情时说宋江面色憔悴、疼痛难忍、喊叫不止，有性命之忧。安道全认为宋江疼痛感剧烈，便是他可医治的表现。如若没有丰富的临床经验和对医理的深刻领悟，就不可能有如此理性的推断。及见到病人宋江，诊过脉息之后，又断言："脉体无事，身躯虽见沉重，大体不妨。不是安某说口，只十日之间，便要复旧。"[①] 经过治疗，宋江果然："不过十日，虽然疮口未完，饮食复旧。"[②]

为宋江治病这一情节，书中曾三次烘托安道全的医术之神。安道全这一神医形象至此在读者面前得到呈现，其人物刻画亦惟妙惟肖、真实生动如在眼前。在《水浒传》第七十二回"柴进簪花入禁院　李逵元夜闹东京"中写到安道全医治好了宋江文面："神医安道全上山之后，却把毒药与他点去了。后用好药调治，起了红疤；再要良金美玉，碾为细末，每日涂搽，自然消磨去了。"[③]《水浒传》第七十九回"刘唐放火烧战船　宋江两败高太尉"中提及安道全为董平治疗箭伤："宋江先和董平上山，拔了箭矢，唤神医安道全用药调治。安道全使金枪药敷住疮口，在寨中养病。"[④] 箭伤是外伤，属于外科，其他医者一般用"金疮药"医治兵器所致之伤。而安道全却使用"金枪药"治疗董平的箭伤，从后文董平又生龙活虎地出现在阵前可推断出其疗效极佳。由此可知，安道全精通外科，擅长治疗外科疾病，这可从医治张顺母亲、宋江等背疮看出。安道全又精于治疗兵器所伤之疾，如治愈董平之箭伤。神医安道全，正是军营中不可缺少的医者。后

---

① 施耐庵：《水浒传》，人民文学出版社，1997年，第866页。
② 施耐庵：《水浒传》，人民文学出版社，1997年，第866页。
③ 施耐庵：《水浒传》，人民文学出版社，1997年，第937页。
④ 施耐庵：《水浒传》，人民文学出版社，1997年，第1017页。

来徐宁受伤后，安道全不在军中，徐宁因无良医医治而丧命。由此更能看出，安道全真乃神医。

神医安道全虽然身在江湖，却是士大夫出身，小说对此有所交代："那安道全是个文墨的人，士大夫出身，不会走路，行不得三十余里，早走不动。张顺请入村店，买酒相待。"① 安道全的文弱书生形象从这句"行不得三十余里，早走不动"中呼之欲出，他不堪长途跋涉之路途艰辛。不惯于走路体现了安道全士大夫出身的娇贵身份，与梁山泊能打能熬的江湖人士、兵痞等形成了鲜明对比。因此，后来受招安之后，梁山泊平辽之初、平方腊，安道全皆被留在京都。平定方腊之后，梁山好汉伤亡惨重，剩余的三十六人，辞官的辞官，被害的被害。安道全安然无恙，供职于宫内。安道全受招安之后，一直能够安居在黑暗的时代，安居于奸臣、昏君之间，与其士大夫的出身可谓关系密切。

安道全虽是士大夫出身，但仍有一股江湖义气，听说张顺来意之后，便表达了对宋江的崇拜。只是安道全不肯远离家乡，便以亡妻为由，推辞不往。安道全虽然借事推脱，但能够看出其对宋江仗义疏财、义薄云天之举早有耳闻，言辞之间流露出敬仰之意。山东与建康相隔甚远，安道全两耳能闻宋江事，可见其较关注江湖之事。经过张顺再三苦劝，安道全最终还是答应千里赴救。这一方面是出于对宋江的仰慕，另一方面是感恩于张顺"向后小弟但得些银两，便着人送去与他"② 的日常周济。神医安道全，身在江湖，颇有为朋友不辞劳苦千里救助的江湖义气。当然，这也是医者的仁心，更是医者的使命。

安道全虽为名医，却无医馆可坐，只好游走在市井之间讨生活，经济状况不容乐观。这就是他虽然出身于士大夫，身上却有

---

① 施耐庵:《水浒传》，人民文学出版社，1997年，第865页。
② 施耐庵:《水浒传》，人民文学出版社，1997年，第858页。

市井气息的原因所在。小说通过张顺之目,写尽了安道全的日常生活:"张顺进得城中,径到槐桥下,看见安道全正在门前货药。"① 前文张顺曾经说过经常送银两于安道全,可见安道全的生活十分拮据。

此外,安道全贪图享受安逸生活,沉溺于烟花柳巷,与娼妓李巧云时常往来,眷顾其美色与温情。一位士大夫出身的人,流落于市井,执迷于风尘女子,这与史进沦陷于妓女的写法如出一辙,有违其良医神医之品格。

2. 兽医皇甫端

兽医皇甫端声誉不如安道全那么远播,但也颇有威名。张清曾经连续打伤梁山泊十五位将领,为了表达歉意,同时也算是入伙的见面礼,特意向宋江隆重推荐了皇甫端:

> 东昌府一个兽医,复姓皇甫,名端。此人善能相马,知得头口寒暑病症,下药用针,无不痊可,真有伯乐之才。原是幽州人氏,为他碧眼黄须,貌若番人,以此人称为紫髯伯。②

兽医皇甫端,不仅有伯乐之才,而且相貌不凡,绿眼重瞳,胡须绵长过腹,卷曲而上翘。与相貌不凡相比,皇甫端的医术更是奇绝无比。文中引用了一篇七言古诗赞扬其高超的医术:

> 传家艺术无人敌,安骥年来有神力。
> 回生起死妙难言,拯瘥扶危更多益。
> ············

---

① 施耐庵:《水浒传》,人民文学出版社,1997年,第862页。
② 施耐庵:《水浒传》,人民文学出版社,1997年,第920页

天闲十二旧驰名，手到病除能应验。
古人已往名不刊，只今又见皇甫端。
解治四百零八病，双瞳炯炯珠走盘。
天集忠良真有意，张清鹦荐诚良计。
梁山泊内添一人，号名紫髯伯乐裔。[1]

安道全为人治病号称神医，皇甫端为马治病号称"伯乐"。二人为梁山泊屈指可数的医者，就医术而言，有此二人，珠联璧合，足以为梁山人马保驾护航。

3. 法医何九

《水浒传》中的何九是一位仵作，即今日的法医，专门查验尸体，并确定死者死亡的原因。何九的工作虽然不是直接医治疾病，救助苍生，但法医鉴定关乎医者医德及其医术。法医通过医学鉴定能对死者的死因做出正确判断，关系到能否给予死者及其家属公平的结论，一定程度上关乎其他人的生命。因此，法医鉴定对法医自身的医德要求极高。何九发觉武大郎绝非正常病故，便假装他死于"中蛊"，同时搜集有力证据，等待合适的时机说出真相。何九通过"望"，便知武大郎中毒甚深，可见其医学知识极其深厚。何九，既具有一定的专业水准，又坚守了职业操守。

综上所述，通过简述《水浒传》塑造的三位医者形象，安道全是为人治病的神医，皇甫端是为牲口疗疾的兽医，何九是为死者鉴定死因的法医。他们术业有专攻，在各自领域中各领风骚。他们有着共同的特点：一是医术高超；二是医德尚可；三是具有江湖气息，富有市井之气。其中，对安道全与何九的描写情节较为细致，性格较为具体、突出。总体而言，《水浒

---

[1] 施耐庵：《水浒传》，人民文学出版社，1997年，第921页。

传》医者形象的描写非常成功，接近现实生活，富有浓厚的生活气息。

（二）《水浒传》医者形象较少的原因

通过研读《水浒传》，笔者惊奇地发现：如此险恶的江湖与战场，如此凶险的刀光剑影，如此众多的忠义英雄，为之服务的医者形象竟然寥寥可数。这种怪状，在分析了原因之后，便不觉得惊奇了。《水浒传》中的医者形象较少，主要原因在于以下三个因素。

1. 题材主题因素

《水浒传》是一部英雄传奇小说，讲述了宋江等一百单八将如何被逼上梁山、反抗贪官、受招安、平辽国、征方腊及被奸臣陷害的全过程，揭露了当时奸臣当道、残害忠良、祸国殃民的黑暗政治；歌颂了草莽英雄的忠义，催人泪下。江湖险恶，两阵对垒，疆场厮杀，难免伤亡。有伤，就会有医者。虽然梁山英雄在平方腊那场战役中患病、受伤的人很多，但是医者形象却少之又少，医术高明的医者仅有安道全一人，他还被朝廷征用了。梁山好汉一旦受伤或患病，除董平外均医治无效而亡。

导致梁山好汉死亡命运急速到来的重要因素之一是缺少高明的医生，其原因是朝廷将神医安道全留在了京都。军队缺乏良医，将士便失去了一道拯救自己的屏障。可见统治者并不体恤忠义英雄的冷酷现实，暗示了宋王朝的腐败无能，这恰恰反映了《水浒传》的深刻主题：歌颂忠义英雄，鞭挞奸恶，讽刺政治黑暗。

2. 创作目的使然

《水浒传》以历史上宋江等三十六人起义为创作背景，从文本来看，作者有意还原历史真相，但又草草收笔。梁山好汉在粗略地描写下，成群结队地死去，只剩下三十六人。如若有大量医术高明的医者治疗，恐怕难以达到还原宋江等三十六人起义的创作背景。医者形象的缺失正是作者有意为之的。

3. 悲剧审美需要

鲁迅先生说过："悲剧将人生的有价值的东西毁灭给人看，喜剧将那无价值的撕破给人看。"① 梁山英雄之忠、勇、义、孝就是一件完美无瑕的碧玉。他们中的很多人为后人津津乐道，为人们所喜爱，如义薄云天的宋江、憨态可掬的黑旋风李逵、勇武豪爽的鲁智深、嫉恶如仇的武松、冷静沉着的林冲、足智多谋的吴用等。被人们所喜爱的人物，就这样成为一个一个的冤死鬼，加上宋江的眼泪，更能凸显梁山好汉命运的悲惨性。英雄生命意识是《水浒传》最为值得赞美之处。美好的生命被奸佞、黑暗势力摧毁，这就是悲剧。缺医少药导致他们因无法得到及时医治而亡，更加让人为之扼腕叹息，让人为他们深掬一把同情之泪，又极大增强了文学的审美性。

(三)《水浒传》医者形象的文学意义

《水浒传》中的医者形象虽然数量较少，但医术高超有名有姓者有三人：安道全、皇甫端、何九。其中皇甫端是兽医，主要治疗马匹，但当时不是所有人家都有马匹，只有权贵之家与军营才有马匹，因此皇甫端虽然医治牲畜之病，亦医术高超，但不如安道全名气大。何九是仵作，即现代意义上的法医，只出现在武大郎之死的情节描写之中。此外，关于他的描写较少。除了安道全在文中颇费笔墨之外，何九、皇甫端二人都着墨较少。即便如此，《水浒传》中对医者形象安道全、皇甫端、何九的塑造，远比前代小说作品中医者形象的文学性更浓厚，更具有文学价值，主要体现在以下几方面。

---

① 鲁迅：《鲁迅杂文集》，万卷出版公司，2013年，第46页。

1. 凸显多个人物性格

安道全为宋江治病这一情节的描写，可谓曲折离奇、波澜起伏。在错综复杂的情节中，生动地刻画了多个人物的性格特征：张顺的义薄云天，不畏路途艰辛千里请医；安道全身上具有的"医者仁心的品质、市井的风流倜傥、士大夫的矫情"等三重性格。

地方团头何九是小说刻画得较为成功的法医形象，在《水浒传》第二十六回"郓哥大闹授官厅　武松斗杀西门庆"中对其进行了详细又生动的描写：

> 你不要烦恼，我自没事。却才去武大家入殓，到得他巷口，迎见县前开药铺的西门庆，请我去吃了一席酒，把十两银子与我，说道："所殓的尸首，凡事遮盖则个。"我到武大家，见他的老婆是个不良的人模样，我心里有八九分疑忌。到那里揭起千秋幡看时，见武大面皮紫黑，七窍内津津出血，唇口上微露齿痕，定是中毒身死。我本待声张起来，却怕他没人做主，恶了西门庆，却不是去撩蜂剔蝎？待要胡卢提入了棺殓了，武大有个兄弟，便是前日景阳冈打虎的武都头，他是个杀人不斩眼的男子，倘或早晚归来，此事必然要发。①

以上是法医何九鉴定武大郎尸体之后的真实想法，这段描写勾勒出了一位良心未泯、心思缜密而又前怕狼后怕虎、首鼠两端的医者形象。文中首先写出了他作为法医的专业水平——立刻判断出武大郎是中毒而死，其次又写出了他作为一名法医的职业操守——欲说出真实死因，最后突出了他思虑周全——

---

① 施耐庵：《水浒传》，人民文学出版社，1997年，第341~342页。

担心无人为武大郎做主,而又怕触犯了西门庆,同时他又畏惧武松出差返家翻旧账。在刻画何九性格的同时,又塑造了何九之妻的性格特征。

> 如今这事有甚难处,只使火家自去殓了,就问他几时出丧。若是停丧在家,待武松归来出殡……若他便出去埋葬了,也不妨;若是他便要出去烧他时,必有蹊蹊。你到临时,只做去送丧,张人眼错,拿了两块骨头,和这十两银子收着,便是个老大证见。他若回来,不问时便罢,却不留了西门庆面皮,做一碗饭却不好?①

与何九首鼠两端、不知所措相比,其妻子更有见识,提出了一个两全其美的计策,可谓是何九的"女诸葛"。何九的妻子精明、能干的性格特征,从这一段语言描写中表现得淋漓尽致。在描写医者形象的同时,又刻画了另一人物性格。这是《水浒传》塑造人物显著的特点之一,增强了医者形象的叙事功能。

2. 推进情节发展

由安道全引出了其相好李巧云,由李巧云引发了张顺杀人逼迫安道全快速前往梁山的情节。安道全治好了宋江的背疮,宋江便立即发兵欲救出卢俊义、石秀等人。可见,安道全是宋江能否康复、快速兴兵救人的关键人物,是推动情节发展的主要线索之一。何九搜集的武大郎骨头,成为武大郎被毒害的有力证据,有力推动了武松夜审潘金莲、王婆及告发西门庆、潘金莲、王婆合谋毒害武大郎等情节发展,最终引发了武松斗杀西门庆等情节的出现,亦决定了武松后半生命运的发展方向。

---

① 施耐庵:《水浒传》,人民文学出版社,1997年,第342页。

三、《西游记》中的医者形象

(一)《西游记》中的三位医者形象

《西游记》是一部神魔小说,以天上、人间为叙述空间,以凡人、神仙为叙述对象。文中以人间凡世作为人物形象的活动空间,以神仙、妖魔为主要角色。《西游记》中的人物大多是被贬谪的仙人或思凡下界的坐骑,他们具有超凡的法力和无限的生命长度。《西游记》中关于人类疾病的描写较少,其原因就在于文中描写的人物形象大多是神仙或妖魔,他们有着与凡人不同的体质,很少生病,正如书中孙悟空所言:"我们出家人,自来无病。"① 因此,《西游记》中对人类疾患的情节描写较少。但作为曲折反映现实社会的小说《西游记》,在描写神仙、妖怪和凡界诸多人物时,将笔端伸向凡人的身体健康亦显不妥,但小说中依然有少量关于人类疾病的描写。在开展疾病的相关描写时,医者形象顺理成章地出现于文中。

物以类聚,人以群分,医治病人的医者往往是其同类。《西游记》中寥寥无几的医者形象大多是神仙或妖魔。

1. 护法伽蓝

《西游记》第二十一回"护法设庄留大圣 须弥灵吉定风魔"中描写孙悟空被黄风怪的三昧神风所伤,泪水长流不止,眼珠酸痛,可谓是痛苦不堪。此时,护法伽蓝化身老者,挺身而出,拿出"三花九子膏"为孙悟空治疗眼疾。护法伽蓝自称"三花九子膏"疗效极佳,适用于一切迎风流泪之病。果然,孙悟空涂药之后,眼睛酸痛感顿时消失,而且眼睛较前更加明亮了。可见,护法伽蓝是一位懂得药理的神仙医者。

---

① 吴承恩:《西游记》,黄肃秋注释,人民文学出版社,1980 年,第 254 页。

2. 孙悟空

孙悟空本人既非凡人，又有手到病除之术。《西游记》第六十九回"心主夜间修药物　君王筵上论妖邪"中朱紫国国王端午节宴饮之时，被妖怪惊扰成疾，三年未愈。唐僧师徒到达之日，国王病情加重，卧床不起，无药能治。孙悟空揭了寻医皇榜，为朱紫国国王把脉，能够说出脉象，推论出症状："中虚心痛也""汗出肌麻也""小便赤而大便带血也""内结经闭也""宿食留饮也""寒虚相持也"等。① 孙悟空将朱紫国国王被妖怪惊吓，想念妻子而忧思过度，戏称此病为"双鸟失群之症"。孙悟空的诊断与国王病情非常吻合，句句言中。孙悟空配药情节，充分体现了孙悟空是精通药理的，大黄、巴豆、锅脐灰、马尿作为药饵制成了"乌金丸"。国王用甘露（无根水）服用三颗乌金丸，便将体内凝滞之物排出体外，随之感到"心胸宽泰，气血调和，就精神抖擞，脚力强健"②。因此，孙悟空被朱紫国的君臣奉为神医。

3. 毗蓝婆菩萨

毗蓝婆菩萨居住在紫云山千花洞，精通佛法，修为极高。毗蓝婆菩萨，精通医术，深谙药理，能自制药物。《西游记》第七十三回"情因旧恨生灾毒　心主遭魔幸破光"中唐僧、猪八戒、沙僧师徒三人误饮了黄花观蜈蚣精的茶而中毒，这种毒药毒性剧烈："若与凡人吃，只消一厘，入腹就死；若与神仙吃，也只消三厘就绝。"③ 毒性如此强烈，毗蓝婆菩萨每人一粒"红丸子解毒丹"便将毒气逼出，"须臾，药味入腹，便就一齐呕哕，遂吐出毒味，得了性命"④。足见毗蓝婆菩萨的解毒药效力极强，能轻而易举地化解蜈蚣精的毒药，可见毗蓝婆菩萨医术之高超。

---

① 吴承恩：《西游记》，黄肃秋注释，人民文学出版社，1980年，第829页。
② 吴承恩：《西游记》，黄肃秋注释，人民文学出版社，1980年，第835页。
③ 吴承恩：《西游记》，黄肃秋注释，人民文学出版社，1980年，第883页。
④ 吴承恩：《西游记》，黄肃秋注释，人民文学出版社，1980年，第891页。

(二)《西游记》中的医者形象内涵

《西游记》中的医者形象，大多是神仙，暂且称他们为"神仙"医者。"神仙"医者大致有三种身份：一是道家神仙，二是佛家菩萨，三是道佛融合的神仙。《西游记》中的神仙医者大多是佛家菩萨，如毗蓝婆菩萨、伽蓝护法、如来等，他们使用超自然力的法力治病；或是释道兼容，如须菩提祖师便是其典型代表，他精通释道两家的教义、法术，而且还精通儒家、阴阳家、墨家、医家等。须菩提祖师是位博学之士，精通医理。孙悟空曾经拜灵台方寸山须菩提祖师为师，他跟从师父须菩提祖师学艺，不仅学会了武艺，而且还学到了医家的知识，即中医药知识、望闻问切的诊断方法，孙悟空又凭此治病。如此一来，孙悟空在为朱紫国国王治病过程中表现出卓越的医学才能就不足为奇了。

《西游记》中还有少量的医者是一些妖怪，所谓妖怪是指那些道行、修为、功力未达到成仙条件的半妖半仙之体。妖怪与神仙的区别，不仅仅是道行、修为，最重要的是品行。神仙品行纯良，扶危济困，除暴安良；妖怪却是兴风作浪，生灵涂炭，为害一方。妖怪具有一定的道行、法力，使其能够作恶行凶。大多数妖怪来源于天上，与神仙有着密切关系，由于耳濡目染，个别妖怪亦能精通一些医药知识，但他们往往不是治病救人，而是行医害人。如《西游记》第七十三回"情因旧恨生灾毒　心主遭魔幸破光"提到的化身为道士的蜈蚣精，他精通医药原理，能自己炼制丹药，文中只提到其所制的毒药毒性强烈之极，可以毒死不死之身的神仙。从侧面的描写中也可以看出，蜈蚣道士制作各种各样的药物，文中描写道："……爬上屋梁，拿下一个小皮箱儿。

那箱儿有八寸高下,一尺长短,四寸宽窄。"① 可以推断出道士一整箱子的药物绝非仅仅是毒药,还有可以治疗各种疾病或是提升功力的丹药。足见,他在医药方面的造诣十分了得,自然懂得一些药理,知晓人体生理结构,也掌握了一定的医术。

作为神魔小说的《西游记》,其医者形象的身份特殊,因为他们是与凡人不同的神仙或妖魔。因此,《西游记》中的医者不是肉身凡胎,他们不食人间烟火,是天上的神仙或菩萨。可以说,他们是神话世界的医者,亦具有在人世间解除人类病苦的医术,而且是正统的中医疗法,如孙悟空治疗朱紫国国王所使用的四诊法。《西游记》中神仙世界的医者内涵,正是对现实社会医药知识、医疗水平的真实反映。

四、《金瓶梅词话》中的医者形象

(一)《金瓶梅词话》三种医者形象类型

1. 太医形象

太医具有双重身份,他不仅是医者,还是官员。太医供职太医院,专为达官显贵甚至是皇室诊治疾病。他们共同组成了这个朝代最高的医疗机构,受统一管理,而且有品级。中国历史上最早对太医官职有确切记载的典籍是《史记》,《史记·扁鹊·仓公列传》中写到秦国太医令李醯,嫉妒扁鹊医书,派人刺杀了扁鹊。在此,司马迁描述李醯的身份是"太医令"。可见太医这一官职在春秋时期就已经产生了,当时也已经有了专门管理医官的机构。

随着朝代更替,医官的名称和品级在各个时期都有所不同。到了明清时期,医官制度已经演化得非常繁复细致。《金瓶梅词

---

① 吴承恩:《西游记》,黄肃秋注释,人民文学出版社,1980年,第883页。

话》反映的是画面广阔的市井生活，人物形象涉及社会的各个阶层，主要是市民。文中所说太医很显然已不是历史意义上的御医或有品级的太医，而是普通的民间医生，有的太医只不过是出身于地方的医学院校——太医院而已。明代小说中的太医，往往是指曾经在太医院接受过医学教育的医者。《金瓶梅词话》中提到的男性医者多数为太医，如蒋太医、任医官、赵太医等。

《金瓶梅词话》中的医者大多是庸医，要么医术平平，治疗效果差；要么品德败坏，伤风败俗。《金瓶梅词话》中的医者形象多数为庸医，与"笑看芸芸众生"的创作意图密切相关。署名为"兰陵笑笑生"的作者显然是秉承了元杂剧中塑造庸医的讽刺手法，将庸医形象刻画得入木三分，活灵活现。在文中大写特写的太医形象有蒋竹山、赵龙岗和任医官。其中，蒋竹山是具有一定医疗水平、但道德败坏的医者形象；赵龙岗是一个类似于元杂剧中"赛卢医""宋了人""胡突虫"一样的庸医形象；任医官则是一位谦恭、儒雅、医德高尚的良医形象。

《金瓶梅词话》中关于蒋竹山、赵太医的描写较为详尽，他们形象丰满，性格鲜明。文中塑造了蒋竹山较复杂的人物形象。蒋竹山出身于太医院，太医院是明政府培养医者的地方。蒋竹山以自己身为太医院学生而自豪，自称为"学生"，鄙视"不是我太医院出身"的胡太医。的确，蒋竹山具有一定的医术，这一点可从他治好李瓶儿的病、常去西门庆家为他们看病可知。虽然他医术足能治病救人，但其医德堪忧。蒋竹山在文中是一位见色起意的小人形象。《金瓶梅词话》第十七回"宇给事劾倒杨提督 李瓶儿招赘蒋竹山"中详细描写了蒋竹山为李瓶儿治病的过程，肯定了蒋竹山对李瓶儿病情的正确诊断，认可了他的医术。同时，又刻画了其轻浮、狡诈的性格特征。后来，蒋竹山在答谢宴上，说尽西门庆坏话，诱哄李瓶儿舍弃西门庆，投入自己的怀抱，从而成功入赘富婆之门。

蒋竹山为李瓶儿治病这一情节，把一个油嘴滑舌、巧言令色、搬弄是非、贪财贪色、混迹市井、沾满社会恶习且擅于周旋的医者形象描写得淋漓尽致。蒋竹山在与西门庆争风吃醋中，受到西门庆的设计与陷害，被李瓶儿抛弃，流落街头。这正是蒋竹山为医不尊、行医不良的报应。

其次，文中描写了庸医赵龙岗。赵龙岗，被人们尊称为赵太医，绰号"赵捣鬼"。他自己对此绰号十分认可，自我介绍时也不忘连带提起。可见，赵龙岗是位混世庸医。在《金瓶梅词话》中他是被描写得较为详细的庸医形象之一，赵龙岗形象的刻画，集中体现在《金瓶梅词话》第六十一回"韩道国筵请西门庆 李瓶儿苦痛宴重阳"，文中写尽了赵太医滑稽可笑、欺世盗名、滥竽充数的庸医形象。赵龙岗自吹自擂式的自我介绍，体现了他为人虚伪的性格特征。后为李瓶儿治病之法，也与其自吹医术高明背道而驰。赵龙岗以李瓶儿是否能够看见人来判断她的病情，这与元杂剧中的庸医何其相似。

幸亏何老人及时揭露了赵龙岗江湖骗子的本质："卖杖摇铃，哄过往之人，他那里晓的甚脉息病源。"[①] 即使是医学门外汉的西门庆，亦知赵龙岗是在胡言乱语，打发了他二钱银子，撵出家门。文中不惜笔墨、入木三分地刻画了赵捣鬼——赵龙岗的庸医、恶医形象，其目的是彰显人性的恶。

小说在塑造庸医形象的同时，亦简略刻画了任医官这一良医形象。任医官的性格特征主要是气质儒雅、谦虚谨慎、医术高超，治病救人谨慎又细致，且实事求是。任医官正是处于晚明社会人心不古、世风日下的社会环境中，人们所期盼的良医形象。

[①] 兰陵笑笑生：《金瓶梅词话》，陶慕宁校注，人民文学出版社，2000年，第774页。

2. 女医形象

《金瓶梅词话》中西门庆一家女眷较多,女主人吴月娘经常患病,请的医生大多是女医。这是文中女医形象虽然不多却比较活跃的原因,如刘婆子、薛姑子是最为典型的女医形象。她们大多时间游走于富贵之家,穿梭于豪门女眷之中,凭借自己的一技之长为病人解除病痛,从而谋取银两以养家糊口。刘婆子缓解了官哥儿的病情,薛姑子帮助吴月娘怀上了子嗣。

刘婆子是文中塑造的较为典型的女医形象,借助神力、驱鬼除邪的巫术疗法在刘婆子治病的过程中已荡然无存。刘婆子治病的主要程序包括分析病因和对症下药,较接近中医的治疗方法。因此,刘婆子可以称得上是"医者"。

刘婆子为人和蔼、精明,加之其医术能够缓解病人之痛,故而经常出入于西门庆家中,深得女主人吴月娘的信任。刘婆子在小说中曾出现过两次,皆在西门庆家中。刘婆子第一次在小说中出现是在《金瓶梅词话》第十二回"潘金莲私仆受辱 刘理星魇胜贪财"中,潘金莲生病,吴月娘派遣小厮请经常来家看病的刘婆子为她看视。刘婆子诊断之后,留下两丸药,嘱咐晚上用姜汤服药。后文未曾提及潘金莲病情发作,可知刘婆子的药物发挥了疗效;第二次是官哥儿受到惊吓后,吐奶不止。刘婆子认为官哥儿是肚子着凉引起的吐奶,留下两粒朱砂丸,嘱咐用薄荷汤饮服,官哥儿果然不再惊哭,亦不吐奶,刘婆子的药物显然起了作用。可见,刘婆子治病之法主要是开具丸药,采用药物治疗的方法。

从书中的描写来看,薛姑子、王姑子具有一定的医药知识,二人曾经为吴月娘提供了备孕的药物。可见,薛姑子、王姑子两人,能够治疗不孕等病。但二人虽是同行却相互排挤、相互拆台。同样,二人亦是西门庆家的常客,多与吴月娘等人交往,尤其是与吴月娘之间有着不足与外人道的秘密。王姑子、薛姑子为了生计，常穿梭于西门府女眷之间，讲解佛法，为主人抄经积德，赚些养家糊口的银钱。二人得知吴月娘自小产后始终未孕便各显神通，王姑子献"头胎衣胞"药，薛姑子送的是"种子灵丹"药。书中未提王姑子"头胎衣胞"的效果，单写到薛姑子的"种子灵丹"之妙，详情如下。

"红光闪烁，宛如碾就之珊瑚，香气沉浓，仿佛初燃之檀麝。嚼之口内，则甜津涌起于牙根；置之掌中，则热气贯通于脐下。直可还精补液，不必他求玉杵霜；且能转女为男，何须别觅神楼散。不与炉边鸡犬，偏助被底鸳鸯。乘兴服之，遂入苍龙之梦；按时而动，预征飞燕之祥。求子者一投即效，修真者百日可仙。"……单日为男，双日为女。①

文中通过全知视角评价了"种子灵丹"的好处，可主生男或生女。书中写道："月娘放在手中，果然脐下热起来；放在鼻边，果然津津的满口香唾。"② 文中又借吴月娘之口道出了此药效的奇妙，吴月娘欣喜地赞叹说，薛姑子果然有道行，竟然能寻到如此好药。吴月娘对薛姑子的药，充满了信心，认为自己怀孕有望。后文写到吴月娘果然怀孕生子，足显"种子灵丹"之灵验，亦见薛姑子深知药理。

此外，《金瓶梅词话》塑造了一些巫医形象。如经常出入西门庆家中治病的刘婆子，小说主要描述她以药物治疗疾病，而未详加描述她的巫术。又如刘婆子的丈夫刘理星，采取了一些特殊的治疗法为潘金莲、官哥儿等人医治，从侧面反映了巫医在民间

---

① 兰陵笑笑生：《金瓶梅词话》，陶慕宁校注，人民文学出版社，2000年，第641页。

② 兰陵笑笑生：《金瓶梅词话》，陶慕宁校注，人民文学出版社，2000年，第641页。

较盛行的社会现实。

（二）《金瓶梅词话》中庸医较多的原因

《金瓶梅词话》是一部反映社会全貌的现实小说，它揭露社会的黑暗，展示市井百态，批判人情冷暖和世态炎凉。署名兰陵笑笑生的作者，冷眼旁观芸芸众生。他笔下的芸芸众生，自然也少不了医者。作为批判型的小说，《金瓶梅词话》中的医者形象大多是庸医，是被批判、挖苦和讽刺的对象。医者或是混迹于市井沾满了市井习气，或是源于官场弥漫着腐败之气，医德败坏、丑态百出、洋相丢尽，都是典型的医疗骗子。他们正是其批判的芸芸众生中的一个群体。

《金瓶梅词话》所处的社会是晚明社会，与书中描写的北宋末年的社会历史背景极为相似，政治黑暗、外敌入侵，内忧外患，封建统治亦摇摇欲坠。而明朝晚期，商品经济繁荣，市民阶层崛起，这是一个人心思利的社会。在这种社会中生存的一些人，心态扭曲、道德沦丧、寡廉鲜耻。《金瓶梅词话》反映的就是这种弥漫着铜臭味，充斥着情欲的社会现象。兰陵笑笑生身怀忧虑之心，以反讽的手法不遗余力地揭露人性扭曲的一面。塑造反面人物，讽刺世态炎凉、人生丑态，这是时代赋予《金瓶梅词话》的历史使命。

身处其中的医生亦被当时的社会与时代打下烙印，商品经济的发展，拜金主义盛行，世风日下、人心不古，医德医风受到严重影响，时代需要良医，人们渴望良医。兰陵笑笑生在讽刺、批判庸医之余，描写了任医官、何老人等医术精湛、医德高尚的医者形象。庸医的存在，恰是为了衬托和渲染良医的重要性。

第三节 清代小说中的医者形象

一、《红楼梦》中的医者形象

曹雪芹不仅是我国伟大的文学家，同时还是一个大医学家。读过《红楼梦》的人都知道，这部巨著中的医学知识是非常丰富的。文中的医学知识是借医者治疗之机泼墨而写，自然是从医者口中写出。医者顺理成章地成为曹雪芹笔下不可或缺的人物形象。据统计，《红楼梦》中出场的各类医疗人员有14人，包括太医、御医、江湖郎中、巫医、法医等。

（一）世间凡医

1. 地方名医张友士

在《红楼梦》第十回"金寡妇贪利权受辱　张太医论病细穷源"中，通过张友士为秦可卿治病的情节，塑造了一位儒医形象。张友士是贾府好友冯紫英的老师，亦是地方名医，其学问、医术皆为人所称道，正如冯紫英所言："学问最渊博的，更兼医理极深，且能断人的生死。"[1] 为人十分谦恭："晚生粗鄙下士，本知见浅陋，昨因冯大爷示知，大人家第谦恭下士，又承呼唤，敢不奉命。但毫无实学，倍增颜汗。"[2]

文中详细描写了张友士为秦可卿详加诊断之后，认为秦可卿的病因是："忧虑伤脾，肝木忒旺，经血所以不能按时而至。"[3] 这恰好照应了秦可卿"治得病治不得命"的人生宿命。其诊断字

---

[1] 曹雪芹：《红楼梦》，人民文学出版社，2008年，第144～145页。
[2] 曹雪芹：《红楼梦》，人民文学出版社，2008年，第146页。
[3] 曹雪芹：《红楼梦》，人民文学出版社，2008年，第148页。

字句句皆切中肯綮，符合病人实际情况。"大奶奶从前的行经的日子问一问，断不是常缩，必是常长的……"① 病症、方药均说得头头是道，表现了其深厚的医学素养。张友士言语谨慎、不说大话，对病人家属诚恳坦率，只说有三分治愈的可能。果然，秦可卿服药之后，眩晕之症消失，其他症状并未缓解，这就验证了"三分治得"的论断。可见张友士是位医德高尚的医者，为人不卑不亢，不乱夸口能治病，具一身正气。

2. 太医王济仁

王济仁是一位六品御医，与贾家是世交。王太医具有儒雅之风和医学素养，从其三次到贾府治病的描写中均能体现其儒医风范。《红楼梦》第四十二回、第五十七回、第八十三回，王济仁到贾府分别为贾母、贾宝玉、林黛玉治病。王太医在贾府表现得稳重、谨慎、恭敬、庄重。描写他的举止时，曹雪芹用了"忙""躬身""低头"等词语，表现了王太医谨小慎微的医者风范。

王太医医术高超，医学渊博，为贾母诊断极为准确，推断出贾母偶感风凉，并无大碍，只需在生活上注意就是。王太医开了一些药，并不要求其必须吃，而是让病人自己决定，不以开取珍贵之药物为能。贾宝玉吃了王太医的药，也好了一些。针对王熙凤的女儿饮食多荤腥，口臭、积食的情况，王太医说："我说姐儿又骂我了……"② 给小朋友看病时王太医又幽默风趣，与其在贾母面前的拘谨形成了鲜明对比，表现了其因人而异的性情中人气质。

3. 庸医胡君荣

胡君荣是曹雪芹极力批判的庸医形象，曾为晴雯看病。晴雯

---

① 曹雪芹：《红楼梦》，人民文学出版社，2008年，第148页。
② 曹雪芹：《红楼梦》，人民文学出版社，2008年，第563页。

偶感风寒、鼻塞声重，晴雯平时身体并不壮实，故其病情迟迟不见好转。胡君荣开了一剂药效很猛的疏散方，除用紫苏、桔梗、防风、荆芥之外，还加上枳实、麻黄等理气解表的发散药。幸亏宝玉懂得药理，及时发现这是"虎狼药"，才没有酿成严重后果。胡君荣第二次进贾府为尤二姐治病时，又乱下猛药，结果将尤二姐腹中的男胎打了下来，导致尤二姐彻底断绝了贪生之念而自杀身亡。胡君荣，一服药害了两条人命。胡君荣不仅是个平庸之辈，而且是好色之徒。在写胡太医为晴雯诊脉时，他关注的是病人的外貌，被病人纤长的手指、美丽的红指甲吸引，完全忘记了自己的工作。在写胡君荣为尤二姐诊病后，又要看气色。尤二姐从帐子中露出脸来，胡君荣一见病人倾城倾国貌，顿时魂飞天外，六神无主，不能辨别患者气色。与《金瓶梅词话》《醒世姻缘传》等书不同，《红楼梦》写胡庸医不是采用漫画式的手法，也没有冷嘲热讽的评述，只是通过细节描写就把一个好色而医术平庸的庸医嘴脸刻画得淋漓尽致了。

此外，《红楼梦》还描写了一个性格鲜明的"医者"形象——马道婆。马道婆是贾宝玉的干娘，因此能经常出入荣国府。马道婆具有一定的技能，曾为贾母抄写经书，使贾母心宽神宁。如同《金瓶梅》中的巫医形象，马道婆亦会用一些特殊手段让人心神不安，如贾宝玉与王熙凤失神失控等，说明其存在的两面性与马道婆自身的素质有很大关系。

（二）神仙医者

《红楼梦》虽是现实主义小说，反映现实人生的种种现象，不似《西游记》那样充满奇思妙想，弥漫着神仙妖魔气息。但当无法用现实之笔拯救人心的时候，就会借用神仙之力医治疾病，同时医治人心。《红楼梦》中有两位谪仙医者，就是开篇所描写的跛足道人与癞头和尚。道人、和尚是谪仙人，能占卜吉凶，洞察前世今生，看透人生百相，不仅能医治疾病，还能医治人心。

1. 跛足道人

在《红楼梦》第十二回"王熙凤毒设相思局　贾天祥正照风月鉴"中跛足道人为病重的贾瑞看病，声称自己"专治冤业之症"。看了贾瑞之病，跛足道人叹道："'你这病非药可医。我有个宝贝与你，你天天看时，此命可保矣。'……'这物出自太虚幻境空灵殿上，警幻仙子所制，专治邪思妄动之症，有济世保生之功。所以带他到世上，单与那些聪明杰俊、风雅王孙等看照。千万不可照正面，只照他的背面，要紧，要紧！三日后吾来收取，管叫你好了。'"[1] 如果贾瑞按照跛足道人的吩咐，目睹镜子反面，照出自己的骷髅之象，能够明白人本骷髅，终有一死，心情便趋于平和，病情就会有所好转。但是，贾瑞却目视镜子正面，看到了男女之欢的人生虚渺之面，导致贾瑞在情欲的汪洋大海之中越陷越深，病情加重而亡。跛足道人欲用镜子祛除世人心中的妖魔、邪气，然邪气过盛，正不压邪。人心垂危，性命不保。实质上，跛足道人医病医的是病人的心。

2. 癞头和尚

通灵宝玉是癞头和尚用来暂时抑制贾宝玉石头本性的法宝，一旦丢失，贾宝玉将失去灵性，痴呆之病大发。解铃还须系铃人，能治疗贾宝玉疯傻之病的仍是癞头和尚。在《红楼梦》第二十五回"魇魔法姊弟逢五鬼　红楼梦通灵遇双真"中，贾宝玉被马道婆咀咒后中邪，癞头和尚主动登门为其救治。癞头和尚治疗贾宝玉的邪病，不用符水，而用通灵宝玉。和尚将宝玉拿在手上，用言语唤醒贾宝玉。

癞头和尚治疗贾宝玉中邪痴呆的方法神乎其神，且疗效颇佳。独特的疾病需要特定的医者方能医治好。后文中贾宝玉失去

---

[1] 曹雪芹《红楼梦》，人民文学出版社，2008年，第166页。

通灵宝玉后变得疯疯傻傻，时而清醒，时而糊涂，癞头和尚却始终没有出现。真宝玉遗失，贾宝玉因此失去了灵性，成为一块朴实无华的石头，回归了本性。通灵宝玉是治疗贾宝玉疾病的良药，癞头和尚是治疗贾宝玉灵性的良医。显然，癞头和尚是位不食人间烟火的神仙，身负绝学，有着人间医生所不具备的医术。

二、《醒世姻缘传》中的医者形象

《醒世姻缘传》中的医者形象有正反角色之别，大致有三种类型的医者。作品中医者的反面形象性格较为复杂，仅用庸医来称之，实为不妥。如艾前川、萧北川等具有一定的医术，被人们所认可，这与元杂剧、《金瓶梅词话》中"医术平庸"的庸医形象有所不同。但他们在医德方面，二人又具有庸医的特点，如艾前川医德败坏，兜售虚假膏药，骗取百姓钱财；萧北川嗜酒如命，往往因其醉酒而耽误治病时机。

（一）恶医艾前川

在《醒世姻缘传》第六十六回"尖嘴监打还伤臂　狠心赔酒又捱椎"和《醒世姻缘传》第六十七回"艾回子打脱主顾　陈少潭举荐良医"详细描述了恶医艾前川恐吓、诱骗患者家属的情形，形象生动地刻画了一位汲汲于钱财而丧失医德的庸医形象。在艾前川未出场时，说他是个有名的外科医生，读者自然很期待这位名医的高超医术。令人出乎意料的是，艾前川一到狄员外家，便东拉西扯别家病人是如何不治而亡的，使得狄员外极为惶恐。救子心切，狄员外被艾前川骗取了四两银子，却换取了毫无疗效的膏药。到了夜间，膏药所紧贴的伤口又恶化，令病人狄希陈因疼痛而晕厥。此时，医者艾前川正拿着患者家属的药资大吃特吃，潇洒快活。等患者家属再次登门，艾前川却不顾病人安危，居然胁迫狄家索要二十两。陈少潭向狄员外揭露了艾前川的真实面目："这外科十个倒有十一个是低人，这艾满辣是那低人之中更是最低无比的东西……他自来治人，必定使那毒药把疮治的坏了，他才合人讲钱，一五一十的抠着要。"[1] 如果不按他开的价钱如数给付，他就会撒手不管病人死活，让病人受尽折磨。而"他治坏了的疮，别人又治不好了"[2]，非他治不可，他就是用这种极为卑劣且残酷的手段敲诈和勒索病人及病人家属钱财的。

狄希陈只是艾前川众多受害人之一，书中还写到了另外三位病人。陈少潭说的第一位病人是山东历城的裴大爷，他是一位县太爷。艾前川这个恶棍在裴县令处失手是他人生唯一的"滑铁卢"。艾前川给裴知县治疗手疮，他居然也如法炮制。知县用了毒药膏后疼痛难忍，一怒之下要把他抓起来用刑，吓得他跪在地上磕头求饶。艾前川乖乖地将毒药洗掉，换上真膏药。为了赚取黑心钱，艾前川不惜将阴招用在自己的亲人身上。有一次，他丈母娘长了个疖子，妻子向他取药。他不知是因为怨恨悍妻而有意作弄丈母娘，还是真的没搞清楚谁要用药，竟也拿了"起疼坏疮"药膏，结果把丈母娘折磨得半死。其妻气得打了他几巴掌，他死皮赖脸辩白说："我知道真个是他用来么？我当是他要给别人贴来。"[3] 一副泼皮无赖的嘴脸，不知悔改。艾前川借行医索财，根本不把病人死活放在眼里，连那个裴知县也说："你在本县身上还这们大胆，你在平人手里还不知怎么可恶哩！你只别治杀了人，犯在我手里，我可叫你活不成！"[4]

艾前川在医疗界是个臭名昭著的恶医，大量文字描述集中展现了他人性中的贪婪。不过文中并未掩饰其优点，没有否认他的医术："论他实是有几个极好的方，手段也极去的，只是为人又

---

[1] 西周生：《醒世姻缘传》，华夏出版社，2007年，第585页。
[2] 西周生：《醒世姻缘传》，华夏出版社，2007年，第585页。
[3] 西周生：《醒世姻缘传》，华夏出版社，2007年，第585页。
[4] 西周生：《醒世姻缘传》，华夏出版社，2007年，第585页。

歪又低。"① 文中显其恶又不隐其美，大有春秋笔法之妙。可见，艾前川医者的形象确实是之前古典文学作品中少有的一个恶医典型形象。

（二）醉鬼医生萧北川

萧北川是一名妇科医生，其医术十分高超，如书中所言："治疗胎前产后，真是手到病除。"② 但萧北川有一个很不好的习惯，到了患者家中，一看到酒食，便坐下享用，怎么都不肯诊脉；等看出病来，依然要吃酒。贪恋酒杯，不肯回家撮药。他在诊前、诊后都要饮酒，可见萧北川是一位十足的酒鬼医生。因此，尽管萧北川医术很不错，却因贪杯、醉酒不能及时就诊，常常耽误为病人治病，致使患者失去了最佳的医治时机。萧北川是一个很滑稽的醉鬼医者形象，他玩世不恭，工作态度极为不端正，缺乏敬业精神。

（三）良医赵杏川

《醒世姻缘传》第六十七回"艾回子打脱主顾　陈少潭举荐良医"所描写的外科医生赵杏川属于正面的医者形象。狄希陈受到恶医艾前川的欺骗和敲诈，病情加重，经陈少潭推荐得到了良医赵杏川的救治。这个赵杏川"寡言和色，看那模样就是个忠厚人"③。他看了狄希陈的病后，安慰他说："这又不是从里边发的毒疮，不过是皮肤受伤，只是叫人受了些苦，无妨的。这疮容易治。"④ 赵吉川说话实在，和颜悦色，他为狄希陈悉心调治了一个月，终于将其调养得身强体壮，康健如初。在这调养的一个月中，赵杏川寸步不离守护病人，直到狄希陈病愈了才告辞回家。

---

① 西周生：《醒世姻缘传》，华夏出版社，2007年，第585页。
② 西周生：《醒世姻缘传》，华夏出版社，2007年，第33页。
③ 西周生：《醒世姻缘传》，华夏出版社，2007年，第589页。
④ 西周生：《醒世姻缘传》，华夏出版社，2007年，第589页。

狄员外赠送了礼物和十二两银子，赵杏川只收下了礼物，婉言谢绝了十二两银子。赵杏川谦恭地解释说，如果是二三两银子，最多四两银子，便可收下。如今，赠送了这么多礼物，还要收下十二两银子，未免太多了，感觉受之有愧。① 如若是艾前川，面对堆积如山的礼品与十二两银子，必然会欣然接纳。相比之下，赵杏川不仅是医术高明、认真负责、医风朴实、作风正派的医生，而且是位不贪图财物的良医。不过文中并没有刻意把赵杏川塑造成如于吉一样不收病人钱财的毫无私心的医者，而是把他当作一个普通的世俗医生来写的。为了谋生，赵杏川收取了病人的一些礼品也是情有可原的，较符合生活逻辑，因此使他十分真实可信。

恶医遭人恨，良医被人爱。将艾前川、萧北川与赵杏川进行鲜明对比后，三人中"杏川"最良，前川贪图钱财丧失医德，北川因个人嗜好耽误治病、有辱医者使命。唯有"杏川"医德、医术俱佳，可谓"精诚大医"。对医者形象进行冷暖色调的描写，作者意图在"醒世"，警示如"前川""北川"之辈，要远离贪图与享受，向"杏川"之类的良医学习，以关爱他人、全心全意救治病人为己任，践行"悬壶济世"的医者使命。

作者先写一恶医艾前川，接着便立刻塑造了一位良医赵杏川。显然，赵杏川是清代普通人民所期盼的良医。人们深受恶医欺骗，极力渴求良医出现。良医具有高超的医术与崇高的医德，可见德艺双馨是当时社会对医生的人格要求。赵杏川，堪为当世良医的楷模。

三、《镜花缘》中的医者形象

清代李汝珍的长篇小说《镜花缘》亦塑造了较多的医者形

---

① 西周生：《醒世姻缘传》，华夏出版社，2007年，第589页。

象。《镜花缘》的前半部分主要是借唐代文人唐敖与其妻兄林之洋及舵工多九公出海贸易、游历四十多个国家的见闻，间接影射、讽刺清末社会的世态人情。书中的多九公虽是一位舵工，却是世医家庭出身，承袭家传，善用各种奇方妙法为人治疗疑难杂症。多九公医药知识渊博，对症下药无不灵验。厌火国的人围困唐敖等人索财无果后口吐火焰将林之洋的胡须烧掉，林之洋受了烧伤，嘴巴也很疼痛。多九公以麻油、大黄为他医治，两日便痊愈。林之洋船上的一位水手因天气炎热中暑晕倒，多九公用街心土、数瓣大蒜捣碎，用井水饮之，水手立刻苏醒了。同样，唐敖被暑气熏得头晕，症状较水手的稍轻。多九公不再用街心土，改用"平安散"，唐敖用鼻子嗅了一阵，便立刻觉得神清气爽、头脑清醒。唐敖索要药方，多九公便爽快地写下药方赠送。中医以医方治病，秘方不可外传。但多九公被唐敖将此方传于世人、救助苍生的建议打动，毅然将药方献出。多九公为人诚恳，可见林之洋所言不虚。多九公游历了一路，治病治了一路。行至歧舌国，多九公用铁扇散和七厘散医治摔成重伤的世子，并用"保产无忧散"为王妃保胎，并传给他们医方。

多九公既是位儒医，又是一位良医。他幼年读过诸子百家，是位颇有学识的读书人，用他自己的话说："老夫于岐黄虽不甚知，向来祖上传有济世良方，凡跌打损伤，立时起死回生。"[①]他也继承了世医的家风，行医治病不图财物，只为济世救人。譬如，多九公为歧舌国的世子治愈重病后国王拿出两千两银子要酬谢他，再用二百两银子求购他的良方。多九公不为金钱所动，称自己行医施药目的是"原图济世，并非希图钱财"[②]。

多九公敢于痛斥打着中医旗号治病的乱象，他对游走江湖、

---

① 李汝珍：《镜花缘》，上海古籍出版社，2005年，第128页。
② 李汝珍：《镜花缘》，上海古籍出版社，2005年，第130页。

贩卖"灵丹妙药"的江湖郎中嗤之以鼻,这可从其对"药兽"的态度看出,《镜花缘》第二十二回"遇白民儒士听奇文 观药兽武夫发妙论"写了一则"药兽"的故事,用拟人化的手法和幽默的语言讽刺鞭挞了害人的庸医。文中写唐敖等人来到白民国,遇到了"药兽"。多九公口中的"药兽"具备人性,善解人意,不用把脉,却能以一"草"或"多草"为人治病,且有一定的疗效。而药兽无论患者何病,均以"草"医治,服用方法亦相同,"草"倒成了治疗百病的良药了。"一草"和"多草"中的"草"暗指同一种药物,只是剂量不同而已。多九公说无病之人吃了"药兽"的药,自然会无病而生病。多九公对药兽的医术态度较模糊,一方面肯定了其药的疗效,另一方面又嘲笑、讽刺其治病的药草,甚至挖苦药兽能将无病之人治成有病。文中把"药兽"说成"牛形",似乎是在影射那些医术平庸的铃医(走方医),因为古代铃医曾被人称为"牛医"。显然,多九公对于行走江湖的铃医颇有微词,侧面反映了清末社会江湖中的医疗乱象,无情鞭挞了部分铃医医术平庸、只会卖药的丑陋行径。

四、《官场现形记》中的医者形象

"大医精诚"是评价一位良医的重要标准,一位好医生既要医术高超,又要医德高尚。中国古典小说中的良医大抵如此,如《三国演义》中的华佗、《红楼梦》中的王太医等。"庸医"往往是医术、道德双双沦丧,走向了良医的另一极端,如《金瓶梅词话》中的赵龙岗、《红楼梦》中的胡君荣等。但作为晚清四大谴责小说的《官场现形记》却匠心独运,真实地刻画了现实生活中的另一类医者形象,那便是《官场现形记》第五回"藩司卖缺兄弟失和 县令贪赃主仆同恶"中提到的官医局太医张聪。张聪在权贵何藩台面前卑躬屈膝,医者风范丧失殆尽。书中对其采用了语言描写与行为描写,三言两语、蜻蜓点水地展示了医者张聪的丑态。先写张聪见着何藩台的弟弟，抢先赔笑脸，嘘寒问暖。见到何藩台之后，张聪又行礼赔罪，表达因没有及时主动上门诊治的歉意，"宪太太欠安，卑职应得早来伺候"[①] 一句"应得早来伺候"中，写尽了张聪阿谀奉承达官贵人之丑态。但对其医术还是持肯定态度，不因其缺点而怀疑其医术。从诊断到治疗，张聪都表现出了医生的专业水准。张聪诊断说太太的病是动了胎气，是因郁怒伤肝，又闪了一点力导致的，开了一些药物。文中虽用了"无非"二字道出此药方没有什么高明之处，但是何藩台的小妾经过张聪大夫的诊治，立见效果，"不到半个钟头，居然太太的肚皮也不痛了"[②]。

张聪虽具备医者的业务技能，但为人猥琐、阿谀奉承、品行不端。张聪又利用医术向何藩台提出条件，委托何藩台牟取官医局提调、江西试用通判职务。用医术交换官职，乘治病之机，牟取个人私利。将治病救人当作利益交换的条件，为自己牟取功名，这不仅是张聪医者形象的性格内涵，也反映了晚清政治腐败、卖官鬻爵的不良之风。这一形象是以往文学作品中都没有出现过的，而生活中的确存在张聪这样的医者。在《官场现形记》中，作者塑造的医者形象更接近生活、贴近人性。

文中还有这样一类医者，他们本是不存邪念的好医生，不图以开方卖药营利为目的，但却经不住小人蛊惑而坠入邪恶的深渊，与小人同流合污，失去职业操守，损害了医者形象。如在《官场现形记》第三十五回"捐巨赀纨袴得高官 吝小费貂珰发妙谑"中纨袴子弟唐二乱子习惯了娇生惯养，因长途跋涉、鞍马劳顿，不堪劳累，叫苦连天。唐二乱子以"累"为病，立即请医

---

① 李宝嘉：《官场现形记》，张友鹤校注，人民文学出版社，2014年，第63页。

② 李宝嘉：《官场现形记》，张友鹤校注，人民文学出版社，2014年，第63页。

生对其进行医治。医生把脉之后对管家说唐二乱子不过是因为劳累而导致头晕眼花、身体疲倦，多加休息即可恢复。这位医生能够通过脉相看出唐二乱子因劳累过度而感觉不适，而不是因病导致的，可见其医术尚可。这位医生嘱托唐二乱子仅需休养，不需要开方抓药，极力反对给唐二乱子吃人参这么昂贵的名药。可见，这位医生是一位为病人着想，不以开处方而追求名利的医者。但就是这样正直无私的医生却经不起管家的苦求，加上利益的诱惑，一改初心，摇身一变，成为诈人钱财的黑心医生。被管家说服之后的大夫一反常态，否定了前面所说病人无病的诊断，而是说患者不仅有病而且很严重，"贵上的症候很不轻；而且不好耽误日子，一天最好要看三趟"①。从不需用药到开了几十块的药方，由不收诊金到每趟收二十四块钱的诊费和四元六角的挂号费，共收了八十五块八角。金钱可以腐蚀医者的良知，这充分体现了拜金主义思想在当时社会的严重泛滥。

庸医仍然是《官场现形记》中不可或缺的角色，如视财如命、医术平庸的王先生。在《官场现形记》第三十九回"省钱财惧内误庸医　瞒消息藏娇感侠友"中，瞿耐庵跌断了腿，他吝惜钱财不肯请外国医生，便延请王先生对他进行诊治。王先生看出了瞿耐庵的腿是"骨头跌错了笋了，只要拿他扳过来就是了"②。这本是一个很简单的问题，王先生却要四十五块钱，声称这是药费。而患者家属不愿用药，只要求将骨头归位即可。这位王先生看到生意做不成了，便恼羞成怒，施展他那半斤八两的医术："当下不问青红皂白，能扳不能扳，便拉住瞿耐庵的腿，看准受

---

① 李宝嘉：《官场现形记》，张友鹤校注，人民文学出版社，2014年，第534页。

② 李宝嘉：《官场现形记》，张友鹤校注，人民文学出版社，2014年，第593页。

伤的地方，用两只手下死力的一扳。"① 一瞬间，瞿耐庵疼得昏过去了，情况极为不妙，"两眼直翻，气息全无，头上汗珠有黄豆大小"②。王先生仍不顾病人死活，卷了袖子，想用蛮劲把瞿耐庵的腿扳过来。显而易见，王先生如粗人用力，丝毫不顾医学科学。被瞿太太阻止后王先生仍不甘心，等瞿耐庵醒过来，又要准备用力扳腿，被瞿太太再一次阻止了。被告知不需要医治的时候，王先生硬要索取五块洋钱，而且厚颜无耻地说："现在是你们不要我治，并不是我不治。如今要少我的钱可不能。"③ 可见，王先生平日就是以这样的方式骗取病人钱财的。王先生是一个十足的骗子，是一个医术低劣、利欲熏心、一味骗财、不顾病人死活的泼皮无赖之医者。

无独有偶，在《官场现形记》第四十九回"焚遗财伤心说命归　造揭帖密计遣群姬"中，张守财因年老纵欲过度，身体极度虚弱而奄奄一息。张太太不惜重金延请各方医生，诊费一律依医家所言。后经人推荐，请了上海一位医生看病。这位医生得知患者家底后，便狮子大开口："一定要包他三百银子一天，盘川在外；医好了再议；另外还要'安家费'二千两……"④ 除安家费之外，其他条件统统答应。一路上不敢怠慢，吃住用度规格极高。到了患者家中，张守财的病情已经万分危急，只剩下一口气。张太太恳求这位医生及时为张守财医治，医生却慢条斯理地说要休息两天开出的药方才会有效，这简直是无稽之谈。迫于芜

---

① 李宝嘉：《官场现形记》，张友鹤校注，人民文学出版社，2014年，第594页。
② 李宝嘉：《官场现形记》，张友鹤校注，人民文学出版社，2014年，第594页。
③ 李宝嘉：《官场现形记》，张友鹤校注，人民文学出版社，2014年，第595页。
④ 李宝嘉：《官场现形记》，张友鹤校注，人民文学出版社，2014年，第757页。

湖官道刁迈彭的劝说,这位医生只好为张守财把脉。这位医生把脉足足用了一个小时,之后他一面吃水烟,一面琢磨如何开药方,百思不得其方,用"军门这个病"搪塞。病症、病因未诊断明白,药方便无从开起,病人张守财便已经呜呼哀哉了。这位医生的医术低劣,架子倒挺大,喜欢卖关子,而且满脑子都是金钱,实乃医者中的败类。

《官场现形记》中的医者要么医术平平、医德败坏,要么有点医术就贪图患者的钱财,要么就是趋炎附势。医生与患者成了治病与钱权交易的关系了,如前文提到的官医局张聪及王先生等诸如此类的医者形象。

晚清社会自洋务运动后,外国各类人等在中国境内活动愈加频繁,其中自然不乏一些医者形象。李宝嘉痛恨外国侵略者,故将笔触伸向了外国势力。但对医者却没有恨屋及乌,而是如实记录。《官场现形记》中出现了两位外国大夫,一位是在《官场现形记》第三十九回"省钱财惧内误庸医 瞒消息藏娇感侠友"中出现的,瞿耐庵摔断了腿,请外国大夫来看,这位洋大夫实事求是、直言不讳地说了病情,并说自己能治,不会影响他磕头、走路;但却无法保证病人行走如常,会留下瘸腿的后遗症。看来,这位外国医生,并未吹嘘自己的医术,而是将病情如实告知了病人家属,维护了病人的知情权,是一位值得信赖的医生。瞿耐庵由于吝惜钱财,不肯出三十块银圆,果断拒绝由外国医生进行救治。

瞿耐庵尝试了其他医生的治疗均无效,尤其是经王先生恶意报复之后,加重了病情。几经转折,最后还是请了一位外国医生。经过半天推拿,未用任何药物,瞿耐庵当日病情就减轻了很多,但这位外国医生依然是收了三十块大洋。而且,治病之前医患双方已签下了协议。可见外国医生具有契约精神。

可以看出,晚清社会的道德沦丧,整个社会风气呈现出拜金主义、世风日下和人性之扭曲及变态的凉薄之态。这种不良的社会风气严重浸染了以悬壶济世、救死扶伤为己任的医者，让他们既丧失了初心，又失去了职业操守，沦为了金钱的奴隶，陷入了名缰利锁的牢笼之中难以自拔。

五、《老残游记》中的医者形象

清代刘鹗的《老残游记》是一部反映晚清社会现实的小说，主人公老残是个摇铃、串街、游走江湖的铃医。《老残游记》以老残游走各地行医为线索，通过他的经历见闻全面展现了晚清封建社会政治黑暗的真实情况，深刻揭露了官场的腐败与丑恶。"老残"是小说刻意塑造的人物，作者又试图借老残之口表达补救封建社会残局的用意，因此"老残"外号又叫"补残"。从医学的角度看，这个主要人物反映了古代铃医的职业特点。老残早年读书为求功名，因钻研八股文不得其法而导致学业无成，功名无望。为了谋生，老残只得转行学医。老残学医的过程十分简单，只不过是学了"几个口诀"，便摇铃串街，行医治病。老残行医的经历反映了古代铃医缺乏系统的医学知识，只是简单地背了一些方药歌诀，治病全凭临床实践经验。从书中的描写还可以看出，铃医是走南闯北为人治病的，生活漂泊不定。《老残游记》正是利用"老残"的职业特点，以其所见所闻从侧面反映晚清社会的政治生态。铃医的另一个特点是神秘感，他们常常称自己的方药或医术是由神仙异人所授，借以抬高自己，招揽病人。例如书中写"老残"的启蒙老师是个道士，老残常常向病人及其家属宣称自己曾受高人指点，故而能治百病。"老残"为黄大户治病时，声称自己使用的药方是由大禹传下来后又失传的秘方，把自己的医术说得十分神奇，这是古代铃医惯用的伎俩。

文中老残医病的情节很少，大致有三次，其医者形象较为薄弱，作为医生的行迹着墨并不多，但作为社会政治黑暗的亲历者的形象则十分丰满。就此而言，"老残"不过是刘鹗欲表现自己社会政治理想的纽带。

六、明清小说中医者形象的描写特征与庸医产生的社会因素

（一）明清小说中医者形象的描写特征

虽然医者在古代是个冷门职业，处于社会底层，身份较卑微。然而，医者仍是一个不可或缺的职业，他们担负着治病救人的神圣职责。为了更好地反映社会现实，医者视角是日常生活中必不可少的一环。

明清小说中出现的种种医者形象无非有两种类型，即正反两面的人物形象。正面医者形象如《三国演义》中的华佗、《红楼梦》中的张太医，尤其是《醒世姻缘传》中的赵杏川，他们不仅医术高超，而且医德高尚，治病不贪图病人的钱财，堪为良医楷模。明清小说中的反面医者形象较多，作为反面典型的医者形象有两种类型：一是恶医，他们心理黑暗专以牟取病人钱财为目的，如前文提到的《醒世姻缘传》中的艾前川，《官场现形记》中的伤科大夫王先生；二是庸医，这类医者医术平平且徒有虚名，如《金瓶梅词话》中的赵太医等。

明清小说中的医者形象总体上包括良医、庸医和恶医三大类型，从人物塑造艺术方面来讲，比较丰满的医者形象当属庸医、恶医。良医形象较为单薄，数量亦较少，皆是谦谦君子、温文尔雅，以治病救人为使命，不贪图名利。

从对医者形象的描写艺术来看，明代小说除晚明世情小说兰陵笑笑生的《金瓶梅》之外，大多作品中对医者形象的描写都极为简略，寥寥几语，缺乏鲜明的性格特征，尤其是历史演义小说如《三国演义》。清代小说中，医者形象逐渐丰满，尤其是晚清小说中的医生形象描写得惟妙惟肖,如《官场现形记》中的医者形象。

(二)明清小说中庸医形象产生的社会因素

明清小说中的医者形象大多是庸医,甚至出现了一些品德极其败坏、手段极其残忍的医者形象,这不单单是小说家有意为之,而是有着更深刻的社会背景的。明清时期我国封建社会已经进入了没落腐朽阶段,晚明时期与晚清时期政治黑暗,吏治腐败,整个社会弥漫着金钱气息,拜金主义思想盛行,人心不古,世态炎凉,自然会影响社会中的方方面面,医疗卫生行业亦难以逃脱其影响。

晚明社会是一个黑暗如漆的社会,宦官专权,奸人当道,人民生活艰辛。同时,商品经济发展迅速,市民阶层迅速崛起,拜金主义思想在社会当中十分盛行,包括手工业者在内的商人阶层凭借自己的聪明才智与辛勤劳作发家致富,但他们一味追求高额利润,如西门庆。处于社会下层的市民在追逐财富的过程中,不惜失去尊严,如应伯爵等。商人阶层与官吏勾结进行权钱交易,如西门庆与蔡京等。个别医者游走于市井,受到金钱的诱惑,利欲熏心后丧失职业操守,如艾前川、赵龙岗等。

晚清社会政治更加黑暗,卖官鬻爵、贿赂成风、吏治腐败透顶。官员贪污腐化是为了捞取好处费。这样一个充满着铜臭味的社会环境会直接影响了身处其中的医者,即便有良知的医者,也做不到完全出淤泥而不染。因此,在晚清小说中出现了大量的庸医形象,甚至是恶医,为了金钱不惜出卖自己的灵魂,如《官场现形记》中的伤病大夫王先生及为唐二乱子治病的那位不知姓名的医生。

第二章　明清小说与中医疾病书写

人食五谷杂粮，经历酷暑严寒，难免会被疾病困扰。在明清小说中，即使是神仙亦有生病之时。先有疾病，后有医者，医患关系即由此达成。医患关系的描写成为明清小说不可或缺的题材。明清小说亦不乏对疾患的描写，疾患情节包括疾病描写、治疗过程描写及医患沟通描写。明清小说中的疾病描写经历了由略到详、由不知名到知名、由古到今的过程，疾患情节描写的丰富程度与小说中反映的时代密切相关。

第一节　明代小说中的中医疾病描写

明清小说中的疾病类型多种多样，在不同题材、不同历史时期的小说中具有详略描写之分。以战争为题材的历史演义小说或以帝王将相、王侯贵族、封建文人为题材的小说，关于疾患的描写具有深刻的政治寓意。疾病描写只是主旋律背景下一个小小的插曲，有些医患描写甚至与小说人物塑造、叙事功能、揭示主题等存在着若有若无的联系。而那些影射市井生活、鞭挞社会现实的世情小说如《金瓶梅》，便是具有强烈批判意味的。世情小说更能将笔端伸向所写人物的生活及灵魂深处，以躯体的疾病反映人心的疾病。通过对医患关系的描写，世情小说能揭露时代的弊病。以《水浒传》为代表的英雄传奇小说，其医患关系描写寄托了对英雄悲剧生命意识的哀痛之情。

一、《三国演义》中有关疾病的描写

《三国演义》中涉及疾患描写的情节少之又少，基于2009年由中华书局出版的毛纶、毛宗岗父子点评本，笔者进行了粗略统计，文中共有二三十处关于疾病的描写。根据疾病产生的原因，可将小说中的疾病描写大致分为以下六种。

（一）伤疾

大多数历史演义小说以战争题材为主，疾病往往是因战争引起的伤科疾病。若伤势不能及时被医治则会导致身体元气大伤，使病人因伤成疾。关于伤病的描写反映了战争的残酷性。明代历史演义小说《三国演义》描写的大小战役有四十多场，战场鏖战，武将斗狠，难免会受伤。因此，在《三国演义》中描写较多的是伤疾，这一类疾病的患者常常是战场厮杀的士兵或大将。他们往往因枪伤、箭伤而伤来如山倒，甚至丧失生命。伤疾者往往是性情暴躁、立功心切的武将。从文学的角度而言，与其说是描写他们的伤疾，还不如说是在刻画他们鲁莽、急躁、好战的性格特征。

战争中的伤疾一般有两种：一种是枪伤，另一种是箭伤。受枪伤的人有董袭、周泰、孙策等人，董袭受伤是侧面叙述的。《三国演义》第十五回"太史慈酣斗小霸王　孙伯符大战严白虎"中写道："周泰身被十二枪……金疮发胀，命在须臾。"[1] 周泰中枪之前，身体强壮，因受重伤，其健康受到严重损害，甚至有生命危险。无独有偶，江东小霸王孙策也身受箭伤。在《三国演义》第二十九回"小霸王怒斩于吉　碧眼儿坐领江东"描写了孙

---

[1] 罗贯中：《三国演义》，毛纶、毛宗岗点评，中华书局，2009年，第85页。

策在城外打猎时，他单枪匹马陷入了许贡门客的埋伏之中，在打斗时他的面颊被毒箭伤及且身遭数枪。孙策当场就已"血流满面，被伤至重"①。周瑜的英年早逝虽与其"既生瑜，何生亮"的嫉妒性格有关，但与其所受箭伤亦有密切关系。《三国演义》第五十一回"曹仁大战东吴兵 孔明一气周公瑾"写到周瑜中了曹仁的空城计，率领了数骑进入南郡，却陷入了埋伏，左肋中了一支毒箭。医者诊断说其所中之箭有毒，伤口不能快速治愈。与孙策所中毒箭情形相同，都需静养，切忌发怒。周瑜、孙策皆因中毒箭患了金疮病，而有生命之忧。

更值得读者关注的是关羽，他曾先后两次中箭：第一次是在《三国演义》第七十四回"庞令名抬榇决死战 关云长放水淹七年"中写到关羽与庞德交锋，庞德巧施拖刀计，射中了关羽的左臂。庆幸的是庞德的箭头无毒，他遭受的只是普通的箭伤。用金疮药敷之，关羽休养数日之后，箭疮即愈。关羽第二次受伤仍然是在这一回叙事中，同样受的是箭伤。曹仁指挥五百弓弩手在樊城城头，向城下乱射，恰好射中了关羽的右臂。此次关羽所中的是毒箭，"毒已入骨，右臂青肿，不能运动"②。可见，箭伤轻重有别，主要根据箭头是否有毒及其毒性程度进行判断。曹仁善于守城，弓箭是必备之物，弓箭手又训练有素，先后射中了周瑜与关羽。而且，周瑜与关羽所中的都是毒箭，可见曹仁心肠之狠毒。而庞德射向关羽的箭，却是无毒之箭。相较而言，庞德可谓是光明磊落。

（二）心疾

何谓"心疾"？文本描写"心疾"有时特指因心中为某事烦恼、过度忧虑、患得患失而导致的疾病。如在《三国演义》第二

---

① 罗贯中：《三国演义》，毛纶、毛宗岗点评，中华书局，2009年，第169页。
② 罗贯中：《三国演义》，毛纶、毛宗岗点评，中华书局，2009年，第449页。

十三回"祢正平裸衣骂贼　吉太医下毒遭刑"中描写董承受密诏后,日夜思虑除掉曹操之计而不可得,乃至忧虑成疾。后文又写道:"且说董承自刘玄德去后,日夜与王子服等商议,无计可施。建安五年,元旦朝贺,见曹操骄横愈甚,感愤成疾。"[1] 董承感愤成疾是由两方面的原因导致的:一是其杀曹未遂之心疾;二是对曹操"骄横愈甚"而感到愤怒。

周瑜亦为战事而患心疾,在《三国演义》第四十八回"宴长江曹操赋诗　锁战船北军用武"写到旗帜被江中狂风刮起,在旗角吹拂面庞之时,周瑜忽然想起风向不利于火攻,一下子急火攻心,当即晕倒在地。前一刻,周瑜尚嘲笑曹操军中旗帜被风吹落在江中,讥之为不祥之兆。后一刻,周瑜便立刻情绪激动,口吐鲜血,不省人事了。周瑜顿感心口、腹部十分疼痛,乃至昏迷。服药之后,症状仍未消失,"心中呕逆,药不能下。……已服凉药,全然无效。"[2] 中医认为思虑过甚会使人体功能失调,对人体构成威胁,易生各种疾病。正如《黄帝内经》所言:"思则心有所存,神有所归,正气留而不行,故气结矣。"[3] 周瑜心绞痛的病因在于他思虑过度,伤害了身体。诸葛亮对症下药,他许诺能解决东南风的问题,周瑜心情好转,身心放松,人体各种功能又恢复了正常。周瑜的病情大为好转,甚至在病榻上"矍然而起"。

文中还有一人因心疾而直接导致其死亡,这个人就是蜀国大将姜维。姜维在生死攸关之际,突然心口剧痛,死于乱军之中。前文并未曾提起姜维身患疾病,在生死关头,他突发心疾,使其统一大业失败。

---

[1] 罗贯中:《三国演义》,毛纶、毛宗岗点评,中华书局,2009年,第135页。
[2] 罗贯中:《三国演义》,毛纶、毛宗岗点评,中华书局,2009年,第293页。
[3] 《黄帝内经》,姚春鹏译注,中华书局,2022年,第337页。

（三）头风病

头风病为中医病证。《医林绳墨》写道："浅而近者名曰头痛，深而远者名曰头风。"① 头风分为正头风和偏头风。痛在头中心叫正头风，痛在头侧面（左侧或右侧）叫偏头风。曹操所患的是偏头风，遇到风寒来袭时便疼痛难忍。小说正面描写曹操苦于头风的情形有两次。第一次是在袁绍准备讨伐曹操，陈琳代为草拟讨贼檄文传至许昌，曹操当时正"患头风，卧病在床"。第二次是在曹操斩树时树液呈红色，如血一般，溅了曹操一身而受惊，导致其头风病复发。曹操由于猜疑，拒绝了华佗的治疗方案，最终曹操死于头风病。

（四）气疾

"气"是中医学术语，肝、脾病变引起的不适有时亦可归入气疾。《周礼·仪礼·疾医》记载："冬时有嗽上气疾。"② 看来，气疾时常发作于冬季。

刘备参与刘表的家事，刘备心向其长子刘琦，建议刘表立刘琦为世子，从而得罪了刘琮的母亲蔡夫人和母舅蔡瑁，因此蔡瑁和蔡夫人对他怀恨在心，欲置刘备于死地。蔡氏姐弟摆下鸿门宴，宴请众官，欲在宴席上除掉刘备。刘表声称"气疾"发作："吾近日气疾作，实不能行……"③ 推辞出席。"气疾作"一语暗示刘表经常犯"气疾"，长期被气疾困扰。

（五）疫病

疫病是指因水土不服或因感染而引起的疾病，表现为呼吸道、肺部、支气管等不适，或皮肤瘙痒、水痘、腹泻等。虽然疫

---

① 方隅撰：《医林绳墨》，王小岗、贾晓凡校注，中医古籍出版社，2012年，第169页。
② 《周礼·仪礼》，崔高维校点，辽宁教育出版，1997年，第8页。
③ 罗贯中：《三国演义》，毛纶、毛宗岗点评，中华书局，2009年，第205页。

疾不是绝症，但是如果得不到及时救治，将会危及生命，如在《三国演义》赤壁之战中，曹操的军队士兵大多是北方人，行军到南方后不适应南方的气候，水土不服，加之不习水战，出现了呕吐、腹泻等导致士气低落，战斗力急剧下降。疫病导致曹操毫无戒备地听从了庞统的建议，将船锁在一起，造成了被火烧的惨局。《三国演义》第三十三回"曹丕乘乱纳甄氏　郭嘉遗计定辽东"中写到了曹操最器重的谋士郭嘉因水土不服，出现了胃肠疾病，卧病在车中。郭嘉不得不终止行军，留在易州养病。曹操回师时，郭嘉便已病死。

（六）眼疾

司马师晚年身患眼疾，左眼生一肉瘤。中医认为治疗肉瘤的最好方法是手术。眼睛的肉瘤使眼球的位置产生了移动，病情发展迅速，手术后仍需静养。但是司马师带病出征平定叛乱，鞍马劳顿和风餐露宿及情绪变化剧烈，直接导致病情急剧恶化。最终，司马师因眼睛迸出眼眶而亡。

二、《西游记》中有关疾病的描写

《西游记》作为一部神魔小说，其情节较奇幻，书中的人物大多是不食人间烟火的妖魔鬼怪，当然其中也不乏凡夫俗子。无论是妖魔鬼怪的病，还是凡夫俗子之病都非常奇特，具体详情如下。

（一）风眼

风眼，此中医病症名称源自《诸病源候论》。《诸病源候论·卷二十八》记载："此由冒触风日，风热之气伤于目，而眦睑皆赤烂，见风弥甚，世亦云风眼。"[①] 在《西游记》第二十一回

---

① 巢元方：《诸病源候论》，宋白杨校注，中国医药科技出版社，2011年，第153页。

"护法设庄留大圣　须弥灵吉定风魔"中写到孙悟空的火眼金睛被黄风怪的三昧神风吹得眼珠酸疼，泪流不止。孙悟空被眼疾折磨得到处寻医问药，后得护法伽蓝赐予"三花九子膏"，孙悟空的眼睛才能康复如旧。孙悟空的风眼是急性的，完全是由外界因素"三昧神风"导致的。

（二）药毒

在《西游记》第七十三回"情因旧恨生灾毒　心主遭魔幸破光"中写到唐僧师徒路经黄花观，大蜈蚣精化成道士献上由毒药泡制而成的茶水，唐僧、猪八戒、沙僧皆一饮而尽，毒从口入。唐僧师徒三人瞬间脸色发白，口吐白沫，泪流满面。此种药毒十分猛烈，让人胆战心惊。

（三）双鸟失群症

双鸟失群症，实质上是一种相思病。在《西游记》中，孙悟空认为"双鸟失群症"是因长时间思念过度而导致的疾病。朱紫国的国王，因受妖精的威胁送出正宫皇后，自此受惊，日夜担忧，遂成此疾。因国王思念身陷妖精虎口的妻子，忧虑达三年之久。因此，孙悟空称此病为"双鸟失群症"，与相思病相似，不过是因被迫分离而造成的相思之病。

（四）感冒

在《西游记》第八十一回"镇海寺心猿知怪　黑松林三众寻师"中写到唐僧身体三日不适，唐僧说道："半夜之间，起来解手，不曾戴得帽子，想是风吹了。"[1]唐僧偶感风寒，觉得"怎么这般头悬眼胀，浑身皮骨皆疼?"[2]后来，唐僧又觉口渴，显然是感冒的症状。唐僧并未就医，而是喝了些凉水，感冒居然消

---

[1] 吴承恩：《西游记》，黄肃秋注释，人民文学出版社，1980年，第976页。
[2] 吴承恩：《西游记》，黄肃秋注释，人民文学出版社，1980年，第976页。

失了，身体痊愈了。可见唐僧并非食人间烟火的凡夫俗子，感冒可以不用药而自愈。与《金瓶梅》《红楼梦》等世情小说中现实生活中的普通人不同，这是由《西游记》神魔小说奇幻的特点决定的。

三、《水浒传》中有关疾病的描写

《水浒传》中的患者自然有饱经战事的梁山英雄，他们所患既有常见疾病，又有战争创伤，大致有以下七种伤病。

（一）箭伤

弓箭在古代是具有较强杀伤力的兵器，如果箭头上涂有毒药，将会严重威胁伤者的生命。箭伤看上去虽是皮肉之伤，但古代医疗水平低下，没有阿莫西林等抗菌消炎药，不能及时对伤口进行消毒处理，很容易造成伤口严重感染。尤其是箭伤深入身体重要部位的情况，比如贯穿腹部、胸腔、面颊、脖子等，感染的细菌一旦战胜了人体的免疫系统，极可能造成反复的发炎、溃烂、高烧不退，甚至是昏迷或全身中毒死亡。小说《水浒传》中晁盖和徐宁便是最为显著的案例之一。

在《水浒传》第六十回"公孙胜芒砀山降魔　晁天王曾头市中箭"中写到晁盖攻打曾头市，落入圈套，中了埋伏，被史文恭的毒箭射中的情形：

> 原来却是一枝药箭，晁盖中了箭毒……众将得令，引军回到水浒寨上山，都来看视晁天王时，已自水米不能入口，饮食不进，浑身虚肿……当日夜至三更，晁盖身体沉重……言罢，便瞑目而死。[①]

[①] 施耐庵：《水浒传》，人民文学出版社，1997年，第797~798页。

晁盖中了毒箭之后，伤口发炎，高烧不退，昏迷不醒，甚至身体浮肿。无法进食，缺乏营养，耗尽体力，器官衰竭，最终晁盖呜呼哀哉死于毒箭伤疾。

在《水浒传》第九十四回"宁海军宋江吊孝　涌金门张顺归神"中写到徐宁身中毒箭、重伤不治而亡的细节，详情如下：

> 徐宁急待回身，项上早中了一箭，带着箭飞马走时，六将背后赶来；路上正逢着关胜，救得回来，血晕倒了。六员南将，已被关胜杀退，自回城里去了。慌忙报与宋先锋知道。宋江急来看徐宁时，七窍内流血。宋江垂泪，便唤随军医士治疗，拔去箭矢，用金枪药敷贴。宋江且教扶下战船内将息，自来看视。当夜三四次发昏，方知中了药箭。宋江仰天叹道："神医安道全已被取回京师，此间又无良医可救，必损吾股肱也！"伤感不已。吴用来请宋江回寨，主议军情大事。……宋江使人送徐宁到秀州去养病。不想箭中药毒，调治半月之上，金疮不痊身死。①

从以上两段文字可以看出晁盖、徐宁二人之死有着相同之处：一是二人皆身中药箭；二是二人伤口均在要害部位；三是二人病症相同，均血晕；四是二人均未遇良医，因救治不及时而死。可见，在古代箭伤很难医治，即便暂时好转，也易复发，如周瑜、关羽之箭伤。更何况伤到要害部位，箭伤会使得将士失去生命。箭伤一定程度上讲是古代战场中将士的克星。

（二）痈疽

《黄帝内经·灵枢·痈疽·第八十一》写道："疽者，上之皮

---

① 施耐庵：《水浒传》，人民文学出版社，1997年，第1215页。

夭以坚,上如牛领之皮;痈者,其皮上薄以泽。"① 《诸病源候论·卷三十二》记载曰:"又,肿一寸至二寸,疖也;二寸至五寸,痈也;五寸至一尺,痈疽也……"②

在《水浒传》第六十五回"托塔天王梦中显圣 浪里白跳水上报冤"中写到宋江攻打北京城,久攻不下,心神不宁,患了背疾。吴用认为宋江此背疾"非痈即疽"。痈疽,俗称"毒疮",为中医病证。现观宋江之症状,正如痈疽之症:

> 只见宋江觉道神思疲倦,身体酸疼,头如斧劈,身似笼蒸,一卧不起……众人看时,只见鳌子一般赤肿起来。③

宋江背上的毒疮肿大,全身发烫,浑身疼痛,恰好与《黄帝内经》所描述的痈疽症状相同。如果不及时医治,将有性命之忧。

(三)疟疾

疟疾是一种古老的疾病,这是中医常见的疾病。《说文解字》注"疟"意为"热寒休作,从疒,从虐,虐亦声"④。《明医指掌·疟疾》言:"疟之为状,燉热如炉,振寒如冰,头痛如破,咬牙嚼齿,有暴虐之势,从病、从虐,故名'疟'。"⑤ 疟疾,是古代医学典籍记载较为详细的疾病之一。疟疾,这一病名,宋代时已经使用,如宋代的《太平圣惠方·卷七十四·治妊娠疟疾诸方》及《太平圣惠方·卷八十四·治小儿疟疾诸方》中,使用"疟疾"作为病名。宋朝陈无择首先提出了疫疟的名称,阐释了

---

① 《黄帝内经》,姚春鹏译注,中华书局,2022年,第1471页。
② 巢元方:《诸病源候论》,宋白杨校注,中国医药科技出版社,2011年,第176页。
③ 施耐庵:《水浒传》,人民文学出版社,1997年,第858页。
④ 段玉裁:《说文解字》,汤可敬译注,中华书局,2018年,第1526页。
⑤ 皇甫中:《明医指掌》,人民卫生出版社,1982年,第93页。

疫疟的特点，并指出："病者发寒热。一岁之间。长幼相若。或染时行。变成寒热。名曰疫瘅（疟）。"①

关于疟疾的症状及类型在《黄帝内经·素问》中岐伯有详细论述："疟之始发也，先起于毫毛，伸欠乃作，寒栗鼓颔，腰脊俱痛，寒去则内外皆热，头痛如破，渴欲冷饮。"②岐伯认为疟疾有"寒疟""温疟""瘅疟"，其内涵如下：

> 夫寒者，阴气也；风者，阳气也。先伤于寒而后伤于风，故先寒而后热也，病以时作，名曰寒疟。
> ....
> 岐伯曰：此先伤于风，而后伤于寒，故先热而后寒也，亦以时作，名曰温疟。其但热而不寒者，阴气先绝，阳气独发，则少气烦冤，手足热而欲呕，名曰瘅疟。③

在《水浒传》第二十二回"阎婆大闹郓城县　朱仝义释宋公明"中宋江在柴进家中廊下遇到了身患疟疾的武松，文中写道："宋江已有八分酒，脚步趔了，只顾踏去。那廊下有一个大汉，因害疟疾，当不住那寒冷，把一锹火在那里向。宋江仰着脸，只顾踏将去，正跐着火锹柄上，把那火锹里炭火，都掀在那汉脸上。那汉吃了一惊，——惊出一身汗来，自此疟疾好了……"④武松的"疟疾"应该是岐伯所言的"寒疟"，根据小说情节推理，武松患"疟疾"可能是夏季，大概四个月后疟疾发作。此时，宋江与武松相见的时节应是秋季。武松经过夏季的酷暑，又值秋季

---

① 陈言（无择）：《三因极——病症方论》，人民卫生出版社，1983 年，第 81 页。
② 《黄帝内经》，姚春鹏译注，中华书局，2022 年，第 300 页。
③ 《黄帝内经》，姚春鹏译注，中华书局，2022 年，第 306 页。
④ 施耐庵：《水浒传》，人民文学出版社，1997 年，第 286 页。

的风寒，才患得"疟疾"。武松的症状是寒冷难禁，这就是寒疟的症状，因此才有武松廊下烤火之事。与宋江相遇，英雄相惜，其乐融融，武松竟然"前病不发"。可见，武松之疟疾，不是"温疟"，其症状也不是"瘴疟"，必是"寒疟"无疑。

（四）瘟疫

瘟疫在中国古代是较为严重的传染病，发病原因与社会政治、地理环境、灾荒、交通等因素有关。据有关学者研究，在中国的流行病历史中，隋唐以前，政治与军事因素所引发的传染病较多；隋唐之后，则以地理环境与交通发达、中外交流频繁而导致的传染病较多；宋元以来，中国的政治经济发展中心逐渐南移，因气候、地理环境差异，人们最先遭遇的是以寄生虫为主的传染疾病。此时，许多疾病也开始有了南北地域的差异。

在《水浒传》第九十六回"卢俊义分兵歙州道　宋公明大战乌龙岭　入云龙兵围百谷岭"中，宋江率领梁山泊将士攻进杭州之后，当地发生了严重的瘟疫。战后的杭州城，一则天气潮湿，二则刚经历了一场血雨腥风，尸骨遍野、血流成河，瘟疫盛行便不足为奇了。显然，这场瘟疫的到来是与战争和自然环境密切相关的。书中记载当时杭州瘟疫来势汹汹，夺去了无数人的生命。即便是体格强壮的张横、穆弘等六位梁山将领也被传染了，而且久治不愈。在《水浒传》第九十九回"鲁智深浙江坐化　宋公明衣锦还乡"中，写出了这六位感染瘟疫将领的死亡结局。

（五）风瘫

风瘫是病人中风之后出现半身不遂的偏瘫或全瘫。林冲是因中风而导致的瘫痪，小说并没有交代是偏瘫还是全瘫。无论是何种瘫痪，林冲都不能以瘫痪之身进京面圣，因为有失体面，也对皇帝极为不敬。宋江于是将林冲就地安置在六合寺，又让武松留下陪护林冲。这也许正是林冲所希望的，因为他内心深处是不愿与腐朽的朝廷为伍的。

（六）绞肠痧

清代周扬俊在《温热暑疫全书》中记载的"绞肠痧"是一种暑病："夏月不头痛发热。但觉小腹疼痛。或心腹俱痛。胀痞不能屈伸……故先小腹痛，遍及心腹。"① 在《水浒传》第九十九回"鲁智深浙江坐化　宋公明衣锦还乡"中写到梁山好汉时迁，由于绞肠痧发作而病亡。文中只点到为止，仅向读者交代了时迁的最终归宿，并未详细介绍他患病、治疗的过程。从仅有的文字描述来看，绞肠痧是一种致命的疾病，可能与其感染瘴气有关。

（七）背疮

在《水浒传》第九十九回"鲁智深浙江坐化　宋公明衣锦还乡"中写到杨雄因发背疮而死，背疮即背上长的大疙瘩。在古代，民间认为发背疮而死是被人诅咒造成的。但从侧面可以看出，背疮病情的严重程度。明代开国元帅徐达，就是因背疮发作而死。前文提到的宋江，亦曾患背疮。宋江病重得奄奄一息，幸亏得到安道全的诊治。安道全后被朝廷召回，梁山好汉受伤后得不到有效治疗，导致徐宁、穆弘、孔明、白胜、朱贵、杨林、张横、林冲、时迁、杨雄等十位将领病死。杨雄的背疮应是旧伤，或是在战场上被兵器所伤，或是如宋江一般是因内火导致。杨雄背疮初次发作被控制住了，这次发作却一命呜呼，这与当时缺少安道全技艺高超的医术和缺少良药等医疗状况密不可分。

四、《金瓶梅词话》中有关疾病的描写

《金瓶梅词话》以市井人物西门庆一家为叙述线索，将整个

---

① 《中医古籍珍本集成·温病卷·温热暑疫全书》，周仲瑛、于文明主编，湖南科学技术出版社，2014年，第150页。

晚明社会的种种人物、人生百态都呈现在读者面前了，因此，晚明社会芸芸众生的面貌被一览无余。《金瓶梅词话》描写了人间男女的情欲世界，其描写之疾病要么是妇科疾病，要么是因情欲导致的疾病，皆为时代之疾。文中对李瓶儿、西门官哥儿、西门庆等三人的疾病进行了详细的叙述。文中对此三人疾病的描写较为细致，较之以往小说疾患描写更为生动、形象，更趋于生活化。《金瓶梅词话》关于疾患的描写不仅交代了人物的病因，而且详细描述了医治过程，通过对疾患情节的描写发挥了人物刻画、情节推动、主题阐释等文学叙事功能，使得文中医患描写具有较强的文学意义。

（一）血崩

《金瓶梅词话》用了较大篇幅大写特写李瓶儿之病，书中共有三次详细描写。第一次是在《金瓶梅词话》第十七回"宇给事劾倒杨提督　李瓶儿招赘蒋竹山"中写到李瓶儿因西门庆长期不与她联系，得了相思病，在梦中与西门庆纵欲。李瓶儿的相思病，属于单相思。这一疾病归根结底是因思念西门庆而引起的，属于典型的思春之病。相思病严重损伤了李瓶儿的身体，直接导致其神情恍惚、忧虑成疾，病情极为严重，用蒋竹山的话说："娘子肝脉弦，出寸口而洪大，厥阴脉出寸口，久上鱼际，主六欲七情所致阴阳交争，乍寒乍热。似有郁结于中而不遂之意也。似疟非疟，似寒非寒，白日则倦怠嗜卧，精神短少；夜晚神不守舍，梦与鬼交。若不早治，久而变为骨蒸之疾，必有属纩之忧矣。"① 显然李瓶儿之病是因其纵欲过度而造成的气血亏损和精神萎靡。这次比较幸运，一则因其较为年轻，二则因其治疗及时。经蒋竹山一剂药，李瓶儿便恢复如旧："妇人晚间吃了他的

---

① 兰陵笑笑生：《金瓶梅词话》，陶慕宁校注，人民文学出版社，2000年，第190页。

药下去，夜里得睡，便不惊恐。渐渐饮食加添，起来梳头走动。那消数日，精神复旧。"①

　　李瓶儿第二次患病是因她在坐月子、身体还未康复之时，西门庆经常前来纠缠她行房事，导致她生病，具体表现为月经失调、血流不止。在《金瓶梅词话》第六十回"李瓶儿因暗气惹病　西门庆立段铺开张"中写到李瓶儿旧时病症复发："这李瓶儿一者思念孩儿，二者着了重气，把旧时病症又发起来，照旧下边经水淋漓不止。"② 由此可见，李瓶儿的月经不调、血流不止等不时发作，难以根治。李瓶儿之病非一朝一夕之功，早在《金瓶梅词话》第十七回"宇给事劾倒杨提督　李瓶儿招赘蒋竹山"中便已初见端倪，这与《红楼梦》中秦可卿、王熙凤的症状极为相似，但《红楼梦》中却对此病的描写极为隐晦，丝毫不提病因，只是含蓄地写了一下病症。令人发笑的是，竟有医者认为秦可卿之症是怀孕的表现。《金瓶梅词话》对此却坦然面对、毫不掩饰，直截了当地告诉读者，李瓶儿是因纵欲过度而导致月经不调及血崩的。西门庆请医生为其诊治，但疗效甚微，如文中所写："西门庆请任医官来看一遍……如水浇石一般，越吃药越旺……渐渐容颜顿减，肌肤消瘦，而精彩丰标无复昔时之态矣。"③

　　第三次疾病描写李瓶儿之病是在《金瓶梅词话》第六十一回"韩道国筵请西门庆　李瓶儿苦痛宴重阳"中，文中写到李瓶儿前一回旧病复发，这次生病尚未治好的情形，继续推进这一情节的发展甚至达到了高潮——李瓶儿的死亡。文中写到西门庆来到

---

① 兰陵笑笑生：《金瓶梅词话》，陶慕宁校注，人民文学出版社，2000年，第190～191页。

② 兰陵笑笑生：《金瓶梅词话》，陶慕宁校注，人民文学出版社，2000年，第745～746页。

③ 兰陵笑笑生：《金瓶梅词话》，陶慕宁校注，人民文学出版社，2000年，第746页。

李瓶儿房中休息,"李瓶儿道:'你没的说,我下边不住的长流,丫头火上替我煎着药哩。'"①劝说西门庆前往潘金莲房中休息。可见,长达半月,虽然她一直吃药,但病并未有丝毫转机。重阳节西门庆举办宴席时,李瓶儿带病出席,病情却又加重,文中写道:"且说李瓶儿归到房中,坐净桶,下边似尿也一般只顾流将起来,登时流的眼黑了,起来穿裙子……向前一头搭倒在地。饶是迎春在旁挡扶着,还把额角上磕伤了皮。"②李瓶儿的健康状况显然到了山穷水尽的地步。

重阳节宴会,李瓶儿跌倒摔伤,晕倒在地,其病情急剧恶化。文中描写了西门庆为了挽救李瓶儿的生命不惜重金延请各路名医。他首先想到的是任太医,任太医诊断完毕对西门庆说:"老夫人脉息,比前番甚加沉重些。七情感伤,肝肺火太盛,以致木旺土虚,血热妄行,犹如山崩而不能节制……若所下的血,紫者犹可以调理;若鲜红者,乃新血也。学生撮过药来,若稍止则可有望;不然难为矣。"③言下之意,如果任太医的药物制止不了李瓶儿的血崩之症,再无任何人任何药可医治她了。西门庆用一匹杭绢、二两白金的高昂诊资与药费,买来任太医的"归脾汤"。李瓶儿服用之后:"其血越流之不止。"④任太医的预言成为现实,无论西门庆做什么都无法挽救李瓶儿的性命。接着西门庆又请了胡太医、何老人。胡太医看了之后说李瓶儿之病是因冲

---

① 兰陵笑笑生:《金瓶梅词话》,陶慕宁校注,人民文学出版社,2000年,第759页。
② 兰陵笑笑生:《金瓶梅词话》,陶慕宁校注,人民文学出版社,2000年,第768页。
③ 兰陵笑笑生:《金瓶梅词话》,陶慕宁校注,人民文学出版社,2000年,第769页。
④ 兰陵笑笑生:《金瓶梅词话》,陶慕宁校注,人民文学出版社,2000年,第769页。

了血管。① 李瓶儿吃了胡太医的药，犹如石沉大海一般，毫无效果。何老人看了脉息，出到厅上，向西门庆、乔大户说道："这位娘子，乃是精冲了血管起，然后着了气恼……则血如崩。细思当初起病之由，看是也不是？"② 何老人能够一眼看出病之根源，仍没有十足的把握能够医治好，"老拙到家撮两帖药来，遇缘看。服毕经水少减，胸口稍开，就好用药。只怕下边不止，饮食再不进，就难为矣。"③ 何老人此言，恰好照应了任太医的预言，意味着李瓶儿的生命已走到了尽头。果不其然，李瓶儿服了何老人的药，"并不见其分毫动静"④。西门庆求医无效后，只好求助鬼神，先是向黄先生求符，然后又寻人抄经，最后请吴神仙做法驱邪。一切办法用尽，李瓶儿的病情依然未见好转，而是朝着即将死去的方向发展，苟延残喘了一段时间之后便撒手人寰了。

　　从李瓶儿的医疗情节描写来看，晚明时期的医疗水平，无法治愈女子血崩的情况。任太医、何老人可代表晚明社会的医疗水准。这一种病甚至到了清代亦无能为力，如《红楼梦》中秦可卿、王熙凤之死可见一斑。同时，我们也可以看出西门庆先请医生治病，医治无效，又向黄先生、吴神仙等求救。由此可见，晚明时期，人们对中医保持着高度的信任，医者较受尊重。

　　（二）脱阳证

　　西门庆患的病与李瓶儿的病因相同。西门庆与李瓶儿是因情

---

① 兰陵笑笑生：《金瓶梅词话》，陶慕宁校注，人民文学出版社，2000年，第770页。
② 兰陵笑笑生：《金瓶梅词话》，陶慕宁校注，人民文学出版社，2000年，第771～772页。
③ 兰陵笑笑生：《金瓶梅词话》，陶慕宁校注，人民文学出版社，2000年，第774页。
④ 兰陵笑笑生：《金瓶梅词话》，陶慕宁校注，人民文学出版社，2000年，第774页。

欲而在一起的，二人因欲生情，又因纵欲过度而生病。西门庆的疾患描写较之李瓶儿而言，情节简单，描写简略。小说用了几句简短的语言，多处描写西门庆患病的预兆。西门庆的疾病来得十分突然，但这个病并不是病来如山倒。《金瓶梅词话》关于这一情节的描述采用了先抑后扬的手法，先写西门庆有了嗜睡和浑身乏力的情况，常常坐在椅子上打瞌睡。接着，西门庆的头和腿开始不舒服，精神萎靡不振。西门庆十分贪睡和腿疼，这意味着其生命即将结束。

此后，西门庆的病情沿着"油枯灯灭，髓尽人亡"的结局演绎。西门庆的病情继续加重，由嗜睡、腿疼、头沉发展到了头晕、体力不支："起来梳头，忽然一阵晕起来……早被春梅双手扶住，不曾跌着磕伤了头脸……觉眼便黑了，身子晃晃荡荡……只要倒。"① 西门庆的病情到了令他无法忍受的程度，吴月娘等人百般延请医生为其医治。

如同为李瓶儿治病一般，吴月娘将平日出入西门庆家的医生鱼贯式地延请了一遍。任医官对西门庆的病下的诊断是脱阳证，他的药治标不治本，只是止住了西门庆的头晕。但身体仍虚弱无力，肾囊肿痛之感未减反而愈甚，小便更加不畅。胡太医诊断其为"下部蕴毒"的溺血，他的药不但没有缓解西门庆的病痛，反而加重了病情。何春泉诊断其为癃闭便毒、心肾不交，吃了他的药，病情未有好转。刘桔斋将其病作为外伤医治，在患处涂药。西门庆服了两次刘桔斋的药，产生了强烈的反应，病情急剧恶化，本无疮却生出了疮。在外擦消毒药的刺激下，患处黄水流淌不止，西门庆昏迷过去，不省人事。

众医医治无效后，吴月娘只好求助鬼神。先请了刘婆子为西

---

① 兰陵笑笑生：《金瓶梅词话》，陶慕宁校注，人民文学出版社，2000年，第1104～1105页。

门庆点灯、跳神、驱鬼，没有成效，后又请了吴神仙。吴神仙说："官人乃是酒色过度……太极邪火聚于欲海，病在膏肓，难以治疗。"① 吴神仙直接告诉西门庆已病入膏肓，无药可治了，而不是为了卖药而忽悠病家，赚取钱财。吴神仙是明清小说中少有的医术高超、不争利物、德艺双馨的医者形象。最终西门庆医治无效，因生活不检点，伤身过度而亡，临死之际其形状十分悲惨："相火烧身，变出风来，声若牛吼一般，喘息了半夜，挨到早辰巳牌时分呜呼哀哉，断气身亡。"②

（三）惊风

《金瓶梅词话》中李瓶儿与西门庆之子西门官哥儿，患的病是风搐。风搐又可称为惊风。官哥儿的死状与西门庆有点相似，即父子二人皆遭受了巨大痛苦而亡。官哥儿死于因惊吓而导致的风搐，根本原因在于其体质虚弱和潘金莲的毒害。官哥儿自出生之日起身体便很虚弱，在祭祖回家途中偶感风寒。溢奶或梦中啼哭，这是小儿常见的疾病。李瓶儿、吴月娘请刘婆子对其医治，经针灸、服药之后，又日渐好转。但是，由于潘金莲嫉恨李瓶儿母凭子贵独占西门庆，所以故意吵闹和惊扰官哥儿，使官哥儿旧病复发。潘金莲训练的雪狮子，扑到官哥儿身上，抓破了他的衣物，官哥儿受到了极度惊吓：

只听那官哥儿呱的一声，倒咽了一口气，就不言语了，手脚俱被风搐起来。……见孩子搐的两只眼直往上吊，通不见黑眼睛珠儿，口中白沫流出，呷呷（咿咿）犹如小鸡叫，

---

① 兰陵笑笑生：《金瓶梅词话》，陶慕宁校注，人民文学出版社，2000年，第1112页。
② 兰陵笑笑生：《金瓶梅词话》，陶慕宁校注，人民文学出版社，2000年，第1115页。

手足皆动。①

吴月娘派人去请刘婆子，刘婆子看了官哥儿的脉象之后，认为这次官哥儿的病情较为严重，这次惊风很难治好。刘婆子为其艾灸之后，官哥儿的风搐之病不仅没有减轻，反而被艾火将风逼到体内，变为慢风。官哥儿的病情更加严重，甚至到了无力回天的地步，表现出垂死之状："肠肚儿皆动，尿屎皆出，大便屙出五花颜色，眼目忽睁忽闭，终朝只是昏沉不省，奶也不吃了。"②连小儿科太医这样的专科医生也束手无策，只用接鼻散试，别无救助之法。官哥儿就这样因风搐医治无效，年仅一岁两个月便夭折了。可见，当时医疗水平极其有限，小儿的风搐之病极其难治。

《金瓶梅词话》主要描写了血崩、脱阳、风搐等疾病，发生在沉湎酒色、纵欲过度的李瓶儿、西门庆和他们的儿子官哥儿身上，他们三人皆是患病而亡。西门庆与李瓶儿之病根源在于不注意养生造成，生活习惯极为不好，导致了他们身体出现了异常，导致他们英年早逝，酿成一家人的悲剧命运。他们的人生悲剧告诫读者一定要遵循自然，饮食起居有节，如《黄帝内经》开篇所言："以酒为浆，以妄为常，醉以入房，以欲竭其精，以耗散其真。不知持满，不时御神，务快其心，逆于生乐，起居无节，故半百而衰也。"③ 西门庆、李瓶儿就如岐伯所言，不知持满，竭己精，耗己真，"逆于生乐，起居无节"而"血崩、脱阳"，不治而亡。

---

① 兰陵笑笑生：《金瓶梅词话》，陶慕宁校注，人民文学出版社，2000年，第733页。
② 兰陵笑笑生：《金瓶梅词话》，陶慕宁校注，人民文学出版社，2000年，第735~736页。
③ 《黄帝内经》，姚春鹏译注，中华书局，2022年，第17~18页。

第二节 清代小说中的疾病类型

一、《红楼梦》中有关疾病的描写

《红楼梦》中的疾病描写更为丰富多彩，疾病类型也相对较多。据段振离《医说红楼》一书统计，《红楼梦》中医药知识与疾病描写情况如下："涉及的医药卫生知识共290多处、5万余字，使用的医学术语161条，描写的病例114种，中医病案13个，方剂45个，中药125种，西药3种。……据统计，120回的《红楼梦》，细致描写或明显涉及疾病与医药的就有66回，占55%。"[①] 其中，《红楼梦》关于疾病的描写大致分为以下几种。

（一）感冒

感冒是触冒风邪或时行疫情引起肺功能失调，以鼻塞、流涕、喷嚏、头痛、恶寒、发热、全身不适等为主要临床表现的一种外感疾病。感冒又有伤风、冒风、伤寒、冒寒、重伤风之称，《黄帝内经》中指出感冒主要是因外感风邪所致，《素问·骨空论》说："风从外入，令人振寒，汗出头痛，身重恶寒。"[②] 据《中医内科学》记述感冒是以鼻塞、流涕、喷嚏、头痛、恶毒、发热、全身不适为主要的病证，是最常见的外感病之一。[③]

《红楼梦》中患感冒者，大致有贾母、李纨、晴雯三人，贾母或外感风寒，或因劳累而感冒；李纨因时令感冒，应是流感；晴雯外感风寒，先有感冒症状，后病情有所变化。其中，贾母的

---

① 参见段振离：《医说红楼》，新世界出版社，2003年，前言。
② 《黄帝内经》，姚春鹏译注，中华书局，2022年，第466页。
③ 张伯礼、吴勉华：《中医内科学》，中国中医药出版社，2017年，第39页。

感冒书中描写较为详尽，贾母是位性格爽朗、身体硬朗的老人。在《红楼梦》中两次描写了贾母的感冒且一次比一次重。《红楼梦》第四十二回"蘅芜君兰言解疑癖　潇湘子雅谑补馀香"中写贾母游大观园后被风吹病了，睡觉时觉得不适，这是贾母第一次患感冒。贾母第二次患感冒是在《红楼梦》第六十四回"幽淑女悲题五美吟　浪荡子情遗九龙珮"中，从症状与自身感觉方面，第二次较前次感冒严重。

从王太医为贾母下的诊断上看，贾母第一次感冒是轻度伤风，是普通感冒。从西医角度讲，这是由多种病毒引起的上呼吸道传染病，常见病原体有鼻病毒、流行性感冒病毒等。贾母游大观园时身上乏倦，前往稻香村休息，受了点凉，因此冒触风邪。王太医诊断贾母的病情及身体状况后，交代不用服药，饮食清淡，注意保暖，很快便会痊愈。医生看病总要有个处方，在病人家属的请求下，王太医开了服可吃可不吃的药方，无非是些发散药物；第二次感冒比第一次感冒重得多，也是外出后受风寒所致，这次患感冒表现为"头闷目酸，鼻塞声重"[1]，这次是重感冒，贾家众人"足足的忙乱了半夜一日"[2]。服了医生的药后，贾母出了一些汗，热气退去，顿觉身轻如燕、神清气爽。贾母及时服药，很快将邪气发散出去，没有招致"传经"之累。病毒未曾侵入脏腑，未发支气管炎或支气管肺炎。

贾母的两次感冒说明老年人抵抗力弱，经不起风寒侵袭。老年人感冒后，严重者可引发其他并发症或延长病程。同时说明像贾母这样高龄的老年人，平日里缺乏运动，身体不堪劳累。平日，老年人应加强锻炼、少食多餐、注意休息，才是养生之道。

---

[1]　曹雪芹：《红楼梦》，人民文学出版社，2008年，第894页。
[2]　曹雪芹：《红楼梦》，人民文学出版社，2008年，第894页。

(二) 肺痨

《红楼梦》在林黛玉未出场时，便通过限制视角道出了她羸弱多病的身体特征。在进贾府之日，贾府众人单从形貌便看出其患有不足之症，便问她吃什么药。"不足之症"即"由身体虚弱引起。如脾胃虚弱，叫中气不足；气血虚弱，叫正气不足"[1]。林黛玉才正式介绍自己的病史："从会吃饮食时便吃药，到今日未断，请了多少名医修方配药，皆不见效。"[2]

关于林黛玉所患疾病，大多数学者认为是肺痨，即西医中的肺结核。《中医内科学》中写道："肺痨是一种由于正气不足，感染痨虫，侵蚀肺脏所致的具有传染性的一种慢性疾患。"[3]"以咳嗽、咯血、潮热、盗汗及身体逐渐消瘦为主要表现。"[4] 肺结核是一种慢性传染性疾病，是由结核分枝杆菌引起的，主要传播途径为呼吸道传播，主要表现为咳嗽、咯血、盗汗、乏力、食欲减退等症状。再看林黛玉的病症，文中描写林黛玉生病时，经常是咯血、咳嗽、食欲不振、失眠，与肺结核的症状极为相似。因此，许多研究者认为林黛玉所患疾病是肺结核，如高惠娟在《〈红楼梦〉中的疾病主题》一文中说林黛玉的疾病正是"从精神到肉体彻底消耗殆尽的肺结核"[5]，刘奇志在《〈红楼梦〉中疾病对于林黛玉和薛宝钗的意义之比较》一文中写到林黛玉因性格、情欲压抑到极点而导致生命即将结束时，引用了苏珊·桑塔格的《作为隐喻的疾病》中的一段话："结核病被再现成一种典型的顺

---

[1] 曹雪芹：《红楼梦》，人民文学出版社，2008年，第39页。
[2] 曹雪芹：《红楼梦》，人民文学出版社，2008年，第39页。
[3] 张伯礼、吴勉华：《中医内科学》，中国中医药出版社，2017年，第71页。
[4] 张伯礼、吴勉华：《中医内科学》，中国中医药出版社，2017年，第71页。
[5] 高惠娟：《〈红楼梦〉中的疾病主题》，《南都学刊（人文社会科学学报）》，2006年第26卷第6期，第49页。

从的死。它常常是一种自杀。"①

无独有偶，与林黛玉性情容貌极其相似的丫鬟晴雯，正值青春年少染上了肺痨。晴雯之肺痨，始于一次偶感风寒。在《红楼梦》第五十一回"薛小妹新编怀古诗　胡庸医乱用虎狼药"中，晴雯因寒夜衣单起床受风寒而得感冒，其症状是：两腮通红、打喷嚏、咳嗽。感冒日久，抵抗力弱，身体中潜伏的痨虫乘机活跃起来，这大概是晴雯身患肺痨的原因。《红楼梦》第七十七回"俏丫鬟抱屈夭风流　美优伶斩情归水月"中，王夫人查抄怡红院，晴雯被赶出贾府，理由是晴雯患了女儿痨。回到家中，晴雯又体会到了哥嫂的冷嘲热讽，她因无人照料，再感风寒，不断咳嗽，似有肺痨之症。

（三）哮喘

薛宝钗的病也是因先天不足而造成的，只因体内一股热毒之气。现代医学认为这种热毒主要是由内分泌紊乱而引起的。体内热毒炽盛最明显的症状就是面红目赤，伴有咽喉肿痛、口苦舌干、大便干燥。另外，热毒证应同日常的饮食习惯有一定的关系。由此推断，薛宝钗之病的主要原因是其内分泌失调，也与生活习惯密切相关。薛宝钗有几天旧病复发，可能是由于某些隐晦的原因，引起了内分泌失调。现代某些学者质疑薛宝钗生活不检点，当然这种看法，仅仅是从病症的角度进行分析的，而从《红楼梦》文本的描述中是难以得到佐证的。

现代医学家认为薛宝钗患的是哮喘，哮喘即喘证。哮喘是支气管哮喘的简称，是一种以慢性气道炎症和气道高反应性为特征的非特异性疾病。哮喘是由嗜中性粒细胞、嗜酸性粒细胞、肥大细胞和气道上皮细胞等多种细胞和细胞组分参与的气道慢性炎

---

① 刘奇志：《〈红楼梦〉中疾病对于林黛玉和薛宝钗的意义之比较》，《红楼梦学刊》，2013年第4期，第181页。

症。哮喘的本质就是气道的慢性炎症，但这种气道的慢性炎症与感染性气道炎症不同。哮喘的气道炎症是非特异性气道炎症，就是由人体自身因素引起，并不是由细菌、病毒等病原体所引起的感染性炎症。哮喘患者经常表现为咳嗽、喘息、气急、胸闷，而且症状多半都是在夜间或凌晨时发作，其最主要的特点是气道的可逆气流改变。一旦被诊断为哮喘，因为是气道的慢性炎症，所以就需要长期进行抗炎治疗。薛宝钗"冷香丸"所用皆是白色药物，根据中医五行归经理论，白色属肺，而哮喘属于肺病，药物可以直达肺部，发挥药性。

（四）下红之症

下红之症又称崩中漏下，简称漏，是指不在月经期间，阴道内持续下血。下红之症与漏在病势上有急缓之分，但在发病过程中会互相转化，可以为漏也可转变为崩。二者的发病机制是一样的，都是因冲脉和任脉损伤，不能固摄气血所致。鸳鸯说的"血山崩"之崩，就是崩漏之崩，指的是出血量极多。平儿是最了解情况的，她说："这一个月竟沥沥渐渐的没有止住。"[①] 看来不是崩，而是漏。在《红楼梦》第五十五回"辱亲女愚妾争闲气　欺幼主刁奴蓄险心"中，王熙凤旧病复发，其下红之症的表现仍是漏，是因操劳过度、怒气伤身而导致的气血不足。此时的治疗应该益气养血，同时要注意养生，避免操劳，安心养病。然而，王熙凤总是争强好胜，不顾自身病体，依然用尽心机、玩弄权术。因此，病情往往稍有起色之时，王熙凤就有要事操劳，身体随之亏虚下来。

按中医辩证，崩漏可分为血热、气虚、血瘀、肝肾阴虚等类型。血热崩漏的表现是阴道突然出血、血量多或淋漓不断，色深

---

① 曹雪芹：《红楼梦》，人民文学出版社，2008年，第995页。

红或紫，面赤、口渴、烦躁易怒等，治疗应采用清热、凉血的方法。气虚崩漏的表现是突然阴道出血量多或淋漓不断，色淡红、质清稀，精神疲倦，少气懒言，不思饮食或见面色苍白、心悸、小腹空坠等，治疗应采用补气摄血、健脾固冲的方法；血瘀崩漏的表现是下血时多时少或淋漓滞涩不止、血色紫暗，小腹疼痛拒按，血块下后痛减，治疗应采用活血行瘀的方法；肝肾阴虚崩漏的表现是突然阴道出血，时多时少、淋漓不断、血色鲜红，头晕耳鸣、腰酸、两颧发红、手足心热或午后潮热等，治疗应采用滋补肝肾、清热固冲的方法。根据文中所述，王熙凤的下红之症可能是气虚导致的漏症。

（五）痰厥

元春是患痰厥证而薨的，曹雪芹写道："元春自选了凤藻宫后，圣眷隆重，身体发福，未免举动费力。每日起居劳乏，时发痰疾。因前日侍宴回宫，偶沾寒气，勾起旧病。不料此回甚属利害，竟至痰气壅塞，四肢厥冷。一面奏明，即召太医调治。岂知汤药不进，连用通关之剂，并不见效。"① 当贾母、王夫人遵旨进宫后，元妃即将走到生命的尽头，无力说话："只有悲泣之状，却少眼泪。"② 继而元春自不能顾，渐渐脸色改变，因痰厥而亡。

痰厥是中医病名，是厥证之一，以突然昏倒、四肢逆冷为主要症状。因痰浊塞而致的厥证就叫痰厥，多见于肥胖体丰之人。具体到元春病情，还需从"身体发福"去找原因。所谓发福，就是肥胖，只不过说得含蓄文雅一点，又称之为"富态"。正因为肥胖，元春每日身重体乏，又感染了风寒，诱发痰厥。元春发生痰厥时病情严重，痰堵塞肺中，有四肢发冷的症状，已危及其生命。

---

① 曹雪芹：《红楼梦》，人民文学出版社，2008年，第1312页。
② 曹雪芹：《红楼梦》，人民文学出版社，2008年，第1312页。

《红楼梦》是一部文学著作,在描写元春的疾病和死亡时笔法都非常简单,所以仅书中的资料,我们难以有一个确切的诊断,但仍能从一些蛛丝马迹中获得一些有价值的资料,进而对其疾病和死因进行推测。

元春身居后宫,为贤德妃,自然每天有肥甘厚味,如高动物脂肪、高胆固醇饮食。在日常生活中,处处有太监、宫女伺候,衣来伸手,饭来张口,体力活动甚少,过多的能量消耗不掉,会变成脂肪储存起来,于是人就"发福"了。外表是肥胖,其实必有高血脂、动脉粥样硬化等疾病。不管是脑动脉硬化或是冠状动脉硬化,都会引起严重的并发症。虽动脉硬化是一种慢性病,一旦出现并发症,就会是急性病。元春身体发福的时间很长,而并发痰厥就会有死亡的危险。从简单的症状描写看,她患的应该是脑血管意外,而进一步分类就很困难了。但不论是脑出血,还是脑梗死,都容易造成死亡。

(六)肝气犯脾

肝气侵犯脾胃被称为肝气犯脾或肝气犯胃。其中,肝气犯脾将造成人消化功能受损,易出现胸闷、头眩、胁痛、腹胀、厌食、吐酸、脉弦等症状。若七情过极,肝阳化火或肝经郁热则会导致肝火旺盛,表现为头晕、面红、目赤、口苦、舌边尖红、脉弦数。若肾水亏损不能滋养肝木或者肝阴不足、阴不潜阳,则会导致肝阳偏旺,又称为肝阳上亢,肝阳上亢表现为头晕目眩、头痛、面赤、眼花、耳鸣、口苦、舌红,脉弦细或脉弦数等。

《红楼梦》第八十三回"省宫闱贾元妃染恙 闹闺阃薛宝钗吞声"写到夏金桂挤对薛宝钗时说道:"行点好儿罢!别修的像我嫁个糊涂行子守活寡,……"[1] 薛姨妈听到这里,万分气不

---

[1] 曹雪芹:《红楼梦》,人民文学出版社,2008年,第1176页。

过，便说："不是我护着自己的女孩儿，他句句劝你，你却句句怄他。你有什么过不去，不要寻他，勒死我倒也是希松的！"①

经过这一场吵闹，薛姨妈的精神受到重大创伤，她又悲又气，导致肝气上逆、左胁作痛。宝钗深知母亲的病是因精神刺激而引起的，不用请医诊治，便使人去买了几钱钩藤来，浓浓地煎了一碗，给她母亲吃了。薛宝钗又和香菱一起给薛姨妈捶腿揉胸，使得肝气舒畅。经过薛宝钗的治疗，薛姨妈略觉舒适。薛姨妈睡了一觉，肝气亦渐渐平复。中医认为导致疾病发生的原因是多种多样的，概括起来可分为外感六淫、内伤七情、饮食劳倦及外伤等四个方面。六淫包括风、寒、暑、湿、燥、火；七情包括喜、怒、忧、思、悲、恐、惊。薛姨妈的病因在于内伤七情，而病机就是肝气不疏，肝气不疏的常见症状为两胁气胀疼痛、胸闷不舒兼有一些消化功能紊乱或月经不调的症状。根据病因、症状来看，薛姨妈的症状是因肝气犯脾导致的。

（七）情志失常

情志失常往往是作者为了达到创作目的而有意安排的，具有封建迷信色彩。患者多因中邪而表现为胡言乱语、精神错乱、神志不清、举止发狂等精神疾患特征。在《红楼梦》第二十五回"魇魔法姊弟逢五鬼　红楼梦通灵遇双真"中有一段关于贾宝玉和王熙凤因马道婆施法而患疯病的精神性疾患的描写，这一段情节描写十分精彩。先是贾宝玉精神疯狂，诱因是他听说林黛玉要回姑苏老家。贾宝玉顿时精神失常，觉得头顶如响惊雷般疼痛。贾宝玉沉浸在与林黛玉离别的痛苦之中，从而出现精神障碍，导致其疾病发作。书中写到贾宝玉说："好头疼！"② 与此同时，王熙凤亦精神失常。贾宝玉、王熙凤二人行为举止愈发荒诞不经，

---

① 曹雪芹：《红楼梦》，人民文学出版社，2008年，第1176页。
② 曹雪芹：《红楼梦》，人民文学出版社，2008年，第343页。

如书中所写：

> 只见宝玉大叫一声："我要死！"将身一纵，离地跳有三四尺高，口内乱嚷乱叫，说起胡话来了。……宝玉益发拿刀弄杖，寻死觅活的，闹得天翻地覆。……只见凤姐手持一把明晃晃钢刀砍进园来，见鸡杀鸡，见狗杀狗，见人就要杀人。①

贾宝玉、王熙凤二人神志不清且行为乖张，表现出明显的神经错乱的精神状态，精神极度兴奋，行为极度夸张，具有暴力倾向和破坏性。当二人冷静下来时，更是神志不清，"他叔嫂二人愈发糊涂，不省人事，睡在床上，浑身火炭一般，口内无般不说。"②贾宝玉和王熙凤的疾病不仅是身体出现了状况而导致的精神错乱，亦是精神上的疾病。本病属中医"郁证"，多为肝郁气滞、所愿不遂或痰热阻滞、痰蒙清窍或心肝血虚、心神失养所致，当以疏肝解郁、清热化痰、养心安神为治。王大夫看后说宝玉是"急痛迷心""痰迷之症"③，给予化痰通窍治疗。王太医是从病理角度对其进行医治的，而贾宝玉、王熙凤二人不仅身体有病而且精神亦有病。王太医能治身体之病，但治不好精神之病。因此，贾宝玉和王熙凤两人经诸医百般医治，仍然无效。欲治愈二人之病，必须剑走偏锋。文中此时设计了具有奇幻色彩的情节，即一道一僧给予其神奇的治疗。一僧一道认为贾宝玉和王熙凤二人的病因是中邪祟。癞头和尚唤醒灵通宝玉，为他们驱除邪祟。贾宝玉和王熙凤的疾病得除，精神恢复了正常，性命得以保全。

---

① 曹雪芹：《红楼梦》，人民文学出版社，2008年，第343~344页。
② 曹雪芹：《红楼梦》，人民文学出版社，2008年，第344页。
③ 曹雪芹：《红楼梦》，人民文学出版社，2008年，第783页。

贾宝玉和王熙凤二人精神疾患的始作俑者是赵姨娘，帮凶是马道婆。关于这一疾患的描写塑造了赵姨娘的丑恶形象，刻画了马道婆谋财害命的丑恶心灵，揭示了人性的扭曲。渺小人物赵姨娘为对抗庞大的、不可撼动的嫡庶制度而人性扭曲，但亦无法改变其亦主亦奴的悲剧命运。赵姨娘是一个可悲的人物，在贾府受到排挤。不但贾政、贾母、王夫人等对其不屑一顾，而且晚辈中如王熙凤等亦蔑视她、欺负她，甚至连自己的女儿贾探春也日渐与她疏远。在等级森严的封建宗法制度中，赵姨娘这类小人物的精神状态、性格扭曲的一面在这里被描写得淋漓尽致。这正是封建社会走向衰落时表现出来的社会弊病，也恰恰是《红楼梦》所揭示的主题之一。

无独有偶，《红楼梦》第一百〇二回"宁国府骨肉病灾祲 大观园符水驱妖孽"中尤氏在大观园中撞了邪祟而意识不清、胡话连篇。昔日热闹非凡的大观园，也人去园空，物是人非，繁华不再。大观园一片荒芜，竟闹了鬼怪，无人问津，夜间更是无人敢在园中行走。尤氏中邪，出现精神性疾患，显然是大观园中冤死的亡魂附体，更加衬托出女儿悲的主题。同时，暗示了贾府随着大观园的衰败而衰落，封建王朝如同贾府一般走向没落。

这种精神性疾病，在吴敬梓的《儒林外史》重要人物形象范进身上发生过，在《儒林外史》第三回"周学道校士拔真才 胡屠户行凶闹捷报"中生动形象地描写了范进中举时欣喜若狂、喜极而疯的情形：

> 范进三两步走进屋里来，见中间报帖已经升挂起来，上写道："捷报贵府老爷范讳进高中广东乡试第七名亚元。京报连登黄甲。"
> 范进不看便罢，看了一遍，又念一遍，自己把两手拍了一下，笑了一声道："噫！好了！我中了！"……牙关咬紧，

不省人事。老太太慌了，慌将几口开水灌了过来，他爬将起来，又拍着手大笑道："噫！好！我中了！"笑着，不由分说，就往门外飞跑，把报录人和邻居吓了一跳。走出大门不多路，一脚踹在塘里，挣起来，头发都跌散了，两手黄泥，淋淋漓漓一身的水。众人拉他不住，拍着笑着，一直走到集上去了。众人大眼望小眼，一齐道：原来新贵人欢喜疯了。"①

范进连续多年未曾进学，心中所抱希望寥寥。当人们告诉他高中的消息时，范进全然不信，以为是众人在消遣他，还质问别人为何要戏耍他。确认了消息的真实性后，范进难以言表的喜悦之情让他内心无法消解，最终喜极而疯。范进精神失常是由于他难以抑制精神上的兴奋而造成的，当以调节情志为要。范进的疯傻病不是医生用药治好的，而是被他的岳父胡屠户用拳头打晕之后恢复的。

（八）火眼

在《红楼梦》第五十三回"宁国府除夕祭宗祠　荣国府元宵开夜宴"中写道："只因李纨亦因时气感冒；邢夫人又正害火眼，迎春岫烟皆过去朝夕侍药……"②"火眼"即"急性结膜炎"，俗称"红眼病"，又称"暴发火眼"，是因多种细菌或病毒而引起的急性结膜炎，这是夏季常见的一种急性传染性眼病，此病潜伏期短且传染性强。

火眼病发病急，多为双侧性，眼部有异物感或烧灼感，或伴有轻度畏光、流泪、分泌物多、晨起时上下睑缘有分泌物粘着等

---

① 吴敬梓：《儒林外史》，张慧剑校注，人民文学出版社，1958年，第35~36页。

② 曹雪芹：《红楼梦》，人民文学出版社，2008年，第717页。

症状。火眼病导致结膜充血严重，伴有球结膜下出血，严重时可发生角膜浸润或溃疡。火眼病属中医"暴发火眼"范畴，多为湿热邪毒侵袭和肝火上炎所致，当以清热解毒、凉血、泄肝为治疗之法。《肘后备急方校注·卷六》中写到中医治疗火眼病通常使用的处方为："用艾，烧令烟起，以碗盖之，候烟上碗成煤，取下，用温水调化，洗火眼，即差。更入黄连，甚妙。"① 可见，火眼是较常见的一种眼疾。

邢夫人的火眼病情严重，又值暮年，因此才有迎春、岫烟朝夕服侍她吃药的情节，可见，邢夫人苦于火眼病之甚。

（九）怔忡

在《红楼梦》第七十回"林黛玉重建桃花社　史湘云偶填柳絮词"中写道："弄得情色若痴，语言常乱，似染怔忡之疾。慌的袭人等又不敢回贾母。"②"怔忡"是贾宝玉经常出现的一种精神性疾病，这与他前世是"顽石"有关。"顽石"的本性是顽冥不灵，质地生硬，表现在贾宝玉身上就是痴呆，会因情志波动或劳累而发作。

怔忡是指病人心中悸动，甚则不能自主的一种自觉症状，一般多呈阵发性。尤三姐因柳湘莲悔婚而自刎，柳湘莲因错怪尤三姐感到懊悔不已遁入空门，尤二姐被王熙凤骗入贾府处境艰难而吞金死去。这一系列的变故，使贾宝玉六神无主、心神不宁，故而出现怔忡。中医认为怔忡此病多为心气亏虚，心阴不足，阳虚不振所导致，当以养心益气、温通心阳为治。

（十）杏癍癣

在《红楼梦》第五十九回"柳叶渚边嗔莺咤燕　绛云轩里召

---

① 葛洪撰：《肘后备急方校注》，古求知等校注，中医古籍出版社，2015年，第174页。
② 曹雪芹：《红楼梦》，人民文学出版社，2008年，第964~965页。

将飞符"中写到湘云两腮作痒,担心患了杏癜癣,便向宝钗要些薇硝来涂擦。每当桃花盛开的时候,有些儿童和青年男女的脸上,都会有一片片发白或淡红色的色斑,表面并有细小鳞屑附着,有时会出现瘙痒症状。由于这种皮肤病常在桃花开放的春季发生,人们俗称为"桃花癣"。

桃花癣与医学上所说的癣,即皮肤浅部真菌病,完全是两码事。换言之,桃花癣并不是"癣",实际上是春季易发的皮肤病的总称。在治疗时应对其进行区别对待,对症处理。

(十一)脚崴伤

脚崴伤医学上叫"足踝扭伤",这种外伤是外力导致足踝部超过其能活动的最大范围,致使关节周围的肌肉、韧带甚至关节囊被拉扯而撕裂的一种损伤,表现为疼痛、肿胀和跛行,《红楼梦》第七十六回"凸碧堂品笛感凄清 凹晶馆联诗悲寂寞"中有贾赦崴脚的情节描写。贾母在八月十五中秋夜时带领全家在凸碧堂赏月。宴后,贾赦回家,从凸碧堂下去,绊在石头上,崴了脚。贾母对贾赦脚崴伤一事十分关心,当下派人询问伤情。贾赦的两个女仆回禀贾母说:"右脚面上白肿了些,如今调服了药,疼的好些了,也没甚大关系。"① 贾母才放下心来。

踝关节是人体重要的负重关节,站立时全身重量都压在踝关节上,行走时踝关节承受的重量约为人体重的五倍。人在下楼梯、下坡时,踝关节处于跖屈位,极易发生损伤。大观园的凸碧堂建在小山上,贾赦就是在下山时,踝关节处于跖屈位时一不小心崴了脚,致使踝关节损伤。贾赦年纪已大且四体不勤,肌肉未得到锻炼,以致肌肉软弱无力,关节韧带也相应地松弛。贾赦妻妾成群、色欲过度,必然使肾气虚损。中医认为,"肾主骨",肾

---

① 曹雪芹:《红楼梦》,人民文学出版社,2008年,第1059页。

虚筋骨不健，自然易骨质疏松。总而言之，贾赦的肌肉、关节、骨骼都处于弱势。加之他老眼昏花，石上苔滑，崴了脚也就不足为奇了。

二、《镜花缘》中有关中医疾病的描写

小说《镜花缘》中有丰富的中医药知识，但在这部小说中有很多中医疾病的描写，具有一定的中医学价值，值得探讨。以下是文中提及的七种疾病。

（一）惊风

《镜花缘》第九十五回"因旧恙筵上谈医　结新交庭中舞剑"中写到卞璧叹道："提起此话甚长。小弟于三岁时染了惊风之症，一病垂危。"[①] 卞璧后经史胜治疗而痊愈。

惊风是小儿时期常见的一种急重病症，临床以出现抽搐、昏迷为主要特征。又称"惊厥"，俗名"抽风"。任何季节均可发生，一般以1~5岁的小儿较多见。其病情往往比较凶险，变化迅速，易威胁小儿生命。所以，古代医家认为惊风是一种恶候，如《东医宝鉴·小儿》认为惊风是小儿最危险的病症，《幼科释谜·惊风》亦云："小儿之病，最重惟惊。"[②] 惊风是小儿重病之一，得之有性命之忧。

《金瓶梅词话》中李瓶儿的儿子官哥儿，患的亦是此类疾病。由于明朝儿科尚不发达，没有良方、良药可治愈惊风，导致官哥儿失去了年幼的生命。到清代，儿科有了进一步的发展，医者对病机有了更深刻的理解，治疗惊风颇有疗效。《镜花缘》中写到卞璧三岁患惊风，经史胜精心治疗和保养而痊愈，足见清代已有治疗小儿惊风之术。

---

① 李汝珍：《镜花缘》，上海古籍出版社，2005年，第452页。
② 沈金鳌：《幼科释谜》，上海卫生出版社，1957年，第15页。

（二）便血

在《镜花缘》第九十五回"因旧恙筵上谈医　结新交庭中舞剑"中写到颜崖患有便血，烦托卞璧询问史胜是否有治疗便血的妙方。

便血在中医典籍中早有记载。在《灵枢·百病始生》中将便血称为"后血"，在《伤寒论》中将便血称为"圊血"，在《金匮要略》中将便血称为"下血"，并根据下血和大便的先后顺序，分为"远血"和"近血"。《金匮要略》中以"先便后血"为远血，以"先血后便"为近血。近血的病因有肠风、脏毒之分。后世根据便血的病因分为了湿热便血、积热便血、热毒下血、湿毒下血、酒积便血、中寒便血、肠澼下血、蛊注下血等。中医认为大便出血有三种证型：脾胃虚寒证、气虚不摄证、肠道湿热证，治疗时应对症下药、注意饮食、适当休息。文中卞璧提出了两个秘方治疗便血：一是将柏叶炒炭，研成末，用米汤服二钱；另一秘方是以柿饼烧存，用陈米调服。

现代医学认为便血大致因痔疮、胃肠肿瘤等引起的。人们一旦有此症状，应引起重视，做全面检查，切勿轻视，以免延误治疗。

（三）迎风眼

在《镜花缘》第七十回"述奇形蚕茧当小帽　谈异域酒坛作烟壶"中唐敖之女唐闺臣道："我母舅带那蚕茧，因素日常患目疾，迎风流泪，就要带些出去，既可熏洗目疾，又可碰巧发卖。"①从唐闺臣这段话中可知，蚕丝可以医治迎风眼。与《西游记》中孙悟空眼睛被三昧神风所伤而泪流不止、疼痛不已的目疾不同，因为孙悟空只是遇到妖风的时候，眼睛才会疼痛，而唐

---

① 李汝珍：《镜花缘》，上海古籍出版社，2005年，第323页。

闺臣舅母的目疾是因自然界的风吹而引发的，更接近于现实生活。唐闺臣舅母的眼疾应是迎风眼，表现为迎风就会流泪。

中医认为迎风流泪主要是由于人肝肾阴虚且肾气不纳，又外受冷风刺激所致；或是因为人肝胆火旺，又外遇热风才会流泪。泪为人身五液之一，若长久流泪不止易致使眼睛昏暗难辨物色，甚至导致失明。

（四）痢疾

在《镜花缘》第二十七回"观奇形路过翼民郡 谈异相道出豕喙乡"中写到唐敖身患痢疾时："小弟今日偏偏患痢，不能前去一看。"① 多九公听后说道："贵恙既是痢疾，何不早说？老夫有药在此。"② 这里所说的痢疾，是消化道疾病，具体而言属于肠胃疾病。

痢疾，在不同的医书中有不同的称法，《黄帝内经》称痢疾为"肠澼""赤沃"，致病的重要因素是病人遭受外邪和饮食不节。《〈难经〉白话解》称痢疾为"大瘕泄"，指出："大瘕泄者，里急后重，数至圊而不能便，茎中痛。"③《伤寒论》《金匮要略》将痢疾与泄泻统称为"下利"，其治疗痢疾的有效方剂白头翁汤一直为后世所沿用。东晋葛洪《肘后备急方》有"天行毒气，夹热腹痛下痢"之说，以"痢"称此病，逐步为后世医家所接受。《千金要方》中称为"滞下"。在《重辑严氏济生方》中正式使用"痢疾"之病名，并认为："今之所谓痢疾者，即古方所谓滞下是也。"④《丹溪心法》进一步阐明了痢疾具有流行性、传染性的特

---

① 李汝珍：《镜花缘》，上海古籍出版社，2005年，第121页。
② 李汝珍：《镜花缘》，上海古籍出版社，2005年，第121页。
③ 《〈难经〉白话解》，周发祥、薛爱荣主编，河南科学技术出版社，2020年，第183页。
④ 严用和撰：《重辑严氏济生方》，中国中医药出版社，2007年，第66页。

征，指出其："又有时疫作痢，一方一家之内，上下传染相似。"① 并论述痢疾的病因以湿热为本，提出通因通用的治痢原则。清代有关于治疗痢疾的专著，如吴道琼的《痢症参汇》和孔毓礼的《痢疾论》。

（五）骨折

在《镜花缘》第二十九回"服妙药幼子回春　传奇方老翁济世"中写到巫咸国世子从马上摔下，头部、筋骨皆受伤。经过多九公的医治，世子的头伤有所好转。通使又向多九公请求治疗世子骨折的方法，向多九公问药："大贤妙药真是起死仙丹。此时头面破伤虽医治无碍，但两腿俱已骨断筋折，有何妙药，尚求速为疗治。"② 这里所说的"骨断筋折"应是中医讲的"骨折"。

骨折为中医伤科名，是指骨结构的连续性、完整性因破坏而完全或部分中断的疾病。骨折多因骨病或外力造成，《镜花缘》中的世子显然是因从马上摔下，导致两腿骨结构遭到严重破坏。

（六）乳痈

在《镜花缘》第二十九回"服妙药幼子回春　传奇方老翁济世"中写道："那位王妃因患乳痈，今已两日，虽未破头，极其红肿，也是痛苦呻吟不绝……"③ 乳痈是一种典型的妇科疾病。

乳痈是发生于乳房部位的疾病，《诸病源候论·妇人杂病》云："亦有因乳汁蓄结，与血相搏，蕴积生热，结聚而成乳痈。"④ 乳痈的临床特点为：乳房部结块、肿胀疼痛，伴有全身发热，溃后脓出稠厚。王妃之"乳痈"恰是此症状，多九公采用

---

① 《丹溪心法评注》，高新彦、焦俊英、冯群虎等解析，三秦出版社，2004年，第45页。
② 李汝珍：《镜花缘》，上海古籍出版社，2005年，第129页。
③ 李汝珍：《镜花缘》，上海古籍出版社，2005年，第130页。
④ 巢元方：《诸病源候论》，宋白杨校注，中国医药科技出版社，2011年，第227页。

通乳之法，使用葱白、麦芽、虾酱、黄酒等内服外洗，以梳子梳之。王妃的乳痈之痛治疗数日后便消失。

（七）出花（出痘）

在《镜花缘》第五十五回"田氏女细谈妙剂　洛家娃默祷灵签"中若花说道："愚姐向闻此处有个怪症，名叫出花，又名出痘。外国人一经到了天朝，每每都患此症。今红红、亭亭两位阿姐因感此地水土，既将面色更改，久而久之，我们海外五人，岂能逃过出痘之患？所以忧虑。"① 在《金瓶梅词话》第九十回"来旺盗拐孙雪娥　雪娥官卖守备府"中写到孝哥儿出花儿："后边月娘看孝哥儿出花儿，心中不快，睡得早。"② 又如在《红楼梦》第二十一回"贤袭人娇嗔箴宝玉　俏平儿软语救贾琏"中从多浑虫口中叙出贾琏的女儿巧姐得了天花："你家女儿出花儿，供着娘娘，你也该忌两日，倒为我脏了身子。"③ 由以上三处描写可知，红红、亭亭、孝哥儿、巧姐儿都有"出花儿"的症状。

此处所说的"出痘""出花"是中国古代人口中所说的"天花"，是因天花病毒感染所引起的传染性疾病，其传播速度之快、病情之严重实属罕见。呼延云重申了天花的危害及其由来："在没有接种牛痘的岁月里曾经创下过死亡率 25% 的恐怖数字，致死原因主要是合并败血症、骨髓炎、脑炎、脑膜炎、肺炎等并发症，痊愈的人也要留下一脸的麻子，因此得名。"④ 在《镜花缘》中所提及的"出花"，是指因水土不服而导致皮肤异常，是现代意义上的皮肤病。《红楼梦》中的"天花"，应是传染病，具有较

---

① 李汝珍：《镜花缘》，上海古籍出版社，2005 年，第 255~256 页。
② 兰陵笑笑生：《金瓶梅词话》，陶慕宁校注，人民文学出版社，2000 年，第 1233 页。
③ 曹雪芹：《红楼梦》，人民文学出版社，2008 年，第 286 页。
④ 呼延云：《古代名医治天花：那些不可思议的疗法》，《现代养生》，2018 年，第 22 期，第 18 页。

强的传染性。因此,贾琏才会搬出去住,以免被巧姐传染。

三、《官场现形记》与《老残游民》中有关疾病的描写

(一)《官场现形记》与中医病证

《官场现形记》在描写人物疾病时,或描写发病原因时,或描写治疗过程时,通过对医患语言、行为的描写揭露人世间人性的丑恶与人性的扭曲。文中关于疾病的描写尽管不多,但足以达到批判的效果,现暂举一二例论述之。

1. 郁证

郁证,又称郁病。郁证是以"心情抑郁、情绪不宁、胸部满闷、胁肋胀痛,或易怒易哭,或咽中如有异物梗阻等症为主要临床表现的一类病证。"① 在《官场现形记》第一回"望成名学究训顽儿 讲制艺乡绅勖后进"中写到方必开的症状类似郁证。

方必开初闻先生训儿之言,心情愉快,咽中生津;次闻先生言"做了官就有钱赚"而大喜,大口吐痰;后见先生被其儿子气得要辞馆,受惊便痰不得出,越急痰愈不出。方必开的发病过程,恰与郁证相似。方必开之所以患病是因为其望子成龙的愿望十分迫切,对儿子学业和功名过度担忧。文中在描写方必开的发病过程时生动形象地展现了郁证与情志之间的关系,旨在揭示方必开思想深处的拜金主义和名利思想。小说对方必开形象的塑造,可谓入木三分。

2. 伤寒

在《官场现形记》第二十三回"讯奸情臬司惹笑柄 造假信观察赚优差"中写到贾臬台在审理一桩奸杀亲夫案时,被告是位妇人,被指控毒杀亲夫。亲夫生前曾患伤寒,所谓"伤

---

① 张伯礼、吴勉华:《中医内科学》,中国中医药出版社,2017年,第289页。

寒",张仲景曾言之曰:"冬时严寒,万类深藏,君子固密,则不伤于寒,触冒之者,乃名伤寒耳。其伤于四时之气,皆能为病,以伤寒为毒者,以其最成杀厉之气也。中而即病者,名曰伤寒。"① 亲夫冬季犯病,病情又十分严重,医者张先生仅用桂枝汤未必见效。伤寒引起了"亲夫"被"医死"抑或"毒死"之案讼。县衙判定此人是被"毒死"的,认为是原告妇人毒死了自己的丈夫,而妇人对罪行亦供认不讳。后案件移至贾臬台处,他亲切温和的外表让妇人产生侥幸心理。犯妇误认为贾臬台被自己美貌迷惑,当堂翻供,矢口否认毒杀亲夫的罪行。即便是贾臬台之母循循善诱、施以恩惠,妇人亦始终不认罪。这些小伎俩,把贾臬台及其母折磨得焦头烂额,致使"老太太"哮喘发作。这桩案子因"伤寒"引起,又以贾臬台之母"哮喘"发作而不了了之,真是滑稽可笑、荒唐至极,讽刺意味十分明显。

3. 喘证

喘证是以呼吸困难、张口抬肩、鼻翼扇动、不能平卧为临床表现的疾病病证。前文提到在《官场现形记》第二十三回"讯奸情臬司惹笑柄 造假信观察赚优差"中贾臬台之母老太太以德感化女犯人认罪无果后,被气得咳嗽不止,欲语又咳,气喘呼呼,咳成一团。喘证的病因有外邪侵袭、饮食不当、情志所伤、劳欲久病等。其中,"情志所伤"是指:"情志不遂,忧思气结,气机不利,或郁怒伤肝,肝气上逆于肺,肺气不得肃降,则气逆而喘。"② 老太太喘病发作是因情志失衡所致,怒则伤肝,肝气上逆,损害肺部。对老太太喘病发作情形的描写表现了其恼羞成

---

① 《伤寒杂病论白话解》,李浩、梁琳、李晓主编,北京科学技术出版社,2017年,第31页。

② 张伯礼、吴勉华:《中医内科学》,中国中医药出版社,2017年,第60页。

怒、急躁易怒的本性，与平日她彰显的温和大度、体恤小民的风范大相径庭，其讽刺意味不言而喻。

在《官场现形记》第四十九回"焚遗财伤心说命归　造揭帖密计遣群姬"中提到的张守财暮年患重病在床，痰涌上来，喘声如锯，可见其喘已到了无药可治的地步。文中描写其病症，意在批判其纵欲过度、声色犬马的不节制生活，致使其为情志所伤而病入膏肓，无药可治。

（二）《老残游记》与喉蛾

《老残游记》的主人公老残虽然是个江湖郎中，但小说中关于他行医治病的情节描写得较少，故小说有关疾病描写的情节寥寥可数。老残的医者身份只不过是其游走江湖的幌子而已，创作者不在乎老残从事的是什么职业，而是意欲通过他的所见所闻揭露社会的阴暗面，揭露人性中黑暗的一面。在文中为数不多的疾病描写中，却不吝笔墨详细记述了一种中医疾病——喉蛾。

在《老残游记》第三回"金线东来寻黑虎　布帆西去访苍鹰"中对于喉蛾有着翔实的描写，老残行医在济南府遇见一位妇女患了喉蛾，已经是患病第五天了，滴水不进，病情危重。喉蛾又称乳蛾，相当于现代医学所说的急性扁桃体炎。这种病严重时，病人双侧扁桃体会肿大充血使咽喉堵塞，无法饮食，甚至会发生呼吸困难等。在古代没有抗生素的情况下，可能会致人死亡，因此也算是一种危重的病症。文中描写的这个女患者已滴水不能进，病情危急。中医治疗这种病多采用疏风宣肺解表、消肿解毒的方法。这则病案无论是关于脉症的描写，还是治疗方药的应用，皆十分准确。同时还指出病情发展到如此严重的程度是由庸医误用了寒凉药。此病症的治疗只宜辛凉发散，用药过于寒凉，则火郁不能出，反而有害，这是很有道理的。更值得注意的是老残使用喉枪向患处施药，说明清代已有科学卫生的口腔外用的施药工具，这则病案的医学价值很高，描写亦非常具体生动，具有一定的研究价值。

第三节 明清小说疾病描写的文学价值

明清小说逐渐深入人们的日常生活，能反映世态人情。日常细节描写也承担着文学叙事的功能，疾病描写的文学价值在《三国演义》《红楼梦》《水浒传》《西游记》等明清小说中表现得十分突出。因此，疾病描写不再是宋元之前文学作品中可有可无的闲笔了。

一、凸显悲剧氛围，彰显主题

明清小说中某些疾病描写蕴含着深刻的社会意义，揭示了小说的创作主题，如小说创作者通过对精神性疾病进行描写，揭示了明清时期被封建伦理道德观念压抑扭曲的人性，展现了封建礼教和不合理的社会制度对美好人性的摧毁。这不仅是个人的悲剧，更是时代的悲剧。因此，对精神性疾病的描写具有较强的悲剧意蕴，能凸显和强化作品的悲剧主题。

在《三国演义》中关羽战败被杀，已构建了悲剧氛围，刘备兵败白帝城而病故，蜀汉元气大伤，蜀国走向衰落。关于诸葛亮的病逝文中浓墨重彩地加以描绘，将诸葛亮"有心杀贼，无力回天"的"壮志未酬身先死"的英雄悲剧命运渲染得让人喘不过气来。后主刘禅投降，姜维诈降，与钟会商讨起事，结果密谋泄露。在性命攸关之际，姜维心绞痛突然发作，死于乱军之中。文中对刘备、诸葛亮、姜维三人的疾病描写有力地彰显了蜀汉败亡的主题。

自《水浒传》第九十一回"张顺夜伏金山寺 宋江智取润州城"，描写了多位梁山好汉染病的过程，如张横、杨志、白胜、时迁、林冲、徐宁、杨雄等人，并交代了他们病亡的结局，旨在营造浓厚的悲剧气氛。平方腊回京后，宋江、卢俊义被鸩杀，李逵被宋江毒杀，花容、吴用吊死于宋江坟头。梁山好汉的结局无不诠释着北宋末年政治黑暗、奸臣当道、残害忠良的主题，同时也揭示了宋江所主张的"招安"之路是行不通的。

《红楼梦》中的贾宝玉患有怔忡，这种病的主要表现是神志不清，语言混乱，情绪不稳定。每次复发，皆在亲身经历了或目睹了贾府女儿的悲惨命运之后。可见，贾宝玉的怔忡，亦是贾府这一封建家庭的痼疾所在，更是其所处的没落封建社会所患之痼疾。贾宝玉之病不能被根除，只能缓解，贾府之弊端、封建王朝之弊政更是如此。又如贾元春的病亡，"见元妃痰塞口涎，不能言语……稍刻，小太监传谕出来说'贾娘娘薨逝'"①。关于贾元春的疾病描写篇幅较少，但其文学叙事的意义重大。贾元春是贾府联结朝廷的重要纽带，贾元春的病故使得贾府失去了政治保障。贾元春病故后，贾家马上呈现出"树倒猢狲散"的衰败态势。先是宁国府很快东窗事发，贾珍、贾蓉父子因摊上了人命官司而被抄家。接着，荣国府因王熙凤等人私放高利贷、逼死良家妇女等罪名而被抄家。最终，贾赦获罪与贾珍父子一同被流放。

贾元春病亡后，贾母病倒、王熙凤染病、史湘云丈夫病逝、林黛玉焚稿自尽，贾府衰败的气息日愈浓厚。通过对人物疾病的详细描写、反复点缀，如林黛玉、晴雯、王熙凤等；或是对人物的疾病一笔带过、点到为止，如贾元春。文中都渲染了浓厚的悲剧气氛，使读者感受到贾府衰败的命运如同人身患绝症一般不可逆转，从而揭示了"盛极而衰"的悲剧主题。尤氏从大观园穿过回府，第二天便生病了，渲染了大观园之衰败气息，凸显了红楼女子的悲惨命运。

---

① 曹雪芹：《红楼梦》，人民文学出版社，2008年，第1312~1313页。

《儒林外史》中的范进因中举而精神崩溃、神经错乱、神志不清，中举对于范进而言是人生最大的幸事，但这幸事历经二十余次的考试及落榜的精神折磨，可想而知他承受了难以想象的心理压力，失败仿佛已成为其考试结果的代名词，在他的内心扎根。喜讯传来后，范进难以调节其兴奋的神经而精神错乱。范进的精神失常，反映了明代科举制度下儒生皓首穷经、汲汲于功名的悲惨命运，这与小说鞭笞科举制弊端的创作主题是高度一致的。

二、凸显人物性格，暗示人物命运

（一）《三国演义》中疾病描写与人物命运的关系

疾病，对于人们来说，如同饮食，是在所难免的。疾病来临后如何调养身体，使人们康复如故，这与每个人的性情，不无关系。《三国演义》是以描写战争为题材的文学作品，武将受伤的情况较多，但他们的治疗过程、治疗结果却不尽相同，这自然与伤者的性情大有关系。"养病"自然需要心平气和，心情平静，才有助于身体康复。很多医者嘱咐病人一定要静养，不可动怒，如华佗在治疗关羽箭伤后所言："君侯箭疮虽治，然须爱护，切勿怒气伤触，过百日后，平复如旧矣。"[①] 于是关平等人紧闭营门不予出战又封闭消息，使关羽得以静养数日，箭伤痊愈。董袭与海寇斗，遭数枪，半月而愈；周泰与山贼斗，身中十二枪，一月而愈。孙策身负枪伤、箭伤，而且箭身有毒，最终亡命。

就三人的伤势而言，董袭的病情最轻，周泰的病情次之，孙策的病情最为严重。虽然三人的病情程度不同，但只要听从医嘱，静养调理，即可痊愈，如董袭、周泰二人。而孙策则不然，虽然华佗之徒叮嘱他："箭头有药，毒已入骨，须静养百日，方

---

① 罗贯中：《三国演义》，毛纶、毛宗岗点评，中华书局，2009年，第449页。

可无虞。若怒气冲激，其疮难治……孙策为人最是性急，恨不得即日便愈。"① 对三人疾患的描写，鲜明地突出了孙策急躁、易冲动的性格特征。

曹操晚年头风病复发，延请华佗为其诊治。华佗提出为他进行开颅手术的诊治方案，受到曹操怀疑后被处死。曹操多疑、残忍的性格特征，在这一医患关系中表现得淋漓尽致。曹操因对吉平的忌惮，多年之后体现到华佗身上了。怀疑前者，情有可原；怀疑后者，乃杞人忧天、杯弓蛇影。创作者改编了《三国志》中曹操与华佗之间交往的实际情况，目的就是为了丑化曹操，突出曹操残酷、多疑的性格特征。

在《三国演义》第七十五回"关云长刮骨疗毒　吕子明白衣渡江"中大写特写关羽刮骨疗毒的情形，刻画了关羽神勇、刚毅的性格特征。关羽相信华佗的医术，积极配合治疗，安心休息数日后，便得以痊愈。关羽在刮骨疗毒过程中，表现出惊人的毅力。文中写到华佗听说关羽身中毒箭后，不远千里从江东自驾小舟，登门义诊。关羽见到华佗后见礼、让座、用茶，并设酒席相待；而曹操却是居高临下地召见华佗。华佗提出要用尖刀割开皮肉，甚至是骨头边上的肉也要被割去，关羽欣然接受华佗的治疗方案。华佗提出剖开头颅，取出头颅中的"风涎"，曹操则不信华佗，不仅拒绝治疗，而且将其处死。华佗主张将关羽的右臂固定在柱子上，用被子蒙住头，以减轻割肉刮骨之疼痛感，关羽未用止痛措施，伸出右臂，任凭华佗治疗。华佗建议曹操先用麻沸汤，后用利斧剖开脑袋，曹操听闻后大惊失色。

关羽在治疗过程中，忍受着割肉、刮骨的极度疼痛，关羽选择了饮酒下棋这一方式转移注意力，在他的儒雅中足显其大将风范：

---

① 罗贯中：《三国演义》，毛纶、毛宗岗点评，中华书局，2009年，第169页。

> 佗乃下刀，割开皮肉，直至于骨，骨上已青。佗用刀刮骨，悉悉有声。帐上帐下，见者皆掩面失色……公饮酒食肉，谈笑弈棋，全无痛苦之色……须臾，血流盈盆。佗刮尽其毒，敷上药，以线缝之。①

由上文描述可知，关羽之神勇，华佗用天神来形容关羽，"某为医一生，未尝见此。君侯真天神也！"关于这一情节，后人多津津乐道于关羽之英雄神威，少有人关注华佗的医术及人品。文中借关羽之口盛赞了华佗的医术之神，"此臂伸舒如故，并无痛矣。先生真神医也"②，"治病须分内外科，世间妙艺苦无多。神威罕及惟关将，圣手能医说华佗"③。文中在刻画关羽性格的同时，也体现了医者华佗崇拜英雄、悬壶济世的大医情怀。

（二）《水浒传》中对疾病的描写与人物命运的关系

《水浒传》中对疾患描写大多集中于梁山好汉，梁山聚义首任领袖——晁盖，在攻打曾头市时中了史文恭的毒箭，被抢救回营寨后，众头领发现箭正射在晁盖的面颊之上。拔出晁盖脸上的箭后，鲜血迸出，箭拔得过急，晁盖见血就晕过去了，林冲忙让人取来金枪药贴上。晁盖所中的是毒箭，毒性已经深入其体内，影响了他的语言中枢，使他无法言语。晁盖病倒之际，前线群龙无首。关于何去何从，众将领众说纷纭。林冲提出暂且按兵不动，应听从留守梁山的宋江之令。果然，宋江听闻战报，派人通知林冲等人，立刻返回梁山。回到梁山后，晁盖已奄奄一息，文中写道：

---

① 罗贯中：《三国演义》，毛纶、毛宗岗点评，中华书局，2009年，第449页。
② 罗贯中：《三国演义》，毛纶、毛宗岗点评，中华书局，2009年，第449页。
③ 罗贯中：《三国演义》，毛纶、毛宗岗点评，中华书局，2009年，第449页。

都来看视晁天王时,已自水米不能入口,饮食不进,浑身虚肿。宋江等守定在床前啼哭,亲手敷贴药饵,灌下汤散。众头领都守在帐前看视。当日夜至三更,晁盖身体沉重,转头看着宋江,嘱咐道:"贤弟保重。若那个捉得射死我的,便叫他做梁山泊主。"言罢,便瞑目而死。①

从晁盖中箭受伤到不治而亡的描写中,可以看出不同人物的性格特征,林冲的细心谨慎,众头领日夜看视的情深义重,宋江亲侍汤药的体贴入微,晁盖临终遗言则体现出来他有仇必报之性格特征。

(三)《红楼梦》中对疾患的描写与人物命运的关系

1. 同病不同命——薛宝钗与林黛玉

与林黛玉一般,薛宝钗自幼得病,亦是不可根治,常年吃药。薛宝钗与林黛玉二人都曾得到癞头和尚的诊治,虽然林黛玉、薛宝钗皆为多病身,但二人的命运却完全不同。癞头和尚无法用医道医治林黛玉的不足之症,林黛玉的疾病摧垮了她的身体,使她弱不禁风,影响了她的心情,诱发了她的心病。癞头和尚的预言林家人不以为然,认为是癞头和尚的疯癫之语,对其不加理睬。癞头和尚出场是为了阻止林黛玉进贾府,从而阻止林黛玉加入贾宝玉等人的情感纠葛之中,避免其受到伤害,阻止其不治之症雪上加霜。

而薛宝钗吃了癞头和尚的药却见效了,身体变得强壮,热毒症不仅没有打垮薛宝钗的身体与精神,而且她越活越精神。林黛玉在失去贾宝玉这一人生知音后,病情急剧加重,心病十分沉

---

① 施耐庵:《水浒传》,人民文学出版社,1997年,第798页。

重，最终走向了生命的自毁之路。薛宝钗则以其坚强的意志、健全的体格，赢得了贾府的认可。

关于林黛玉和薛宝钗所患疾病的描写，既突出了自古红颜多病身的文学人物创作特点，又突破了红颜多病、多灭亡的死亡之咒。《红楼梦》试图揭示这样的人生哲理：疾病未必能一招致命，性格也是影响人生死的关键因素之一。由林黛玉、薛宝钗两位人物命运的对比来看，林黛玉性情高傲、文采过人，但这些都无法掩饰其敏感的特质，林黛玉把个人的身世之苦与病痛之药一起喝下，使其药效大减。

而薛宝钗觉得自己的病无足轻重，保持乐观的心态，视病为稀松平常之事，这在其与周瑞家的对话中可以看出。周瑞家劝她要重视此病，劝她有病要及早地、好好地治疗，以免落下病根。薛宝钗听了之后，并没有愁眉相对，而是轻描淡写、轻松自如地笑道：

> 再不要提吃药。为这病请大夫吃药，也不知白花了多少银子钱呢。凭你什么名医仙药，从不见一点儿效。后来还亏了一个秃头和尚，说专治无名之症，因请他看了。他说我这是从胎里带来的一股热毒，幸而先天壮，还不相干；若吃寻常药，是不中用的。他就说了一个海上方，又给了一包药末子作引子，异香异气的，不知是那里弄了来的。他说发了时吃一丸就好。倒也奇怪，吃他的药倒效验些。[①]

一句"幸而先天壮，还不相干"与林黛玉的咳嗽声及其发怒时两颊通红、香气频喘的娇病之态形成了鲜明对比。一个是视病如丝，一个是耿耿于怀，可见疾病影响了林黛玉的性格。林黛玉

---

① 曹雪芹：《红楼梦》，人民文学出版社，2008年，第104页。

悲惨命运是由其性格决定的。薛宝钗在疾病面前心态平和，这与其豁达的心胸不无关系。面对疾病，薛宝钗抱着"疾来药饮，病来人挺"的平常之心，故而其病并未成为其烦恼，也并未影响其日常生活。

2. 心比天高，身为下贱——晴雯

晴雯曾经服侍过贾府最有权势的人物贾母，后被贾母分配到贾宝玉房中，侍奉贾宝玉。在贾宝玉房中的丫鬟中乃至贾府的众丫鬟中，晴雯仍不失为丫鬟中的佼佼者。晴雯心灵手巧、花容月貌，正值妙龄，贾母将其调给贾宝玉，对其给予了高度的信任。

单衣出屋捉弄他人，说明她粗枝大叶才偶感风寒。感冒头痛还要挣扎起来缝补衣裳，又加重了病情。重病中的晴雯，被人落井下石。王夫人直奔怡红院，向晴雯发难。晴雯被逐出贾府后，回到兄嫂家中，铺盖单薄，又着了风；受不得哥嫂的风凉话，又病上加病，咳嗽一日后方才入睡。晴雯身边无人照顾，口渴无人端水，这样苟延残喘了几日便命归黄泉。晴雯平日里眼里揉不得一粒沙子，又心直口快，语言刻薄，得理不饶人，得罪了很多人，最终使她遭到他人陷害，直接造成了她不可挽回的死亡命运。

3. 机关算尽，误了性命——王熙凤

王熙凤善于察言观色又聪明伶俐，应对贾夫人等颇有手段，获得了贾母、王夫人的高度信任。王熙凤料理贾府事务周到、细致，主办秦可卿丧事，操办元春省亲事宜，举办各类生日宴会，操持家务的能力非同一般。同时，还不忘搜刮钱财、放高利贷，以获取高额利润。王熙凤利用贾琏之名插手政治，修书于长安节度使，胁迫长安守备与张财主家退婚，坐收中介费白银三千两，可谓是一位精明能干、心思巧妙的女人，但因其长期劳累，故而身体患上了疾病且一病不起。平儿向贾琏诉苦，说王熙凤由于长期劳累，各种疾病纷至沓来，成了一个病包。王熙凤这个"病包",旧病加新病,病魔时刻不离身。疾病需静养,但贾府正值多事之秋,离不开她这位大管家。荣国府诸多丑事皆与王熙凤有关,每每听到曾经做过的丑事暴露,王熙凤就会受到惊吓,病情又会加重。

(四)《儒林外史》中的疾患描写突出人物性格

《儒林外史》中写到严监生之妻王氏的病情严重,严监生不惜花费重金,请医买药,极力挽救他的妻子。"每日四五个医生用药,都是人参、附子……"① 又写到严监生自从王氏病亡后不时哭泣,异常悲伤,过了元宵节心口疼痛,苦苦撑着,依然带病算账,病越拖越严重,"骨瘦如柴,又舍不得银子吃人参"②。可见对于自己,严监生非常苛刻,舍不得花钱吃人参、附子等珍贵药品。但是,在自己病重之时,严监生还赠送王德、王仁各一百两银子,将后事托付给他们。从这两处描写可以看出,严监生对妻子情深义重、关心备至,为治好妻子的病,不惜重金购买大量的贵重之药。严监生勤俭节约、勤劳踏实、重情重义的性格特征在疾病描写中表现得淋漓尽致。

严监生之妾赵氏的性格在王氏、严监生、儿子的疾患描写中得到尽情展现,如赵氏在王氏病重之时的行为表现,文中是这样描写的。

> 生儿子的妾在旁侍奉汤药,极其殷勤;看他病势不好,夜晚时,抱了孩子在床脚头坐着哭泣,哭了几回。那一夜道:"我而今只求菩萨把我带了去,保佑大娘好了罢。"王氏道:"你又痴了,各人的寿数,那个是替得的?"赵氏道:"不是这样说。……大娘若有些长短,他爷少不得又娶个大

---

① 吴敬梓:《儒林外史》,张慧剑校注,人民文学出版社,1958年,第58页。
② 吴敬梓:《儒林外史》,张慧剑校注,人民文学出版社,1958年,第62页。

娘。他爷四十多岁,只得这点骨血,再娶个大娘来,各养各疼。自古说:'晚娘的拳头,云里的日头。'这孩子料想不能长大,我也是个死数,不如早些替了大娘去,还保得这孩子一命。"王氏听了,也不答应。赵氏含着眼泪,日逐煨药煨粥,寸步不离。一晚,赵氏出去了一会,不见进来。……丫鬟道:"新娘每夜摆个香桌在天井里哭求天地,他仍要替奶奶,保佑奶奶就好。今夜看见奶奶病重,所以早些出去拜求。"王氏听了,似信不信。次日晚间,赵氏又哭着讲这些话。王氏道:"何不向你爷说,明日我若死了,就把你扶正做个填房?"赵氏忙叫请爷进来,把奶奶的话说了。严致和听不得这一声,连三说道:"既然如此,明日清早就要请二位舅爷说定此事,才有凭据。"①

从以上文字可以看出,王氏是位顾大局、识大体的妻子,安排身后事,解决严监生的后顾之忧,堪称贤德。赵氏无依无靠,身份卑微。王氏死后,赵氏将失去依靠,无人为其撑腰。在病榻前,赵氏尽心尽力地服侍王氏,目的在于博得母主的同情,获得其支持,使自己能够成为正妻,可见其心机、城府之深。

三、寄托政治寓意

《老残游记》中的江湖郎中老残既是一位医生,也是位忧国忧民、懂得治国之道的有志之士。文中时常以疾患比喻时政,暗喻治国之道,刘鹗在《老残游记》中借"大船隐喻"表明了其政治见解,认为治疗国家之病,需要的是实干家,而不是那些只会喊空口号、鲁莽行事的革命家。此外,文中还表达了自己对革命党过于激烈的救国方案的批判。在老残给高家小妾看病时,病者

---

① 吴敬梓:《儒林外史》,张慧剑校注,人民文学出版社,1958年,第58页。

身患喉蛾，已经滴水不能进。老残在诊脉后说道："火被寒逼住，不得出来，所以越过越重。"① 而在看到喉咙两边已肿得将要合缝了时，老残立刻指出病因："这病本不甚重，原起只是一点火气，被医家用苦寒药一逼，火不得发，兼之平常肝气易动，抑郁而成。"② 接着，老残又安慰病人及家属，此病尚可医治，仅仅需要服两剂药即可。文中借患者之症状说出了自己对国家之病的看法，暗示了国家之病本是小病，而那些不明就里的救国者用药过猛反而使国家情况变得更糟。

可见，《老残游记》的作者刘鹗对于当时国家的发展有着自己的见解，通过为病人看病时所用之病理或病人之病证以喻国事，他不认可使用过于极端的方法治理国家，有别于维新派与革命派，认为应找出适合国情的治国之道。

四、推动情节发展

（一）《三国演义》中有关疾患的描写推动了情节发展

1. 关键人物病亡加速历史进程

小说中关键人物的病亡对故事情节的发展能起到有力的推动作用，《三国演义》中袁绍、孙策、陶谦、刘表、曹操、刘备、诸葛亮、司马师等人的病亡极大地推动了情节发展。

官渡之战，袁绍战败而逃，忧心忡忡，悲痛生病，留下了病根。后袁绍病情加重，临终前留下遗嘱将河北大权交付幼子。袁氏三兄弟为争夺继承权相互攻打，内部分崩离析，极大削弱了袁氏实力，使曹操有机可乘。袁绍的病死，加速了曹操统一北方的进程。而孙策病死后，孙权继位，为东吴积累实力。陶谦病亡后使得刘备能够接管徐州，才有了后文吕布来投、吕布攻刘备、刘

---

① 刘鹗：《老残游记》，高新标点，岳麓书社，2002年，第21页。
② 刘鹗：《老残游记》，高新标点，岳麓书社，2002年，第21页。

备投曹操、曹操绞杀吕布等情节。刘表病逝后，幼主刘琮执掌荆州。曹操病逝后，其子曹丕废汉献帝自立，建魏国，称魏文帝，追封曹操为魏武帝。刘备痛惜东汉的灭亡，在众大臣的极力推动下，建立蜀国，即位汉中王。至此，在曹操死后，魏国、蜀国相继建立，三足鼎立之势由此形成。刘备之死使得蜀国进入了实权人物诸葛亮统治时期，蜀国进入连年征战时期——六出祁山、七进中原。诸葛亮的病逝，使得蜀国进入政治黑暗、后主荒淫无度的历史时期。姜维无力回天，蜀国不战而降。魏国后期，实权人物司马懿去世后，长子司马师成为炙手可热的人物，却最终死于眼疾。司马师的病逝，为其弟司马昭父子的崛起奠定了基础。司马昭之子司马炎建立了晋朝，司马师过世之后，情节快速发展直至蜀、吴灭亡，天下一统。

2. 武将病故促使后者居上

张辽、夏侯惇等人皆是由曹操亲手栽培的杰出将领，他们相继病故为后辈提供了建功立业的良机。张郃、郭淮等人脱颖而出，尤其是张郃深得曹操、曹丕的喜爱，连曹洪、司马懿都对二人忌惮三分。司马懿病故后，钟会、邓艾成为继司马懿之后堪与蜀汉姜维对阵的将才。

关羽被杀，孟达等人投靠曹操；张飞被刺，张达、范疆携张飞首级投降东吴；黄忠中箭而亡，刘备战败，黄权等数十员将领投吴。蜀国元气大伤，五虎上将失去了三位。后主刘禅即位，诸葛亮独掌大权，蜀国五虎上将仅存赵云、马超。马超要镇守平阳关，戍边要塞。赵云要常随诸葛亮身边，独树难支。马超、赵云相继病故，魏延升为先锋，得以重用。魏延被杀后，廖化、王平为先锋。正所谓蜀中无大将，廖化为先锋。五虎上将病亡，也是蜀国后起之秀担当重任的催化剂。

东吴周瑜病故后，鲁肃升为东吴都督。周瑜在世，因荆州之事，东吴与刘备、诸葛亮多有摩擦，严重影响孙刘联盟的稳固。

鲁肃当政，极力维护孙刘联盟，制衡曹氏。鲁肃病故后，吕蒙被重用，孙刘联盟又被破坏。鲁肃病故之后，吕蒙白衣渡江袭击荆州。荆州被袭，关羽走麦城被俘被杀，才有了张飞为兄报仇、急于督促伐吴物资准备而鞭打将士，后被部下杀害、刘备伐吴兵败白帝城等情节。若鲁肃在世，吕蒙被关羽附身病亡，陆逊执掌兵权，火烧刘备连营七十二座等后续一系列事情绝不会发生。可见，文中情节正是在前人病故后进行替补的过程中被加速推进的。

（二）《水浒传》中有关人物病亡的描写推动了情节发展

1. 晁盖病故推动情节发展

晁盖率领公孙胜、吴用、刘唐、阮氏三兄弟及后来被救出大牢的白胜投奔梁山王伦，林冲火并王伦，支持晁盖为梁山之主，后宋江迫于官司，在晁盖等人的邀请下，亦入伙梁山。此时，梁山四分之三的头领皆与宋江有交情，因宋江而来。宋江初上梁山后，便显示出其杰出的军事才能，三打祝家庄，大破连环马，一败高俅，收服韩滔、彭玘、呼延灼，攻打青州的三山人马头领鲁智深、武松、施恩、曹正、史进、孔明、孔亮等人皆是投奔宋江而来。无论是威望，还是实力，宋江都远在晁盖之上。宋江在梁山上的势力日益壮大，晁盖心中忐忑不安，深感压力。晁盖也无心稳坐梁山泊，一有战事便立即亲赴前线，杀敌立功立威。晁盖一听戴宗回报曾家庄五虎扬言与梁山作对，便大怒欲率军征讨。宋江主动请缨，晁盖以宋江多次征战劳累作为说辞拒绝他出征，"不是我要夺你的功劳，你下山多遍了，厮杀劳困，我今替你走一遭。下次有事，却是贤弟去"[①]。不料，此次下山，晁盖被史文恭射中面部，最后不治而亡。晁盖病亡之后，宋江成为又一梁

---

① 施耐庵：《水浒传》，人民文学出版社，1997年，第794页。

山之主。但晁盖临终前说欲将梁山交付于为他复仇的人。从其临终遗言可知晁盖对宋江早怀芥蒂之心。晁盖病故，梁山众人一致推举宋江为梁山代首领，虽然后有卢俊义与其并肩，但亦不足为道。梁山大事皆由宋江决断，包括招安、平辽、征方腊。宋江实为正主，晁盖的存在只是暂时的。晁盖病故，为宋江掌权创造了机会，推动了后续一系列精彩情节的发展。

2. 梁山好汉病故推动情节发展

梁山好汉在征方腊的过程中伤亡惨重，有五十九人阵亡。起初，梁山好汉是一个一个地相继病故，如徐宁中箭亡故，张顺被乱箭射死，解珍、解宝被杀。后来，其他好汉几乎是扎堆而死，如征方腊时小说从九十一回至九十八回，每回文末都附有阵亡将佐的名单，少则三人，多则二十余人，如九十八回写到阵亡将士多达二十四员。患病将领亦不在少数，如杨志因患病，留在丹徒休养；张横、穆弘、孔明、朱贵、杨林、白胜等六人感染瘟疫，寄居杭州；朱富、穆春随同照顾。后六人患病身死，只剩下杨林与穆春。林冲中风、杨雄发背疮、时迁身患搅肠痧，水浒英雄病得蹊跷，死得突然。他们或一个一个死去，或成群病故、战死，梁山英雄的毁灭加速推动了故事情节发展，预示着招安之路行不通且再无东山再起的能力。

(三)《金瓶梅词话》中有关疾患的描写推动了情节发展

1. 武大郎患病

西门庆与潘金莲在王婆的撮合下，二人经常背着武大郎私会。在郓哥的配合下，武大郎将西门庆堵在房内，西门庆在潘金莲的唆使下，一脚踢中了武大郎的心窝。武大郎当时满口流血，面皮蜡黄，一病五日，不见好转。潘金莲与西门庆在王婆的指使下，合谋害死了武大郎。西门庆胁迫、诱买仵作何九叔，企图掩盖武大郎的死因。潘金莲最终嫁进西门府，成为西门庆的第五房小妾。武大郎病故后，恰好为潘金莲嫁于西门庆提供了绝佳的时机。可见，武大郎病故这一情节极大地推动了后续的情节发展，加速了潘金莲进入西门府的历程，二人的关系随之迅速升温，使得潘金莲成为西门庆名正言顺的五姨太。同时，文中通过潘金莲的视角见证了西门庆家的兴衰际遇。

2. 花子虚的病故

花子虚是李瓶儿名义上的丈夫，李瓶儿实则是被花太监霸占。但无论花太监在世抑或花太监病故，花子虚始终对李瓶儿与花太监的关系心存芥蒂。花太监死后，花子虚才成为李瓶儿真正的丈夫。

花子虚扮演着丈夫的角色，却不履行丈夫的职责。花子虚整日流连于青楼，对李瓶儿不管不问。李瓶儿徒有丈夫，但缺乏正常的夫妻生活。长期被漠视的李瓶儿，青春妙龄难熬漫漫长夜，无法排遣孤独、寂寞、单调、毫无生机的生活。李瓶儿仿佛第二个潘金莲，她的雍容华贵、如雪肤色无不令西门庆垂涎，后花子虚因财产分割，被堂兄弟告入官府，为救花子虚，李瓶儿重金委托西门庆赎救。花子虚从花太监手中接管的银两、房舍、田庄全部被没收，仅存的钱财也被李瓶儿送给了西门庆。花子虚的悲惨命运就此拉开序幕，文中写道：“后来子虚只挨凑了二百五十两银子，买了狮子街一所房屋居住。得了这口重气，刚搬到那里，不幸害了一场伤寒，从十一月初旬睡倒在床上，就不曾起来。初时，李瓶儿还请的大街坊胡太医来看，后来怕使钱，只挨着。一日两，两日三，挨到三十头，呜呼哀哉，断气身亡。亡年二十四岁。"[1]

花子虚患了伤寒后，李瓶儿却舍不得为他花钱治病。李瓶儿无比富有却袖手旁观，不为其延医治病，加速了花子虚的死亡。

---

[1] 兰陵笑笑生：《金瓶梅词话》，陶慕宁校注，人民文学出版社，2000年，第155～156页。

花子虚的病亡直接成就了李瓶儿与蒋竹山的姻缘，间接促成了李瓶儿与西门庆的结合。李瓶儿嫁入西门府后，为之诞下一子，才有后文庆生、祭祖、看病、夭折等一系列情节。后文与李瓶儿相关的情节发展，皆与其嫁入西门府有关，而花子虚病故是关键情节。

3. 官哥儿病逝

李瓶儿未嫁入西门庆家时，幻想能与西门庆终日厮守，与他举案齐眉。刚刚嫁入西门府时，西门庆便给李瓶儿一个下马威，西门庆严厉斥责李瓶儿嫁给蒋竹山，又为蒋竹山开药铺，与己争利。李瓶儿第一次体会到了打老婆班头西门庆的厉害，逐渐认识到西门庆生活中的女人不止一个，希望与西门庆恩爱一生的理想顿时破灭。诚然，李瓶儿在西门庆心中占有的重要地位是其他妻妾无法比的。因此，西门庆极力央求任医官全力救治李瓶儿，西门庆宠爱李瓶儿，一是因为李瓶儿带来了丰厚的嫁妆，极大地增强了西门庆的财力，二是因为李瓶儿为他诞下一子。

潘金莲对西门庆宠爱李瓶儿产生了嫉妒之意，屡次公开与李瓶儿为敌，不惜对她针锋相对，并恶语伤人。官哥儿出生后，潘金莲对孟玉楼说了一段话，怀疑李瓶儿所怀的孩子不是西门庆的："他从去年八月来，又不是黄花女儿，当年怀，入门养。一个后婚老婆，汉子不知见过了多少，也一两个月才生胎……我说差了，若是八月里孩儿，还有咱家些影儿；若是六月的，小板凳儿糊险道神——蹀还差着一帽头子哩！失迷了家乡，那里寻犊儿去！"① 显然，潘金莲是怀疑官哥儿并非西门庆的亲生儿子。潘金莲还向吴月娘进谗言，说李瓶儿在西门庆面前搬弄吴月娘的是非，正是李瓶儿挑拨了吴月娘与西门庆的关系，西门庆才冷落

---

① 兰陵笑笑生：《金瓶梅词话》，陶慕宁校注，人民文学出版社，2000年，第348页。

了吴月娘。潘金莲的这番话，使吴月娘信以为真，严重影响了吴月娘与李瓶儿之间的关系。西门大姐将潘金莲在吴月娘面前所说的逸言皆告知了李瓶儿，李瓶儿敢怒不敢言。后潘金莲殴打丫鬟，惊扰官哥儿。李瓶儿使人劝说潘金莲不要打扰官哥儿睡觉，结果却被潘金莲指桑骂槐大骂一顿。李瓶儿更是有气不敢发，有苦不能言。潘金莲因嫉妒生恨，更是动辄责骂，甚至连西门庆一起骂："偏你会养儿子哩！也不曾经过三个黄梅、四个夏至，又不曾长成十五六岁，出幼过关，上学堂读书，还是水的泡，与阎罗王合养在这里的！怎见的就做官，就封赠那老夫人？"① 潘金莲时常欺压李瓶儿，吴月娘、孟玉楼、孙雪娥则冷眼旁观，久而久之，李瓶儿的心病与生理疾病相互交织又病痛缠身。

在这偌大的西门府，官哥儿是李瓶儿在西门庆家中稳固地位的重要砝码，也是笼络西门庆的法宝，更是孤单寂寞时的慰藉。但官哥儿命薄如纸，在世上仅活了一年零两个月。官哥儿的病因主要是受到了惊吓，《金瓶梅词话》第四十八回"弄私情戏赠一枝桃　走捷径探归七件事"中写到西门庆祭祖时："响器锣鼓一齐打起来。"② 官哥儿听到锣鼓声就咽了一口气，当晚梦中啼哭，不断吐奶。在《金瓶梅词话》第五十二回"应伯爵山洞戏春娇　潘金莲花园看蘑菇"中写到李瓶儿被吴月娘叫到卧云轩，李瓶儿委托潘金莲照看官哥儿。结果潘金莲抛下官哥儿，进入雪洞之中。官哥儿一人躺在席上，被旁边的一只大黑猫吓得直蹬腿哭。在《金瓶梅词话》第五十九回"西门庆摔死雪狮子　李瓶儿痛哭官哥儿"中写到官哥儿身穿红衣服，被潘金莲豢养的叫"雪狮子"的狗认作是肉食而奋力扑抓。官哥儿受惊患了风搐，最后不

---

① 兰陵笑笑生：《金瓶梅词话》，陶慕宁校注，人民文学出版社，2000年，第697页。
② 兰陵笑笑生：《金瓶梅词话》，陶慕宁校注，人民文学出版社，2000年，第568页。

治而亡。官哥儿之死使李瓶儿失去了最后的慰藉。潘金莲恶毒的责骂，加之其失子之痛，导致了李瓶儿旧病复发，病情也日渐沉重。最终，李瓶儿无药可治，苟延残喘数日而亡。李瓶儿疾病缠身，长年病痛，但却能挨时过日，主要靠的是官哥儿的抚慰。官哥儿一旦病亡，李瓶儿的精神顷刻崩塌。潘金莲的嫉恨辱骂、官哥儿的病故等加速推进了李瓶儿死亡的进程。

4. 西门庆病故

封建社会是男权社会，强调男尊女卑，男主外，女主内。西门庆善于经营，家中有无数银两、奴仆成群、海鲜美味、锦衣大床、商铺数十家。西门庆俨然是家中的顶梁柱，家人在他的庇护下，过着衣食无忧、豪华奢侈的日子。但是好景不长，西门庆年纪轻轻便被女人掏空了身体。西门庆因纵欲过度，油枯灯灭，无药可医，命归九泉。

西门庆临终前将后事托付给吴月娘，关闭了店铺，只留少数经营已能让她们安稳过日子。西门庆病故后，西门家"树倒猢狲散"，孟月楼改嫁，孙雪娥离开西门府与相好会合，庞春梅另嫁他人。潘金莲因与女婿东窗事发被逐出家门，落到武松手中，被武松挖胸掏心，为武大郎偿命。那些出入西门庆家混吃混喝的，与西门庆称兄道弟的朋友如应伯爵，在西门庆病死后落井下石，为巴结新的主人竟将兄弟之妻介绍给他人为妻，最终也没个好下场。西门庆的病故对于这个家庭来说是一场灾难，潘金莲、孙雪娥、庞春梅紧接着或主动或被动离开西门府，各自香消玉殒。依附于他的狐朋狗友，迅速寄食于他人。西门庆的病故推动了故事情节向前发展，每个人皆迅速地走向自己的归宿。

五、以病理说理

疾病犹如人事种种，如为人处世，又如治国理政。明清小说多用疾病原理阐释人事道理。《三国演义》演绎了历史兴衰，总结了经验教训，自然善于运用各种方式比喻人事。小说运用疾病暗喻人事，如《三国演义》第三回"议温明董卓叱丁原　馈金珠李肃说吕布"中写到董卓接到朝廷进京擒王的诏书，便上表朝廷说道："扬汤止沸，不如去薪；溃痈虽痛，胜于养毒。"① 这句话打了两个比喻，一个比喻是"止沸、去薪"，另一个比喻是"溃痈、养毒"。"止沸"比喻"平定朝廷动乱"；"去薪、溃痈"比喻的是"除去祸乱的根源"，即十常侍等宦官；"养毒"比喻的是"豢养宦官，自取其祸"。"溃痈、养毒"这个比喻十分形象，语言生动又极富说理性。

以疾病说理的精彩片段，如《三国演义》第四十三回"诸葛亮舌战群儒　鲁子敬力排众议"中写到江东首席谋士张昭诘难诸葛亮言，"何先生自归豫州，曹兵一出，弃甲抛戈，望风而窜，上不能报刘表以安庶民，下不能辅孤子而据疆土，乃弃新野，走樊城，败当阳，奔夏口，无容身之地。是豫州既得先生之后，反不如其初也……管仲、乐毅果如是乎？"②张昭语言犀利，气势咄咄逼人，质问为何刘备得了诸葛亮后，反不如之前那么英雄无敌了，而是遇到曹军，一溃千里。诸葛亮面对张昭尖锐的责难，并未正面回答，而是采用了迂回铺垫的辩论技巧。诸葛亮以病重之人比喻刘备劳途孤穷之势态，"鹏飞万里，其志岂群鸟能识！……譬如人染沉疴，当先用糜粥以饮之，和药以服之，待其腑脏调和，形体渐安，然后用肉食以补之，猛药以治之，则病根尽去，人得全生也。若不待气脉和缓，便投以猛药厚味，欲求安保，诚为难矣"③。诸葛亮以形象的语言讲述了病人身患沉疴该如何医治方能康复，他认为应分为三个步骤：第一步，要调和腑

---

① 罗贯中：《三国演义》，毛纶、毛宗岗点评，中华书局，2009年，第13页。
② 罗贯中：《三国演义》，毛纶、毛宗岗点评，中华书局，2009年，第258页。
③ 罗贯中：《三国演义》，毛纶、毛宗岗点评，中华书局，2009年，第258页。

脏,其方法是用糜粥以饮之,和药以服之;第二步,要补养身体,其方法是用肉食以补之;第三步,要大力治疗,其方法是用猛药以治之。经过三步治疗后,病人就可完全康复。

诸葛亮分析了重病之人治疗过程,实事求是地根据身体规律一步步从容治疗。诸葛亮以此类推,有力回驳了张昭提出的刘备被曹军打败的原因,反而指出刘备之前被曹操大败于汝南,使其元气大伤,兵微将寡,此时形势正如人染沉疴。后刘备所居小县人民较稀少,粮食又鲜薄,不是用兵之地,如人沉疴加新病,又遭遇曹操百万大军,如誓死抵抗,危矣。诸葛亮以沉疴比喻刘备兵微将寡、连年征战之疲惫与新野小城不足用兵的种种兵家之大忌,这些比喻既生动形象,又贴切入微,诸葛亮以其智慧的语言,有力地反击了张昭的强大攻击。

《水浒传》中关于痈疽、背疮的描写,亦有深刻的意蕴。宋江的背疮和杨雄的背疮,都可看作是北宋社会的毒瘤,如残害忠良、祸国殃民的大奸臣童贯、蔡京、杨戬之流。宋江身患痈疽,头重发昏,身体发热,疼痛难忍,若非安道全及时赶到,恐怕性命难保。安道全能够治疗宋江的身体之疾,却无法根治社会之疾。宋江最终还是被"社会痈疽"毒害,以有功之身被奸臣陷害。杨雄因背疮复发而亡,预示着背疮、痈疽正如封建社会奸臣一样,是难以根治的,随时可以复发。

《红楼梦》中的年轻女子多疾病,如秦可卿、林黛玉、薛宝钗、王熙凤、晴雯、贾元春、贾迎春等人,他们或有先天疾病,或是因后天劳碌、情志失衡而染病。在对这些女性的疾病描写中,关于秦可卿与王熙凤的疾病描写旨在揭示物极必反的道理。秦可卿之病似乎在暗示贾府已染上重病了,贾家衰亡的结局是不可避免的。宁国府已经预先染上重疾,揭示了贾家衰败的原因"首在宁"。同时,秦可卿死前托梦于贾府管家王熙凤,提醒她相同的命运会发生在荣国府,谆谆告诫王熙凤:

"……你如何连两句俗语也不晓得？常言'月满则亏，水满则溢'；又道是'登高必跌重'。如今我们家赫赫扬扬，已将百载，一日倘或乐极生悲，若应了那句'树倒猢狲散'的俗语，岂不虚称了一世诗书旧族了！"①秦可卿的疾病与死亡命运，恰恰印证了其梦中所言"油尽灯枯""水满则溢"的道理。王熙凤这位精明能干的荣国府管家借权敛财，机关算尽，惹得一身疾病。王熙凤的病情每况愈下，长期疾病缠身。较之病前，王熙凤的处事能力也大打折扣。王熙凤身染沉疴，也预示着荣国府衰败的局势。

即使薛宝钗这种中规中矩又遵守封建礼教的女子，也无法避免生病。从娘胎带来的疾病使得薛宝钗这位代表封建正统观念的女子略显美中不足。其所患哮喘是先天性的，乃后天无法根除的痼疾。薛宝钗之病正如封建社会走到清朝，各种弊端日益暴露，无法挽救自身的命运。林黛玉的病亡控诉了封建家长对自由爱情的扼杀。晴雯的病故严厉痛斥了王夫人这位封建家长对美好生命的摧残。可以说，林黛玉和晴雯的病逝是对封建礼教和封建等级制度的无情批判。

第四节　明清小说疾病描写的文化底蕴

明清小说与我国传统文化关系密切，其中又蕴含着宗教文化知识，彰显着有志之士的政治理想与生命价值。关于明清小说中与疾病描写相关的文化意识主要体现在以下两个方面。

---

① 曹雪芹：《红楼梦》，人民文学出版社，2008年，第169页。

一、明清小说疾病描写与宗教文化

（一）疾患描写中的宗教人物

在疾患叙述中出现的宗教人物主要是僧人、道士、法师等，他们大多扮演着医者角色。当中医传统疗法治疗无效时，人们便会向宗教人士求助。可见宗教人士以治疗疑难杂症为特长，正如他们自己所言："有那人口不利，家宅颠倒，或逢凶险，或中邪祟者，我们善能医治。"[1] 如在《水浒传》第一回"张天师祈禳瘟疫 洪太尉误走妖魔"中写到京城中瘟疫盛行，政府无力控制瘟疫。此时，朝廷便会召见道人张天师，利用道术拯救苍生。《红楼梦》中多次出现癞头和尚和跛足道士，每每在主要人物患怪病时出现，如对患有不足之症的林黛玉的诊治与忠告，亦是对林黛玉命运的预示；用"风月宝鉴"治疗身患重病的贾瑞；用通灵宝玉救治患了精神病的贾宝玉和王熙凤；向患有热毒症的薛宝钗传授"冷香丸"的药方。这些小说中的宗教人士均为正面形象，他们身上体现了"救助苍生、普度众生"的人道主义思想，弘扬了善与义。虽然，《三国演义》中的张角被统治者视为收买人心和反叛朝廷的叛贼。但是，对于患者而言，张角却为百姓祛除病灾的福星。

《金瓶梅词话》中西门庆全家，一旦有人患病，中医治疗无效时，吴月娘、西门庆、李瓶儿等人便不自觉地向宗教人士求助，如王姑子、薛姑子、吴神仙、潘道士等宗教人士。不同于《三国演义》《水浒传》《红楼梦》中的僧道医者，《金瓶梅词话》中的这些巫婆多为贪财的庸医，是反面形象，也是被批判的对象。他们中有些医者为了敛财，不惜相互攻讦和拆台，极其厚颜

---

[1] 曹雪芹：《红楼梦》，人民文学出版社，2008年，第345页。

无耻，如王姑子与薛姑子。

（二）疾患描写与宗教活动

疾患、死亡是人们最不愿接受的事实，但又是任何人无法逃避的宿命。当人们无法通过传统中医药的治疗而免去病痛的时候，患者家属便寄希望于神灵，期盼通过一定的宗教仪式洗脱自身的罪孽，求得上天的庇佑，以期消除病痛，并延续生命。

疾患描写中渗透着宗教仪式的情节描写，这种情况在明清小说中较为常见。如诸葛亮病危之时，不甘心接受命运的安排，希望能够通过道教仪式祛除疾病，延长生命长度，以完成先帝托付的统一中原、恢复汉室的历史使命。《三国演义》第一百三回"上方谷司马受困　五丈原诸葛禳星"中详细描写了诸葛亮禳星祈寿的情形。

孔明曰："吾素谙祈禳之法，但未知天意若何。汝可引甲士四十九人，各执皂旗，穿皂衣，环绕帐外，我自于帐中祈禳北斗。若七日内主灯不灭，吾寿可增一纪；如灯灭，吾必死矣。闲杂人等，休教放入。凡一应需用之物，只令二小童搬运。"……姜维领命，自去准备。

时值八月中秋，是夜银河耿耿，玉露零零，旌旗不动，刁斗无声……姜维在帐外，引四十九人守护，孔明自于帐中设香花祭物，地上分布七盏大灯，外布四十九盏小灯，内安本命灯一盏……孔明拜祝曰："亮生于乱世，甘老林泉。承昭烈皇帝三顾之恩，托孤之重，不敢不竭犬马之劳，誓讨国贼。不意将星欲坠，阳寿将终。谨书尺素，上告穹苍，伏望天慈，俯垂鉴听，曲延臣算，使得上报君恩，下救民命，克复旧物，永延汉祀。非敢妄祈，实由情切。"……拜祝毕，就帐中俯伏待旦。……次日，扶病理事，吐血不止。日则计议军机,夜则步罡踏斗。[1]

但在此过程中,主命灯被魏延因脚步所带之风扑灭了,孔明叹曰"生命有命,不可得而禳也!"可见,此法并未成功。

《金瓶梅词话》第五十九回"西门庆摔死雪狮子 李瓶儿痛哭官哥儿"中描写官哥儿经百般医治无效后,李瓶儿便到处求神、问卜、打卦。在《金瓶梅词话》第六十二回"潘道士解禳祭灯法 西门庆大哭李瓶儿"中李瓶儿患病,西门庆请来了五岳观的潘道士施展法术为其延长寿命。《儒林外史》中严监生妻子王氏病重之时,妾赵氏每晚在天井里摆香桌,拜求上天保佑王氏病愈。在幼子突患天花医治无效时,赵氏又"到处求神许愿"。在《儒林外史》第十七回"匡秀才重游旧地 赵医生高踞诗坛"中描写匡超人的父亲在吃了药也不见效时,匡超人到处求神问卜。在《红楼梦》中写到尤氏、贾珍、贾蓉多人患病后,贾府也曾请来法师举办法事消灾驱邪,保佑家人身体安康。

(三)疾患描写与因果观念

明清通俗小说关于疾患叙述中浓郁的宗教气息,不仅体现在宗教人物及日常生活中的宗教活动上,还体现在由疾患叙述情节的设置所表现出来的当时的某些宗教观念。优秀的创作者在进行文学创作时,每个情节的设置都是经过深思熟虑和精心设计的,能反映当时的时代背景。关于明清通俗小说中疾患情节的描写不仅有一定的叙述功能,而且还体现了深植于人们内心深处的"因果报应"的宗教观念。无论是道教的"天道承负"观念,抑或佛教的"业报轮回"观念,皆表达了"善有善报,恶有恶报"的观念,而小说中的疾患情节从侧面有力地体现了这一点。明清小说

---

[1] 罗贯中:《三国演义》,中华书局,2009年,第624~625页。

尤其是《三国演义》《醒世姻缘传》中的果报思想较为浓厚。

《三国演义》叙写杀戮极重之人在病危时，常有噩梦缠身，噩梦中人物尽是被己杀害之人。死人冤魂不散，向害己之人啼哭、叫冤、索命。在噩梦不断中，患者的病情日益沉重，加速了其死亡进程。这些情节阐释了"天道轮回，因果报应"等观念。在《三国演义》第二十七回"小霸王怒斩于吉　碧眼儿坐领江东"中是这样描述的，详情见下文。

> 是夜二更，策卧于内宅，忽然阴风骤起，灯灭而复明。灯影之下，见于吉立于床前。……策大喝曰："吾平生誓诛妖妄，以靖天下。汝既为阴鬼，何敢近我？"取床头剑掷之，忽然不见。吴太夫人闻之，转生忧闷。策乃扶病强行，以宽母心。……母谓策曰："圣人云：'鬼神之为德，其盛矣乎。'又云：'祷尔于上下神祇。'鬼神之事不可不信。……汝屈杀于先生，岂无报应？吾已令人设醮于郡之玉清观内……汝可亲往拜祷，自然安妥。"策不敢违母命，只得勉强乘轿至玉清观。……道士接入，请策焚香。策焚香而不谢……忽香炉中烟起不散，结成一座华盖，上面端坐着于吉。……策怒，唾骂之。走离殿宇，又见于吉立于殿门首，怒目视策。……策顾左右曰："汝等见妖鬼否？"左右皆云未见。策愈怒，拔佩剑望于吉掷去，一人中剑而倒。众视之，乃前日动手杀于吉之小卒，被剑斫入脑袋，七窍流血而死。……策命扛出葬之。比及出观，又见于吉走入观门来。……策曰："此观亦藏妖之所也。"遂坐于观前，命武士五百人拆毁之。武士方上屋揭瓦，却见于吉立于屋上，飞瓦掷地。……策大怒，传令逐出本观道士，放火烧毁殿宇。火起处，又见于吉立于火光之中。……策怒归府，又见于吉立于府门前。……策乃不入府，随点起三军，出城外下寨，传唤众将，商议欲起兵助

袁绍,夹攻曹操。众将俱曰:"主公玉体违和,未可轻动。且待平愈,出兵未迟。"是夜孙策宿于寨内,又见于吉披发而来。……策于帐中叱喝不绝。……言未已,忽见于吉立于镜中。策拍镜,大叫一声,金疮迸裂,昏绝于地。①

上文关于孙策患病被于吉缠身的情节描写得极为详细,反复渲染于吉纠缠孙策,使其病情加重,导致其旧病复发,一命归西。孙策年轻体壮,只要多加休养便能康复,但其性情暴躁,怒杀备受江东官民爱戴的于吉:"策叱武士,将于吉一刀斩头落地。"② 于吉只是一位不收取诊费帮助患者的人,却被孙策误认为他要收买人心、阴谋造反。孙策违背人心,冤杀于吉,致使于吉魂绕,使其不得安宁。正如孙策母亲吴夫人所言:"汝屈杀于先生,岂无报应?"③ 这句话体现了普通人民浓厚的因果观念。

在《三国演义》第七十八回"治风疾神医身死 传遗命奸雄数终"中,写到曹操即将病亡之时的情形:"是夜操卧寝室,至三更,觉头目昏眩,乃起,伏几而卧。忽闻殿中声如裂帛,操惊视之,忽见伏皇后、董贵人、二皇子并伏完、董承等二十余人,浑身血污,立于愁云之内,隐隐闻索命之声。……操急拔剑,望空砍去,忽然一声响亮,震塌殿宇西南一角。……操惊倒于地。近侍救出,迁于别宫养病。次夜,又闻殿外男女哭声不绝。"④ 毛氏于此点评曰:"从前作过事,没兴一齐来。"⑤ 毛氏父子精辟点评了曹操梦中的怪异之事,这些怪异之事皆源于曹操昔日的作

---

① 罗贯中:《三国演义》,毛纶、毛宗岗点评,中华书局,2009年,第171~172页。
② 罗贯中:《三国演义》,毛纶、毛宗岗点评,中华书局,2009年,第171页。
③ 罗贯中:《三国演义》,毛纶、毛宗岗点评,中华书局,2009年,第171页。
④ 罗贯中:《三国演义》,毛纶、毛宗岗点评,中华书局,2009年,第467页。
⑤ 罗贯中:《三国演义》,毛纶、毛宗岗点评,中华书局,2009年,第467页。

恶，照应前文之罪行。《三国演义》第二十四回"国贼行凶杀贵妃　皇叔败走投袁绍"中写到曹操"只将董承等五人并其全家老小，押送各门处斩，死者共七百余人。城中官民见者，无不下泪。"① 毛氏评道："不特当日见者下泪，即今日读者亦有酸鼻。"② 由此可见董承等人死得何其悲惨，曹操手段何等残忍。曹操令人将有五月身孕的董妃勒死于宫门之外，一尸两命，心狠手毒以至如此。《三国演义》第六十六回"关云长单刀赴会　伏皇后为国捐生"中写到曹操令人乱棒打死了伏皇后，鸩杀了二位皇子，后文描写了曹操被其冤魂围绕索命的场景，是对前文的回应，亦表达了因果观念。

在《三国演义》第一百十回"文鸯单骑退雄兵　姜维背水破大敌"中写到司马师因刚刚割掉肉瘤，疮口较疼痛。恰在此时，司马师被文鸯闯魏营的突发军情惊吓，眼珠从患有眼疾的眼眶中迸出。此处，毛氏评道："想起怒目曹芳之时，当受此报。"③ 接着写到司马师又大叫一声，迸出了另一目。毛氏评论道："两目具出，此目无天子之报。"④ 与前文魏主曹芳与夏侯玄、李丰、张缉密谋诛杀司马师呼应，司马师得知后，绞杀了张皇后，废曹芳另立新君。司马师所为乃以下犯上、目无君父之叛逆之举，为当时的士子所不齿。因此，司马师最终要为他大逆不道的行为负责，文中以其目疾、两眼珠迸出而死作为其目无君父的结果，体现了创作者的因果观念。

此外，毛氏父子在书中一针见血地指出某些人的病亡是罪有应得，是他们昔日所作所为的结果，体现了毛氏父子浓厚的果报思想。如《三国演义》第八十六回"难张温秦宓逞天辩　破曹丕

---

① 罗贯中：《三国演义》，毛纶、毛宗岗点评，中华书局，2009年，第139页。
② 罗贯中：《三国演义》，毛纶、毛宗岗点评，中华书局，2009年，第139页。
③ 罗贯中：《三国演义》，毛纶、毛宗岗点评，中华书局，2009年，第662页。
④ 罗贯中：《三国演义》，毛纶、毛宗岗点评，中华书局，2009年，第663页。

徐盛用火攻"中写了张辽为救曹丕被丁奉射中其腰,不治而亡,毛氏喜悦地批道:"可与太史慈报仇。"① 在《三国演义》第五十三回"关云长义释黄汉升　孙仲谋大战张文远"中,这与太史慈陷入了张辽的埋伏而身中数箭,最终病重而亡之情节相呼应。《三国演义》第九十四回"诸葛亮乘雪破羌兵　司马懿克日擒孟达"中写到徐晃被孟达一箭射中头额,经医治无效,当晚身亡。在此,毛氏父子批阅道:"可为关平报仇。"② 照应《三国演义》第七十六回"徐公明大战沔水　关云长败走麦城"中徐晃用计大败关平、袭取了郾城,关平败走樊城等情节。徐晃中箭身亡正合毛氏心意,为关平出了一口恶气。毛氏父子对魏将张辽、徐晃的病故,没有丝毫的同情,相反为他们的病亡而拍手称快,庆贺太史慈、关平之仇得报。张辽、徐晃之死是报应,太史慈之死、关平之败令人惋惜。这足以看出,毛氏父子的"贬曹"思想中有着根深蒂固的因果观念。

总之,《三国演义》中的果报思想与罗贯中、毛氏父子的"尊刘贬曹"思想密切相关,与反对过重杀戮、以民为本的主张亦不无关系,凸显出了鲜明的政治色彩。而明清小说中善恶终有报的因果观念较浓郁的另一典型作品是《醒世姻缘传》,其中主要是以人性、行为的善恶作为人格评价的道德准则。善恶自然有报体现了市井细民朴素的因果观念。

《醒世姻缘传》中讲述了一个冤冤相报的两世恶姻缘的故事,其中主要人物的疾患叙述则充分体现了"善有善报,恶有恶报"的因果观念。首先来看小说的主要人物之一晁源,他在前世是个品行极其恶劣的人,其恶行之一是残害生灵。《醒世姻缘》写到晁源在打猎归来后,便离奇地病倒在床,浑身不适。脸上好似被

---

① 罗贯中:《三国演义》,毛纶、毛宗岗点评,中华书局,2009年,第517页。
② 罗贯中:《三国演义》,毛纶、毛宗岗点评,中华书局,2009年,第567页。

人重重打了一巴掌，浑身打寒战，头发根直竖。晚上，晁源身上火热、发烧、口苦、头疼，不断地胡言乱语。为何白天还生龙活虎射杀诸多猎物的晁源会在晚间突然病倒呢？文中交代了晁源突然患病乃是日间被他射杀的千年狐姬报复所致。正因晁源生性残暴，任意杀生，故遭到了惩罚，使其遭受了病痛的折磨。书中还写了武城县尹因贪赃枉法而遭报应，患上了"天报冤业疮"，因医治无效而死，其死状甚为恐怖。

当然，除了"恶有恶报"以外，也有通过疾患描写宣扬"善有善报"的果报观念的。晁夫人和晁梁是《醒世姻缘传》中塑造的两位善者形象。他们以自己的美好品德得到了神灵的保佑，在其身患重病之时，均得到了神仙的救助，得以逢凶化吉，健康长寿。常做善事的晁夫人在死后位列仙班，充分体现了小说作者借此宣扬惩恶扬善的因果观念的创作意图。

二、明清小说疾患描写与生命价值的彰显

关于明清小说的疾患描写，尤其是关于病亡细节的描写无不透露出令人窒息的悲剧气氛，或将英雄人物辉煌而悲壮的一生瞬间撕裂，或将英雄末路时的落魄与无奈无情地加以展现。英雄豪杰在病痛中形象受损甚或失去生命，从而再无建功立业、雄视天下的机遇。英雄豪杰悲壮的生命意识主要体现在明清历史演义小说与英雄传奇小说之中，他们义薄云天、胸怀天下、赤胆忠心、鞠躬尽瘁，最终也难逃病魔的折磨。

《三国演义》中的文人武将无不抱着建功立业的决心，希图在东汉末年封侯拜相、匡扶社稷、渴求明君。但现实是残酷的，各位有识之士的结局让人们留下了多少遗憾，令人嗟叹。文臣如郭嘉，他因不堪长期行军，又不服水土，中年早逝，临终遗计于曹操平定辽东。郭嘉临死不忘为曹操出谋划策，无怪乎曹操为之大哭，哭其英年早逝，哭其才华不再施展。良将如孙策、周瑜之

127

辈，他们或为江东之主，气吞山河；或是托孤重臣，为江东股肱。在乱世之中他们本应争霸、称王、称将，无奈皆因箭疮崩裂而亡。孙策中毒箭后，还操劳国事，带病商议联合袁绍夹攻曹操之事。国人崇拜于吉如同人心归服张角，孙策怒斩于吉，被于吉缠身，病情急剧加重，不治而亡，年仅 26 岁。周瑜智勇双全，身在高位，却不幸身中毒箭，重伤未愈，需以静养。但周瑜性情急躁易怒，三次被诸葛亮激怒，导致病情加重，匆匆结束了他短暂而辉煌的一生，年仅 36 岁。

　　孙策、周瑜身负箭伤，经医生调治后病情好转，如若日后加以静养便可痊愈。而有些武将却是在战场受伤不治而亡的，他们大多是英雄暮年，年老体弱。此类英雄尚多，诸如黄忠、张辽、徐晃、甘宁等人皆负箭伤而亡，体现了"大将难免阵前亡"的武将宿命。黄忠乃蜀汉五虎上将，忠勇双全，深得刘备器重，一心报答刘备的知遇之恩。刘备兴兵伐吴，黄忠又不服老，孤军深入吴地，被东吴大将马忠射中。黄忠因"年老血衰，箭疮痛裂，病甚沉重。……言讫，不省人事，是夜殒于御营"[1]。罗贯中极力称赞黄忠英雄之气概："老将说黄忠，收川立大功。重披金锁甲，双挽铁胎弓。胆气惊河北，威名镇蜀中。临亡头似雪，犹自显英雄。"[2] 但因年老体力、精力不如年轻人，是所有英雄暮年的悲哀，不仅是黄忠一人的悲哀，亦是张辽的悲哀。张辽智勇双全，起初明珠暗投，依附吕布。后归曹操，大才得展。曹操任用张辽守合肥以拒东吴，张辽大败孙权，威震逍遥津。这样一位久经沙场、戎马一生的良将，亦无法避免马革裹尸的悲惨命运。《三国演义》第八十六回"难张温秦宓逞天辩　破曹丕徐盛用火攻"写到张辽急拍马来迎，被丁奉一箭射中其腰。张辽回到许昌，因箭

---

[1] 罗贯中：《三国演义》，毛纶、毛宗岗点评，中华书局，2009 年，第 493 页。
[2] 罗贯中：《三国演义》，毛纶、毛宗岗点评，中华书局，2009 年，第 493 页。

疮崩裂而亡。魏国名将徐晃曾经大败关羽，智勇双全，但如张辽一般，殁于王事。《三国演义》第九十四回"诸葛亮乘雪破羌兵 司马懿克日擒孟达"中叙述司马懿用徐晃为前部，兵锋直抵新城，捉拿孟达。文中写道："达大惊，急扯其吊桥。徐晃坐下马收拾不住，直来到壕边，高叫曰'反贼孟达，早早受降！'达大怒，急开弓射之，正中徐晃头颅。……却说徐晃被孟达射中头额，众军救到寨中，取了箭头，令医调治，当晚身死，时年五十九岁。"① 张辽、徐晃皆饱经战事，但岁月削弱了他们应战的敏锐度，以至于被敌人射中了要害部位，不治而亡。最为令人扼腕的当属东吴的甘宁，据《三国志》记载甘宁死于疾病。《三国演义》第八十三回"战猇亭先主得仇人　守江口书生拜大将"中写到甘宁带病出征战死的惨烈情形。"却说甘宁正在船中养病，听知蜀兵大至，火急上马，正遇一彪蛮兵，人皆披发跣足，皆使弓弩长枪，搪牌刀斧；为首乃是番王沙摩柯，生得面如噀血，碧眼突出，使一个铁蒺藜骨朵，腰带两张弓，威风抖擞……甘宁见其势大，不敢交锋，拨马而走，被沙摩柯一箭射中头颅。宁带箭而走……到于富池口，坐于大树之下而死。树上群鸦数百，围绕其尸。吴王闻之，哀痛不已，具礼厚葬，立庙祭祀。"② 戎马一生、胆气如牛、义薄云天的甘宁，暮年惨死沙场，与他昔日光鲜亮丽的英雄形象形成了鲜明对比，怎不令读者为之扼腕叹息，深掬一把同情泪。

　　《水浒传》前半部读之令人荡气回肠，梁山好汉的义薄云天、气吞山河令人畅快；后半部则读之令人唏嘘感慨，弥漫着浓厚的英雄气短悲剧气氛。他们被招安之后，开始走向下坡路。如在抗辽、征方腊的战争中，每战必折梁山将，甚至是英雄人物扎堆而

---

① 罗贯中：《三国演义》，毛纶、毛宗岗点评，中华书局，2009年，第567页。
② 罗贯中：《三国演义》，毛纶、毛宗岗点评，中华书局，2009年，第494页。

亡。他们或是身染瘟疫，或是身中毒箭，或是身患疾病，或是旧病复发，缺少良医良药的救助。梁山英雄的死亡，既有意外死亡，又有集体病亡，彰显了他们马革裹尸古战场的悲壮。梁山英雄的病故，揭示了宋王朝亦会如梁山的命运一样，不可避免地走向灭亡。

第三章　明清小说与中药书写

第一节　明清小说中的中药类型

就中药描写而言，在明代小说中只是仅有所涉及，而在清代小说中的中药知识较为丰富。明清小说中蕴含了大量的中药知识，而且与疾患描写和文学叙事有着密切关系。笔者暂以明代小说《三国演义》《水浒传》《西游记》《金瓶梅》及清代小说《红楼梦》《镜花缘》等为例阐述明清小说中的中药描写及其文学功能。

一、明代小说中提及的中药

（一）砒霜

砒霜又名砒石、信石，为砷矿中的砷化矿石的加工品，分为白砒霜与红砒霜两种。其中，白砒为较纯的氧化砷。中医认为，砒石性味辛、热，有大毒，入肺、肝、胃经，有蚀疮去腐、化痰平喘之功，适用于痈疽、痔疮、寒痰、哮喘等病证。药理研究表明砒霜含三氧化二砷，有剧毒。临床观察发现，有剧毒的砒霜如今已成为抗癌利器，对淋巴癌、前列腺癌或子宫癌、白血病、肝癌、胃癌等有明显疗效。

在《水浒传》第二十五回"王婆计啜西门庆　淫妇药鸩武大

郎"中写到王婆教唆西门庆潘金莲,合谋害死武大郎。先由西门庆买来一包砒霜,王婆将其研成细末交予潘金莲。王婆又使潘金莲买来治疗心痛的药,将砒霜末倒入药中,最终毒死了武大郎。

王婆详细交代了毒杀武大郎的方法,正面描写了潘金莲毒死武大郎的过程。潘金莲依照王婆传授的方法逐步实施杀人方案。武大郎对于潘金莲的背叛十分愤怒,痛恨潘金莲,渐渐地疏远了她。武大郎被西门庆踢伤,重病在床,眼看要断气。潘金莲假意哭啼赢得了武大郎的信任,潘金莲拿着铜钱,佯装买药,却从王婆那里取回了事先准备好的砒霜。

根据王婆的教导,潘金莲在半夜时分悄无声息地将砒霜放入了汤药之中,将其灌给了武大郎。潘金莲再用被子盖在了武大郎身上,喘息一会儿,武大郎呷了一口汤药,觉得苦,喝下去便觉得肚子疼痛难忍,片刻间肠胃尽断而亡。可见,砒霜毒性之强和潘金莲之心狠手辣,其心之毒不亚于砒霜之毒。

《红楼梦》第四十回"史太君两宴大观园 金鸳鸯三宣牙牌令"通过刘姥姥之口道出了清代人们普遍具有砒霜的相关常识。书中写到贾母邀请刘姥姥游览大观园。在吃饭时,餐桌上的餐具令刘姥姥眼花缭乱,深感稀奇。先是在刘姥姥面前摆了一双金筷子,贾母命人收去,又加了一双乌木镶银的筷子。贾府使用的筷子,不是金的,就是银的。对此,刘姥姥感到十分惊诧。王熙凤解释银筷子能一下子就试出菜中是否有毒。刘姥姥听后以幽默风趣的语言说,这菜若有毒,自家的菜就是砒霜了,而且刘姥姥说即便是现在菜里有毒也要吃完。

显然,刘姥姥是知道砒霜是有毒性的,足以毒死人。《红楼梦》第一〇三回"施毒计金桂自焚身 昧真禅雨村空遇旧"曲折道出了砒霜汤毒死夏金桂的过程。夏金桂在一碗汤里下了砒霜,而陪嫁丫头薛蟠小妾宝蟾却在另一碗汤里多放了一把盐。结果弄巧成拙,夏金桂误饮了砒霜汤,香菱喝了盐汤。

上文三处描写提到的砒霜体现了其毒性对人体的极大伤害，甚至造成食用者丧失了生命，如武大郎、夏金桂二人皆因砒霜而身亡。武大郎是遭妻子毒害而亡，突出了潘金莲毒如砒霜的蛇蝎心肠，刻画了王婆市井小民的毒辣性格。夏金桂却是欲毒害香菱而自己误食砒霜而死，反映了夏金桂恶人有恶报、自食其果的悲剧命运。

明清小说中多有用酒杀人的情节，至于酒中使用的何种药物，却未详加说明，如《三国演义》中何太后鸩杀王美人、何进鸩杀董太后等，又如《水浒传》中宋江所饮御酒中之毒药、李逵所饮宋江给他的慢药酒中的毒药，另如《西游记》中蜈蚣道士研制的毒药丹，再如《三国演义》《水浒传》中将士所中毒箭上之毒药，皆无药名。砒霜是明清小说中少有的有名字的毒药。

（二）金疮药

古代的金疮药是由雄猪油、松香、麝香、黄蜡、樟脑、冰片、乳香、没药、血竭、儿茶等制成的。它主要治疗刀斧损伤、跌打损伤。金疮药为外敷药，可止痛、止血、消肿，防止伤口化脓。

《三国演义》《水浒传》中的人物形象大多是冲锋陷阵或是打架斗殴的强悍英雄，书中弥漫着暴力场景，战场受伤是在所难免的。武将的伤病大多是由冷兵器造成的，如周瑜、周泰、关羽、夏侯惇、晁盖、徐宁等人是箭伤，周泰还曾为枪所伤。近距离的杀伤，大多是被对方当面斩杀或杀伤。远距离的杀伤，往往是箭伤。一般的箭伤，敷上金疮药，经悉心调理和静养便会痊愈。但毒箭若伤到患者的要害部位或因不具备医疗条件而错过最佳治疗时机，会导致人不治而亡，如晁盖、徐宁。有的箭伤虽然当时被治愈了，但后面会因气候和情绪的波动而复发，如周瑜、孙策等。

在古代医疗技术水平低下的情况下，作为中药的金疮药在治疗刀伤、箭伤、枪伤等外伤时，治疗效果仅局限于消肿、止痛化瘀，其药效毕竟有限，无法替代现代的阿莫西林类消炎药。缺少消炎药会导致伤者伤口发炎、化脓，病情反复恶化或病情加重而亡。明清历史演义小说与英雄传奇小说中的受伤者，患箭伤者如张辽、黄忠、徐晃、太史慈、徐宁等；患背疮者，如杨雄等，皆因缺乏良医或良药而亡。

（三）韭叶芸香

韭叶芸香具有解表、利湿、止咳平喘的功效，可治疗风寒感冒、伤暑、吐泻、腹痛等。在《三国演义》第八十九回"武乡侯四番用计　南蛮王五次遭擒"中写到诸葛亮征南蛮，途经泸水，蜀军饮哑泉之水后不能发声；又有柔泉、黑泉、灭泉当道，瘴气弥漫。诸葛亮向孟获之兄孟节求取韭叶芸香草，书中写到其功效：更兼庵前有一等草，名曰薤叶芸香，人若口含一叶，则瘴气不染。① 毛氏父子评曰："草头郎中赛过服药。"② 此处"薤叶芸香"即为韭叶芸香。

瘴气是指山林恶浊之气，发于春末，终于秋末，危害极大。瘴气可导致人出现发热头痛、呕吐腹胀、休克等症状。重者即伤寒，轻者即疟疾。中医认为韭叶芸香特有的香味有杀虫的效果，可用来驱蝇或祛除毒气。因此，蜀兵过四泉时，诸葛亮让大家口含此草，可远离瘴气。

二、清代小说中提及的中药

（一）《红楼梦》中的中药

清代小说涉及多种中草药，以《红楼梦》最为典型。据统计，书中涉及的药物就有二十多味：肉桂、附子、鳖甲、麦冬、

---

① 罗贯中：《三国演义》，毛纶、毛宗岗点评，中华书局，2009年，第533页。
② 罗贯中：《三国演义》，毛纶、毛宗岗点评，中华书局，2009年，第533页。

玉竹、冰片、紫苏、桔梗、防风、荆芥、枳实、麻黄、石膏、钩藤、地黄、当归、黄花、牛黄、朱砂、黄酒、山羊血、人形带叶参、上等人参、龟大何首乌、珍珠、头胎紫河车等。这些药物是中医常用的治疗性药物。《红楼梦》第五十一回"薛小妹新编怀古诗　胡庸医乱用虎狼药"中写到晴雯因感冒风寒，发热鼻塞。贾宝玉暗自派人请了一位大夫，悄悄地从后门进来为晴雯治病。大夫诊断她为"外感内滞"，晴雯只是"小伤寒"，吃点药疏散一下便可。在贾宝玉看来，晴雯既然是小伤寒，只需要服用一般的疏散风寒的药物，"枳实、麻黄"药性太猛，女孩子无法承受且剂量也不必很大。后来王太医所开的药方，果然如贾宝玉所预料的他开的药药性很重。可见，贾宝玉懂得一些用药知识。按照功效，可分为以下十一种，具体详情如下。

1. 解表药

（1）麻黄。

麻黄又名净麻黄、西麻黄，为麻黄科植物麻黄或木贼麻黄和中麻黄的草质茎。中医认为麻黄性味辛、微苦，入肺经和膀胱经，有发汗解表、宣肺平喘、利水消肿之功，适用于外感风寒所致的恶寒发热、无汗头痛、身痛、咳喘、水肿、小便不利等。《本草正义》中记载："麻黄质轻而清，专泄气分，而性微温，故为疏散风寒外感之主药。"[①] 麻黄含生物碱、挥发油等。生物碱中麻黄碱占60%以上。麻黄碱有和肾上腺素一样的作用，能增强心肌收缩力，扩张血管，升高血压。煮粥服食，可制约麻黄之性而发挥其散寒解表、止咳平喘的作用。由于麻黄为发汗峻品，晴雯身体虚弱，不宜选用，故宝玉说晴雯"如何禁得"。

（2）紫苏。

晴雯感冒药方中的紫苏，为行气解表之药。紫苏，为唇形科

---

① 张山雷：《本草正义》，山西科学技术出版社，2013年，第119页。

一年生草本植物，临床应用时分为茎、叶、子使用。紫苏叶性味辛、温，入肺经和脾经，有解表散寒、行气宽中之功。紫苏叶入肺走表而发散风寒，走脾行血而宽中，对外感风寒和内兼湿滞之证尤为适宜。《本草纲目》中记载："解肌发表，散风寒，行气宽中，消痰利肺，和血温中止痛，定喘安胎。"① 《本草正义》记载紫苏："外开皮毛，泄肺气而通腠理，上则通鼻塞，清头目，为风寒外感灵药；中则开膈胸，醒脾胃，宣化痰饮，解郁结而利气滞。"② 药理研究表明，紫苏能扩张皮肤血管，刺激汗腺，有发汗作用，也能促进消化液分泌，增加胃肠蠕动。夏季，暑湿侵袭，肢体重困，胸脘满闷，食欲不振，常用紫苏叶煮粥服食，可解表散寒，芳香化湿，有强身健体之功。

苏子性味辛、温，入肺经，有降气消痰、止咳平喘、润肠通便之功，适用于痰壅气逆、咳嗽气喘、肠燥便秘等情况。《名医别录》中记载苏子："味辛，温。主下气，除寒中，其子尤良。"③《本经逢原》中记载苏子："性能下气，故胸膈不利者宜之，与橘红同为除喘定嗽、消痰顺气之良剂。"④ 煮粥服食，既能消积通便，下气平喘，又能补益脾肺，对慢性支气管炎、哮喘、咳嗽、便秘等有明显效果，可谓一举数得。

（3）防风。

大夫为晴雯开的处方中的防风，亦是一味解表药。防风，又名关防风、口防风、青防风，为伞形科植物防风的根，我国各地均有分布。黑龙江、吉林、辽宁、内蒙古东部所产者称"关防

---

① 李时珍：《本草纲目》，赵尚华、赵怀舟点校，中华书局，2021年，第1174页。
② 张山雷：《本草正义》，山西科学技术出版社，2013年，第229~230页。
③ 陶弘景撰：《名医别录》，尚志钧辑校，中国中医药出版社，2013年，第164页。
④ 张璐：《本经逢原》，赵小青等校注，中国中医药出版社，1996年，第71页。

风",品质最佳,以黑龙江产量最大。其气微香,味微甘,以根条粗壮、皮细而紧、无毛头,断面有棕色环、中心色淡黄者为佳。防风,顾名思义,有"防风"的作用,性味辛、甘、微温,入膀胱经、肝经和脾经,有祛风解表、祛湿止痛、祛风解痉、祛风止痒的作用。防风性缓质润,微温而不燥,味甘而不峻,辛散而窜,尤善祛风。《神农本草经》中记载此药:"主大风头眩痛,恶风,风邪,目盲无所见,风行周身,骨节疼痹(《御览》作痛),烦满。"[1]《本草汇言》中引张元素语,说到防风是"散风寒湿痹之药也"[2]。《本草正义》中记载:"防风通治一切风邪。"[3]

（4）荆芥。

荆芥,根据炮制方法不同,有荆介穗、炒荆芥、黑荆芥、荆芥炭等。《本草纲目》中谓之"假苏""姜芥",在《吴普本草》中谓之"荆芥",为唇形科植物荆芥带花序的全草或花穗。荆芥性味辛、微温,入肺经和肝经,有疏风解表、宣散疹毒、止血之功,其味辛而散,温而不燥,性质平和,善祛风邪,为解表良药,无论风寒感冒、风热感冒,均可应用。《本草汇言》中记载此药:"凡一切风毒之证,已出未出、欲散不散之际,以荆芥之生用,可以清之。……凡一切失血之证,已止未止,欲行不行之势,以荆芥之炒黑,可以止之。大抵辛香可以散风,苦温可以清血,为血中风药也。"[4]

2. 清热药

清热药以清解里热为主要功效,常用以治疗里热证。本类药

---

[1] 《神农本草经》,孙星衍、孙冯翼辑,曹瑛校注,中国医药科技出版社,2020年,第34页。
[2] 倪朱谟编著:《本草汇言》,郑金生等校点,中医古籍出版社,2005年,第45页。
[3] 张山雷:《本草正义》,山西科学技术出版社,2013年,第75页。
[4] 倪朱谟编著:《本草汇言》,郑金生等校点,中医古籍出版社,2005年,第103~104页。

物药性寒凉,沉降入里。清热药通过清热泻火、清热燥湿、清热解毒、清热凉血及清虚热,使里热得以清解。清热药主要用于治疗温热病、高热烦渴与肺、胃、心、肝等脏的实热证,以及湿热泻痢、温毒发斑、痈疮肿毒及阴虚发热等。

(1) 黄柏。

在《红楼梦》第七回"送宫花贾琏戏熙风　宴宁府宝玉会秦钟"中说到薛宝钗用十二分黄柏煎汤,以之服用冷香丸。文中贾珍在形容贾府为外面风光和内里空虚时,用了一句歇后语,"黄柏木作磬槌子——外头体面里头苦"。这里提到的黄柏,便是一种清热的中药材。

黄柏性寒、味苦,入肾经、膀胱经和大肠经,有清热燥湿、泻火解毒之功,适用于湿热泻痢、黄疸、白带过多、足膝肿痛、热淋、湿疹、热毒口疮、阴虚发热、骨蒸潮热、盗汗遗精等。黄柏的功效似黄连,为苦寒燥湿之药,功偏下焦,长于清除下焦之湿热,故为治疗湿热蕴结下焦的首选药。《本草从新》中记载了黄柏的功效:"苦、寒,微辛。沉阴下降,泻膀胱相火(眉批:足太阳引经药),除湿清热。"[1] 治疗薛宝钗热毒的情况用黄柏为药引,可发挥黄柏清热之功效。

(2) 金银花。

在《红楼梦》第五十六回"敏探春兴利除宿弊　时宝钗小惠全大体"中写到探春、宝钗、平儿、李纨等人谈论改革,李纨说:"单只说春夏天一季玫瑰花,共下多少花?还有一带篱笆上蔷薇、月季、宝相、金银藤,单这没要紧的草花干了,卖到茶叶铺药铺去,也值几个钱。"[2] 这金银藤是指中药金银花、金银花藤(忍冬藤)。金银花为常绿木质藤本,生于低山疏林中,也可

---

[1] 吴仪洛撰:《本草从新》,中国中医药出版社,2013年,第132页。
[2] 曹雪芹:《红楼梦》,人民文学出版社,2008年,第767页。

栽培。夏初开花，成对生在叶，管状，初开时白色，芳香，后变为金黄色，故称金银花。浆果球形，黑色。夏初，花含苞未放时采摘，阴干；7—9月采藤，名金银花藤（忍冬藤），老叶四季可采摘。贾府中的金银花是以其花卉的身份而存在的，其作用是美化环境，供人观赏。

《本草备要》中记载金银花：甘，寒。入肺经。散热解毒，补虚疗风，养血止渴。治痈疽疥癣，肠澼血痢，五种尸疰等。① 贾府中种植了大量的金银花，不仅可以美化环境，还可就地取材，酿制忍冬酒，治疗疾病。

（3）薇硝。

《红楼梦》中的"薇硝"就是中医所谓的蔷薇硝，由蔷薇露和银硝合成。医书中记载蔷薇花能清暑和胃，润泽肌肤，细腻柔滑，对双颊过敏有一定治疗作用，是一种药用化妆品。在《红楼梦》第五十九回"柳叶渚边嗔莺咤燕　绛云轩里召将飞符"写到宝钗用薇硝涂擦湘云发痒的两腮。

（4）石膏。

《红楼梦》第五十一回"薛小妹新编怀古诗　胡庸医乱用虎狼药"中说晴雯病后，先后找了两个医生，宝玉看了第二个医生的处方后说道："这才是女孩儿们的药，虽然疏散，也不可太过。旧年我病了，却是伤寒内里饮食停滞，他瞧了，还说我禁不起麻黄、石膏、枳实等狼虎药。我和你们一比，我就如那野坟圈子里长的几十年的一棵老杨树，你们就如秋天芸儿进我的那才开的白海棠，连我禁不起的药，你们如何禁得起。"② 这里的石膏便是中医常用的清热药。

石膏为天然层积矿物单斜晶系含水硫酸钙的矿石，可研碎、

---

① 汪昂撰：《本草备要》，郑金生整理，人民卫生出版社，2005年，第108页。
② 曹雪芹：《红楼梦》，人民文学出版社，2008年，第699页。

生用或煅用。中医认为，石膏性味辛、甘、大寒，入肺经和胃经，有清热泻火、生肌敛疮之功。石膏性大寒而又有较强的泻火除烦之功，尤以清肺、胃及气分实热见长，为温病气分证及肺胃热证之首选药物。《名医别录》中记载此药："主除时气，头痛，身热，三焦大热，皮肤热肠胃中鬲热，解肌，发汗，止消渴，烦逆，腹胀，暴气喘息，咽热……"① 石膏大寒容易伤胃，故贾宝玉认为女孩子身体弱，经受不起石膏的寒气。

3. 利水渗湿药

凡能通利水道、渗泄水湿的药物，统称为利水渗湿药。利水渗湿药味甘、苦，归膀胱经、小肠经、肾经和脾经，其作用偏向于下行，淡能渗利，苦能降泄。本类药物具有利水消肿、利尿通淋、利湿退黄等作用。利水渗湿药主要用于治水肿、小便不利、泄泻、痰饮、淋证、黄疸、湿疮、带下、湿温等。

(1) 灯心草。

在《红楼梦》第二十五回"魇魔法姊弟逢五鬼　红楼梦通灵遇双真"中写到贾母让马道婆为宝玉供奉菩萨，送了五斤油及灯草。在《红楼梦》第三十七回"秋爽斋偶结海棠社　蘅芜苑夜拟菊花题"中写道："原来这'梦甜香'只有三寸来长，有灯草粗细。"②《金瓶梅词话》中曾写到刘婆子用灯心薄荷汤为官哥儿服药。可见灯草，就是灯心草，既可作灯芯之用，也是一味常用的中药。

《开宝本草》记载灯草称为灯心草。《本草纲目》将灯心草释名为"虎须草""碧玉草"，味甘、淡、微寒，入肺经、心经和小肠经。李时珍认为灯心草的茎及根的主要功能为降心火，止血通

---

① 陶弘景撰:《名医别录》，尚志钧辑校，中国中医药出版社，2013年，第86页。
② 曹雪芹:《红楼梦》，人民文学出版社，2008年，第491页。

气，散肿止渴。烧灰入轻粉、麝香，治阴㾴。① 《药品化义》中记载此药："主治咳嗽咽痛，眼赤目昏，淋闭水肿，小水不利，暑热便浊，小儿夜啼，皆清热之功也。"② 刘婆子用灯心汤为官哥儿服药，恰好发挥了灯心草清热的功能，有利于治疗"小儿夜啼"的情况。

（2）茯苓。

在《红楼梦》第六十回"茉莉粉替去蔷薇硝　玫瑰露引来茯苓霜"中写到钱槐的嫂子拿了一个纸包递与柳家的，说道："只有昨儿有粤东的官儿来拜，送了上头两小篓子茯苓霜。馀外给了门上人一篓作门礼，你哥哥分了这些。这地方千年松柏最多，所以单取了这茯苓的精液和了药，不知怎么弄出这怪俊的白霜儿来。说第一用人乳和着，每日早起吃一钟，最补人的；第二用牛奶子；万不得，滚白水也好。"③ 这"怪俊、雪白"的东西即是茯苓霜。

《红楼梦》第二十八回"蒋玉菡情赠茜香罗　薛宝钗羞笼红麝串"中写到黛玉、宝玉、王夫人三人谈论黛玉吃什么药时，提到了茯苓。在《红楼梦》第二十八回"蒋玉菡情赠茜香罗　薛宝钗羞笼红麝串"和《红楼梦》第五十三回"宁国府除夕祭宗祠　荣国府元宵开夜宴"中说晴雯病后失于调养，王太医将疏散驱邪诸药减去了，而是添了茯苓、地黄、当归等益神养血之剂。这里所说的茯苓，便是利湿健脾常用的中药。

茯苓性味甘、淡、平，入心经、肺经、脾经和膀胱经，有健脾益气、利水消肿、宁心安神之功。《神农本草经》中记载此药：

---

① 李时珍：《本草纲目》，赵尚华、赵怀舟点校，中华书局，2021年，第1305页。
② 贾所学：《药品化义》，李延昰补订，杨金萍等校注，中国中医药出版社，2015年，第50页。
③ 曹雪芹：《红楼梦》，人民文学出版社，2008年，第829页。

主胸肋逆气（《御览》作疝气），忧恚，惊邪，恐悸，心下结痛，寒热烦满咳逆，口焦舌干，利小便。久服安魂，养神，不饥，延年。①《名医别录》言其："无毒。止消渴，好睡，大腹淋沥，膈中痰水，水肿淋结，开胸腑，调脏气，伐肾邪，长阴，益气力……"②中医认为白茯苓偏于健脾，赤茯苓偏于利湿，茯神长于安神，因而若欲健脾益气时可选用白茯苓，利湿消肿时可选用赤茯苓，养心安神时可选用茯神。

（3）木瓜。

在《红楼梦》第五回"游幻境指迷十二钗　饮仙醪曲演红楼梦"中写到因东边宁府中花园内梅花盛开，宝玉随贾母往宁府赏花，一时觉得倦怠，欲睡午觉，秦氏将贾宝玉带到自己房中，借贾宝玉之目写出了秦可卿房中的摆设。房中宝镜、金盘，盘内盛着木瓜。据刘心武考证，这瓜并非人们日常食用的木瓜，而是玉质的木瓜，由此可见秦可卿房间摆设之奢靡。在《红楼梦》第六十四回"幽淑女悲题五美吟　浪荡子情遗九龙珮"中写道："姑娘素日屋内除摆新鲜花果木瓜之类……"③日常木瓜有两种：一种是番木瓜，多供食用；一种是宣木瓜，多供药用。

中医认为，木瓜性温，味酸，归肝经和脾经，有舒筋活络、化湿和胃之功，适用于风湿痹痛、筋脉拘挛、脚气肿痛、吐泻转筋。宣木瓜味酸入肝，肝主筋，故有较好的舒筋活络的作用，为转筋腿痛之药。《药品化义》言其："能升能降，力泻肝收气……酸涩能敛热收湿，主舒筋固气，良品。"④宣木瓜配白芍、甘草

---

① 《神农本草经》，孙星衍、孙冯翼辑，曹瑛校注，中国医药科技出版社，2020年，第50页。
② 陶弘景撰：《名医别录》，尚志钧辑校，中国中医药出版社，2013年，第14页。
③ 曹雪芹：《红楼梦》，人民文学出版社，2008年，第888页。
④ 贾所学：《药品化义》，李延昰补订，杨金萍等校注，中国中医药出版社，2015年，第44页。

等能治疗腓肠肌痉挛，疗效甚佳。

4. 温里药

（1）肉桂。

在《红楼梦》第十二回"王熙凤毒设相思局　贾天祥正照风月鉴"中贾瑞贪恋王熙凤美貌，单相思、感冒风寒、功课繁重，渐渐地身心疲惫，身体不支，疾病缠身，其症状是发烧、咯血、遗精、多梦、胡言乱语、乏力。祖父贾代儒请医者为贾瑞治病，吃下去了很多药，却不见好转："诸如肉桂、附子、鳖甲、麦冬、玉竹等药，吃了有几十斤下去，也不见个动静。"① 贾瑞方剂中的肉桂、附子属温阳药，鳖甲、麦冬、玉竹属滋补阴药。在《红楼梦》第四十五回"金兰契互剖金兰语　风雨夕闷制风雨词"中薛宝钗对林黛玉说："昨儿我看你那药方上，人参肉桂觉得太多了。虽说益气补神，也不宜太热。"② 可见肉桂有助热的作用。

肉桂又名桂皮，为樟科常绿乔木植物肉桂树的树皮。肉桂辛、甘、大热，入肾经、脾经、心经和肝经，有温中补阳、散寒止痛之功，适用于脾肾阳虚所致的畏寒肢冷、遗尿、尿频、脘腹冷痛、食少便溏、虚寒痛经等。《名医别录》言其："主温中，利肝肺气，心腹寒热，冷疾，霍乱，转筋，头痛，腰痛，出汗，止烦，止唾、咳嗽、鼻齆，能堕胎，坚骨节，通血脉。"③《本草纲目》记载肉桂有以下作用：治寒痹风喑，阴盛失血，泻痢惊痫。④ 药理研究表明，桂皮含挥发油及鞣质等，对胃肠有较缓和的刺激作用，能增强消化机能，排除消化道积气，缓解胃肠痉挛。

---

① 曹雪芹：《红楼梦》，人民文学出版社，2008年，第165页。
② 曹雪芹：《红楼梦》，人民文学出版社，2008年，第605～606页。
③ 陶弘景撰：《名医别录》，尚志钧辑校，中国中医药出版社，2013年，第30～31页。
④ 李时珍：《本草纲目》，赵尚华、赵怀舟点校，中华书局，2021年，第2490页。

(2) 附子。

在《红楼梦》第十二回"王熙凤毒设相思局　贾天祥正照风月鉴"中说贾瑞患遗精病，诸如肉桂、附子、鳖甲、麦冬、玉竹等药，吃了有几十斤下去也不见个动静。这里所说的附子有温补肾阳的作用，可治疗肾阳亏虚所致的阳痿、遗精、早泄。

附子，为毛茛科多年生草本植物乌头的子根的加工品，依据其炮制方式的不同而分别称为黑附片、白附片、盐附片。附子入药始载于《神农本草经》，因它附于乌头（母根）生长故名。中医认为，附子性大热，味辛甘，有毒，归心经、肾经和脾经。《本草纲目》言其："治三阴伤寒，阴毒寒疝，中寒中风，痰厥气厥。"[1] 附子上通心阳以通脉，中温脾阳以健运，下补肾阳以益火。一般认为，以脉微细无力或沉迟、舌苔薄白、口渴、肢冷畏寒、大便稀溏者最为适宜。但附子辛热燥烈，走而不守，孕妇忌用；实热、阴虚火旺者不宜选用，亦不宜与半夏、瓜蒌、贝母、白蔹、白及同用。

5. 化痰止咳药

在《红楼梦》第五十一回"薛小妹新编怀古诗　胡庸医乱用虎狼药"中写到晴雯外感内滞，大夫开了处方，上面有紫苏、桔梗、防风、荆芥等药，后面又有枳实、麻黄。贾宝玉看了之后，认为这些药材不适合晴雯，拒绝使用此药方。贾宝玉让茗烟请了王太医来，王太医诊脉后，推论的病因、病理皆与前一位医生说法相近，只是所开的医方中没有了枳实、麻黄等药，药的分量也减少了，贾宝玉十分赞同王太医的医方。

前后这两个医方中，都有桔梗。桔梗，又名白桔梗、苦桔梗、秋桔梗，为桔梗科多年生草本植物桔梗的根。中医认为桔梗

---

[1] 李时珍：《本草纲目》，赵尚华、赵怀舟点校，中华书局，2021年，第1503页。

性平、味苦、辛，归肺经，有宣肺祛痰、排脓消痈之功，适用于咳嗽痰多或咳痰不爽、胸膈满闷、咽痛嘶哑及肺痈胸痛、咳吐脓血、痰黄腥臭等。桔梗为中医常用宣肺祛痰药，《本草求真》言其："系开提肺气之圣药，可为诸药舟楫，载之上浮。"[1]《名医别录》言其："利五脏肠胃，补血气，除寒热风痹，温中，消谷，治喉咽痛。"[2]

6. 安神药

（1）朱砂。

在《红楼梦》第八十四回"试文字宝玉始提亲 探惊风贾环重结怨"写到巧姐病了，大夫看了后说："一半是内热，一半是惊风。须先用一剂发散风痰药。"[3] 并且要用牛黄、珍珠、冰片、朱砂等。这朱砂有清热解毒之功，巧姐"一半是内热，一半是惊风"，故需用朱砂清热镇惊。贾敬希求长生不老而烧制丹砂，终因长期吸入丹砂而中毒身亡。

朱砂，又名丹砂、辰砂，为六方晶系辰砂的矿石，随时可采。将辰砂矿石击碎后，除去石块杂质，水飞极细，装瓶备用。朱砂为粒状或块状集合体，呈颗粒状或块片状，颜色为鲜红色或暗红色、条痕红色至褐红色，具光泽。朱砂体重、质脆、片状者易破碎，粉末状者有闪烁的光泽。中医认为朱砂性寒、味甘，入心经，有镇心安神、清热解毒之功。朱砂甘寒质重，寒能清热，重可镇祛，善镇降心经之邪热，邪热消除则心神安定，为镇心安神之药，又为外科疮疡剂中的常用药。《神农本草经》言其："主身体五脏百病，养精神，安魂魄，益气，明目，杀精魅邪恶鬼。

---

[1] 黄宫绣：《本草求真》，王淑民校注，中国中医药出版社，1997年，第104页。

[2] 陶弘景撰：《名医别录》，尚志钧辑校，中国中医药出版社，2013年，第98页。

[3] 曹雪芹：《红楼梦》，人民文学出版社，2008年，第1189页。

久服通神明，不老。"① 《本草纲目》认为朱砂可以医治惊痫，《本草从新》言其：泻心经邪热，镇心定惊，辟邪清肝，明目祛风，止渴解毒。② 药理研究表明，朱砂能抗心律失常，具有镇静作用。朱砂含硫化汞，故不宜过量服用，以防汞中毒，肝肾功能不全者慎用。古代追求长生不老者如贾敬之流，久服丹砂，身中硫化汞毒而死亡的事例，屡见不鲜。

（2）合欢。

合欢，为豆科落叶乔木植物合欢或山合欢的花与皮。合欢外观华丽，披着满身翠羽状的二回羽状复叶，盛开的花朵似朵朵白云，散发出阵阵幽香。每到黄昏，合欢花的小叶片像折扇一样渐渐折叠，至翌晨又会像孔雀开屏状，渐次舒展开来，给人以美的享受。

合欢的花与皮均为常用中药，中医认为合欢性平、味甘，入心经和肝经，有安神解郁、活血消肿之功。《神农本草经》言其：主安五脏，利心志令人欢乐无忧。久服轻身，明目，得所欲。③《本草纲目》言其："和血消肿止痛。"④

在《红楼梦》第三十八回"林潇湘魁夺菊花诗　薛蘅芜讽和螃蟹咏"中写到了合欢酒。贾宝玉、林黛玉、薛宝钗等人在大观园中写诗、钓鱼、吃螃蟹，可谓其乐融融。螃蟹性寒，食用过多，会增加肠胃的负担。林黛玉素来脾胃虚弱，难耐螃蟹之寒气。螃蟹凉气能直接侵入脾胃，引起胃部血管收缩，故林黛玉想喝点烧酒暖胃，于是放下钓鱼竿，径自去斟酒。结果，酒壶中是

---

① 《神农本草经》，孙星衍、孙冯翼辑，曹瑛校注，中国医药科技出版社，2020年，第3页。
② 吴仪洛撰：《本草从新》，中国中医药出版社，2013年，第225页。
③ 《神农本草经》，孙星衍、孙冯翼辑，曹瑛校注，中国医药科技出版社，2020年，第107页。
④ 李时珍：《本草纲目》，赵尚华、赵怀舟点校，中华书局，2021年，第2606页。

黄酒。林黛玉没有喝下去，而是提出自己想喝烧酒。贾宝玉立刻让人热了一壶合欢酒，林黛玉吃了一口。薛宝钗见状，也走来喝了一口。

围绕林黛玉饮用合欢酒的描写，文字较简略，但意义深远。合欢酒由中药合欢花与烧酒浸泡而成。螃蟹性寒，林黛玉平素脾胃虚弱，故吃了性寒的螃蟹后"觉得心口微微的疼"，饮用热合欢酒可散寒止痛。薛宝钗随后同饮了合欢酒，表明其深知合欢酒对身体的保健作用。林黛玉、贾宝玉二人不约而同饮酒，貌似平常，实质上暗含玄机。合欢酒中有"合欢"二字，何况是贾宝玉主动为林黛玉提供服务，大观园诸位姑娘、丫鬟都在一旁玩耍，唯独宝黛二人一问一答，画面亲密、温馨。薛宝钗有可能借饮酒之名，探究宝黛二人之行为，简洁的饮酒情节，体现出了林黛玉之体弱多病、贾宝玉之细心周到、薛宝钗之大智如愚。

7. 平肝息风药

平肝息风药是指具有平肝潜阳、平息肝风功效的药物，主要用于治疗肝阳上亢及肝风内动等证。

（1）珍珠。

珍珠在贾府的使用较广泛，大多数情况是作为装饰品而出现的。但珍珠也是一味中药，《红楼梦》中写到王夫人、贾宝玉、林黛玉正在谈论买药之事，王熙凤走来提到了珍珠。王熙凤说是薛蟠曾经从贾宝玉处得到一个医方，准备按方配药。方中需要几颗珍珠，不过必须是人们头上戴过的。薛蟠四处寻找，百般无奈，只好向王熙凤寻找帮助。

珍珠自动物体内取出、洗净、干燥。珍珠以粒大个圆、色白光亮、破开面有层纹、无硬核者为佳。碾细，水飞制成细粉用。中医认为珍珠味甘、咸，性寒，归心经和肝经，其主要功效为安神定惊、明目消翳、解毒生肌、润肤祛斑，主治惊悸失眠、惊风癫痫、目赤翳障、口舌生疮、咽喉溃烂、疮疡不敛、皮肤色斑等。

（2）钩藤。

在《红楼梦》第八十四回"试文字宝玉始提亲　探惊风贾环重结怨"中写到薛蟠之妻夏金桂在房中大哭大闹，胡摔乱砸。薛姨妈担心被亲戚嘲笑，只好亲自劝说夏金桂要注意影响。薛宝钗也劝夏金桂不要生气，而夏金桂并不领情，反而编排薛宝钗。眼看着女儿受辱，儿媳妇胡搅蛮缠、无理取闹，薛姨妈又生气，又伤心。气在人体内运行不息，环周不休，而且有一定的运行方向和运行规律，肝气以下行为顺，若上行则为逆向，称之为"肝气上逆"。由于薛姨妈是肝气上逆，气滞于上半身，从而引起左胁作痛。其实，薛姨妈是动了肝气，导致她左胁疼。宝钗急用钩藤浓煎为其母服下，也可说是对症下药了。可见，薛宝钗深知母亲的身体状况，懂得些医药知识。

钩藤，又名双钩藤、薄钩藤、嫩钩藤，是中医临床常用的平肝解郁类中药。中医认为钩藤味甘而微寒，有息风止痉、清热平肝之功，常用于惊痫、抽搐等。钩藤不仅能息肝风，而且能平肝阳，疏肝郁，对于肝郁气滞或肝经郁热、胁肋疼痛、头胀头痛、目赤肿痛、头晕目眩等皆有效。由于钩藤有平肝息风之功，薛姨妈的肝气才得以平复，左胁的疼痛感才逐渐消失。

（3）牛黄。

在《红楼梦》第八十四回"试文字宝玉始提亲　探惊风贾环重结怨"中写到巧姐病了，大夫看了后说："妞儿一半是内热，一半是惊风。须先用一剂发散风痰药……"[①] 并且要用牛黄、珍珠、冰片、朱砂等。这牛黄便是发散风痰之药，有"百花之精"美誉。

牛黄，又名丑宝、西黄、犀黄。牛科动物牛的胆囊结石（少数为胆管中的结石）称天然牛黄。用牛胆汁或猪胆汁提取加工而

---

① 曹雪芹：《红楼梦》，人民文学出版社，2008年，第1189页。

成者称为人工牛黄，为一味名贵的中药材。以牛黄入药治疗疾病已有二千多年的历史，早在《神农本草经》中已被列为"上品"药材。中医认为牛黄入心经和肝经，有清热解毒、息风止痉、化痰开窍之功，适用于因热毒郁结所致的疮疡肿毒、咽喉疼痛、口舌生疮，热甚动风所致的痉挛抽搐和痰热闭窍所致的昏迷等，为中医清热解毒之药。《神农本草经》言其："主惊痫寒热，热胜狂痓，除邪逐鬼。生平泽。"[①] 牛黄制成的中成药及保健品有上百种，其中比较著名的有安宫牛黄丸、片仔癀等。

8. 开窍药

（1）麝香。

在《红楼梦》第十三回"秦可卿死封龙禁尉　王熙凤协理宁国府"中写到秦可卿死后，贾珍四处谋求贵重棺木，后来买到了"义忠亲王老千岁"的棺材。这个棺材实在不一般，厚八寸，花纹如槟榔，气味同檀麝。文中写贾元春"省亲"时，描写了大观园金碧辉煌的场景，足现皇妃之家的富贵气象，在众多摆设中，提到了麝脑之香。贾芸买了一些香料送给王熙凤，想谋个差事，在这些香料中就有麝香。

麝香，即"麝"，是中国传统名贵药材。麝香性温，味辛，归心经、脾经和肝经，有开窍辟秽、通络散瘀之功，主治中风痰厥、惊痫癫狂、心腹暴痛、癥瘕聚积、跌打损伤、痈疽肿毒等。《红楼梦》中的麝香主要是用作香料，或是用此名贵香料点缀贾府的豪华。

（2）冰片。

在《红楼梦》第二十四回"醉金刚轻财尚义侠　痴女儿遗帕惹相思"中写到贾芸买了一些冰片送给王熙凤，在《红楼梦》第

[①] 《神农本草经》，孙星衍、孙冯翼辑，曹瑛校注，中国医药科技出版社，2020年，第58页。

八十四回"试文字宝玉始提亲　探惊风贾环重结怨"中写到巧姐病了，大夫看后说要用牛黄、珍珠、冰片等药，这里的冰片，亦是一味中药。

冰片为龙脑香科植物龙脑香树脂的加工品，或龙脑香的树干、树枝切碎，经蒸馏冷却而得的结晶，称龙脑冰片（梅片）。由菊科植物艾纳香的新鲜叶经提取加工制成的结晶，称艾片（左旋龙脑）。现多用松节油和樟脑等，经化学方法合成，称为合成龙脑。由樟科植物樟的新鲜枝、叶提取加工制成，称天然冰片（右旋龙脑）。龙脑香主产于东南亚地区，我国台湾有引种；艾纳香主产于广东、广西、云南等地；天然冰片主产于江西、湖南。冰片气清香，味辛、凉，以片大、色洁白、气清香纯正者为佳，研粉用。

（3）安息香。

在《红楼梦》第九十七回"林黛玉焚稿断痴情　薛宝钗出闺成大礼"中写到贾宝玉新婚之夜，进入洞房后便按捺不住，上前揭了薛宝钗的盖头。贾宝玉发现不是自己日思夜想的林妹妹，于是旧病复发，具体情形是："这会子糊涂更利害了。本来原有昏愦的病，加以今夜神出鬼没，更叫他不得主意，便也不顾别的了，口口声声只要找林妹妹去。贾母等上前安慰，无奈他只是不懂。又有宝钗在内，又不好明说。知宝玉旧病复发，也不讲明，只得满屋里点起安息香来，定住了他的神魂，扶他睡下。"[①]

安息香，为安息香科落叶乔木植物青山安息香及白叶安息香的树脂，主产广西、广东、云南等省区。树干经自然损伤或于夏、秋季割裂树干，收集流出的树脂，阴干即得。药材为不规则小块状，稍扁平。新采收品表面橙黄色，断面乳白色，具蜡样光泽，久放后表面与断面均渐变为淡黄棕色、黄棕色至红棕色。安

[①] 曹雪芹：《红楼梦》，人民文学出版社，2008年，第1344~1345页。

息香质脆、易击碎，断面平坦，加热则软化熔融。气芳香，味微辛，嚼之带砂粒感。

安息香性温，味辛、苦，入心经、脾经、肺经和胃经，有开窍辟秽、行气活血、镇咳祛痰之功，适用于中风痰厥、气郁暴厥、中恶昏迷、心腹疼痛、小儿惊风及老年哮喘等。贾宝玉神志不清、神经错乱、头脑昏沉，安息香能够开窍辟邪，对于治疗昏迷有较好的疗效，贾宝玉闻到安息香的味道，神魂逐渐安定。

9. 补益药

凡是以提高抵抗疾病能力为目的，具有补充人体气血阴阳之不足、消除机体虚弱证候、改善脏腑功能、增强体质的功效，治疗各种虚证的药物，统称为补益药。

（1）白术。

在《红楼梦》第十回"金寡妇贪利权受辱　张太医论病细穷源"中写到秦可卿病重，屡经治疗，效果不佳。后经冯紫英介绍的张太医，诊脉片刻工夫就将秦可卿的病证揣摩得八九不离十。尔后，张太医提笔开了一药方，乃是益气养荣补脾和肝汤，处方为人参、白术、云苓、熟地、归身、白芍、川芎、黄芪、香附米、醋柴胡、怀山药、真阿胶、延胡索、炙甘草。最后，引用建莲子七粒去心，大枣二枚。方中的白术乃补脾益气之药。

白术，为菊科多年生草本植物白术的根茎，性温，味甘、苦，入脾经和胃经，有补脾益气、燥湿利水、固表止汗之功。《名医别录》言白术："主治大风在身面，风眩头痛，目泪出，消痰水，逐皮间风水结肿，除心下急满，及霍乱，吐下不止，利腰脐间血，益津液，暖胃，消谷……"[1]《珍珠囊补遗药性赋彩色

---

[1] 陶弘景撰：《名医别录》，尚志钧辑校，中国中医药出版社，2013年，第19页。

药图》言其：苦、甘，温。健脾益气，燥湿利水，止汗，安胎。"① 一般补脾健胃多用炒白术，健脾止泻常用焦白术，燥湿利水、固表止汗多用生白术。药理研究表明，白术含挥发油，有促进肠胃分泌的作用，有明显而持久的利尿作用且能促进电解质特别是钠的排出。现代药理研究表明，白术有降低血糖、保护肝脏、防止肝糖原减少的作用。

（2）人参。

在《红楼梦》中，曾多次提到人参，如林黛玉常服的"人参养荣丸"、秦可卿服的"益气养荣补脾和肝汤"、贾瑞服的"独参汤"等。

人参，为五加科多年生草本植物人参的根茎，因其根部类似人形而得名。中医认为人参味甘、微苦，入脾经、肺经和心经，有大补元气、补益脾肺、生津安神之功，常用于气虚欲脱、短气神疲、脉微欲绝等危重病证，单用即有效。对脾肺亏虚、心气不足、气血虚弱者，亦常为滋补要药。《神农本草经》将其列为上品药材，古代临床方剂中用人参的情况亦是很多的，如在《千金方》收载的 5300 多个处方中，用人参的处方便有 358 个，可见其临床应用之广。人参属于补气药，凡有气虚者皆可用之，故《神农本草经》言其："主补五脏，安精神，定魂魄，止惊悸，除邪气，明目，开心，益智。"② 《名医别录》言其："主治肠胃中冷，心腹鼓痛，胸胁逆满，霍乱吐逆，调中，止消渴通血脉，破坚积，令人不忘。"③ 《本草纲目》言其有以下作用：治男妇一切

---

① 李东垣：《珍珠囊补遗药性赋彩色药图》，冯泳、杨卫平主编，贵州科技出版社，2017 年，第 54 页。
② 《神农本草经》，孙星衍、孙冯翼辑，曹瑛校注，中国医药科技出版社，2020 年，第 14 页。
③ 陶弘景撰：《名医别录》，尚志钧辑校，中国中医药出版社，2013 年，第 24 页。

虚证，发热自汗，眩晕头痛，反胃吐食，痎疟，滑泻久痢，小便频数淋沥，劳倦内伤，中风中暑，痿痹，吐血嗽血下血，血淋血崩，胎前产后诸病。① 概而言之，人参的主要功用有大补元气、补肾助阳、生津养血、补益脾肺、益心复脉、安神定志、聪脑益智等。

（3）头胎紫河车。

《红楼梦》第二十八回"蒋玉菡情赠茜香罗　薛宝钗羞笼红麝串"中宝玉道："太太给我三百六十两银子，我替妹妹配一料丸药，包管一料不完就好了。……那个药名儿也古怪，一时也说不清。只讲那头胎紫河车，人形带叶参……"② 这里提及的"头胎紫河车"就是胎盘。

胎盘又名紫河车，古称人胞、胞衣、胎衣等，是健康产妇娩出的新鲜胎盘剪去脐带，将附着的血液反复浸漂后制成。传统中医认为胎盘性温，味甘、咸，入肺经、心经和肾经，有补肾益精、益气养血之功。《本草拾遗》言其："主气血羸瘦，妇人劳损，面黡皮黑，腹内诸病，渐瘦悴者，以五味和之。"③《本草纲目》引明代医学家吴球所言紫河车的主要功效是治男女一切虚损劳极，癫痫失志恍惚，安心养血，益气补精。④《中风论》认为紫河车是治疗中风的良药，黄芪、白术、人参等药都不如紫河车功用之妙。清代张璐称人胞为紫河车，言其："紫河车禀受精血结孕之余液，得母之气血居多，故能峻补营血。用以治骨羸瘦，

---

① 李时珍：《本草纲目》，赵尚华、赵怀舟点校，中华书局，2021年，第875页。
② 曹雪芹：《红楼梦》，人民文学出版社，2008年，第376页。
③ 陈藏器撰：《〈本草拾遗〉辑释》，尚志均辑释，安徽科学技术出版社，2002年，第92页。
④ 李时珍：《本草纲目》，赵尚华、赵怀舟点校，中华书局，2021年，第3687页。

喘嗽虚劳之疾，是补之以味也。"①《叶橘泉现代实用中药》记载紫河车："为镇静、强壮、补血药，用于神经衰弱、阳痿、不孕，及慢性消耗性疾患。补气血，治气血虚弱、羸弱、妇人劳损。"②

（4）当归。

在《红楼梦》第五十一回"薛小妹新编怀古诗　胡庸医乱用虎狼药"中写到晴雯外感内滞，胡庸医开了处方，上面有紫苏、桔梗、防风、荆芥等药，后面又有枳实、麻黄。王太医用当归、陈皮代替了枳实、麻黄。当归养血，陈皮理气，确是王太医用药的高明之处。

当归，为伞形科多年生草本植物当归的根，切片生用或经酒炒用。中医认为当归性温，味甘、辛，入肝经、心经和脾经，有补血调经、活血止痛、润肠通便之功。当归为临床常用的补血药，适用于血虚诸证。当归既能补血，又能活血止痛，因而有"妇科要药"之称；其活血止痛作用又能用于跌打损伤、风湿痹痛、疮痈肿痛等。

（5）何首乌。

在《红楼梦》第二十八回"蒋玉菡情赠茜香罗　薛宝钗羞笼红麝串"中贾宝玉向王夫人说的药方中的"龟大何首乌"，是一味常用补益中药。

何首乌，为蓼科多年生草本植物何首乌的块根，我国大部分地区均有出产。秋后茎叶枯萎时或次年未萌前掘其块根，洗净、切片、晒干或微烘干，称为生首乌，若以黑豆煮汁拌蒸，晒后变为黑色，称为制首乌。中医认为何首乌性微温，味甘、苦、涩，入肝经、心经和肾经，有补肝肾、益精血、润肠通便、祛风解毒

---

① 张璐：《本经逢原》，赵小青等校注，中国中医出版社，1996年，第284页。

② 叶橘泉编著：《叶橘泉现代实用中药》，中国中医出版社，2015年，第292页。

之功。何首乌不寒不燥，补而不腻，是一味平补肝肾、益精血的药物，适用于肝肾两虚、精血不足所致的头昏眼花、耳鸣重听、失眠健忘、心悸怔忡、腰膝酸软、大便秘结、梦遗滑精等。《开宝本草》言其："主瘰疬，消痈肿，疗头面风疮、五痔，止心痛，益血气，黑髭鬓，悦颜色。久服长筋骨，益精髓，延年不老。亦治妇人产后及带下诸疾。"①《本草纲目》言其："养血益肝，固精益肾，健筋骨，乌髭发，为滋补良药。不寒不燥，功在地黄、天门冬诸药之上。"②

（6）麦冬。

在《红楼梦》第十二回"王熙凤毒设相思局　贾天祥正照风月鉴"中说贾瑞患遗精病，诸如肉桂、附子、鳖甲、麦冬、玉竹等药，吃了有几十斤，也不见其康复。这里所说的麦冬有养阴益胃的作用。

麦冬即麦门冬，为百合科多年生草本植物沿阶草或麦门冬的须根上的小块根，主产于四川、浙江、湖北等地，在我国许多地区均有分布。通常，夏季采挖、洗净后，除去须根、晒干生用。麦冬性微寒，味甘、微苦，归心经、肺经和胃经，有养阴润肺，益胃生津，清心除烦之功，适用于热伤津液、咽干口渴、舌红而干、大便燥结、阴虚肺燥、咳逆痰稠、咽喉不利及热入营血，或心阴不足、心失所养之心烦不眠、心悸怔忡等。《本草纲目》言其："以地黄为使，服之令人头不白，补髓，通肾气，定喘促，令人肌体滑泽，除身上一切恶气不洁之疾，盖有君而有使也。"③

---

① 《开宝本草》，尚志钧辑校，安徽科学技术出版社，1998年，第253页。
② 李时珍：《本草纲目》，赵尚华、赵怀舟点校，中华书局，2021年，第1667页。
③ 李时珍：《本草纲目》，赵尚华、赵怀舟点校，中华书局，2021年，第1332页。

《本草从新》言其：润肺清心，泻热除烦，化痰行水，生津止嗽。① 《名医别录》言其可主治"虚劳、客热，口干、燥渴，止呕吐，愈痿蹶，强阴，益精，消谷调中，保神，定肺气，安五脏，令人肥健，美颜色，有子。"② 《药品化义》言："麦冬，色白体濡，主润肺；味甘性凉，主清肺。盖肺苦气上逆，润之清之，肺气得保。"③

（7）玉竹。

在《红楼梦》第十二回"王熙凤毒设相思局　贾天祥正照风月鉴"中说贾瑞患遗精病，诸如肉桂、附子、鳖甲、麦冬、玉竹等药，吃了有几十斤下去，也不见个动静。这里所说的玉竹有润肺滋阴作用，为老年人补益佳品。在《红楼梦》第七十八回"老学士闲征姽婳词　痴公子杜撰芙蓉诔"中贾宝玉祭奠晴雯的那篇《芙蓉女儿诔》一文中亦有"借葳蕤而成坛"之句。这里"葳蕤"就是指玉竹。

玉竹，又名葳蕤，为百合科多年生草本植物玉竹的根茎，新鲜玉竹以条长、肉肥、黄白色、光泽柔润者为佳。中医认为玉竹性平，味甘，入肺经和胃经，有润肺滋阴、生津养胃之功，早在《神农本草经》中已将其列为上品药材，认为长期服用玉竹可以滋润肤色，使面焕生机，还可以延年益寿、长生不老。《本草便读》言玉竹："补脾润肺可填阴，有金玉威仪之象；散热搜风不碍补，具甘平润泽之功。"④ 《本草纲目》言其：主风温自汗灼

---

① 吴仪洛撰：《本草从新》，中国中医药出版社，2013年，第55页。
② 陶弘景撰：《名医别录》，尚志钧辑校，中国中医药出版社，2013年，第18页。
③ 贾所学：《药品化义》，李延昰补订，杨金萍等校注，中国中医药出版社，2015年，第66页。
④ 张秉成编著：《本草便读》，山西科学技术出版社，2015年，第8页。

热，及劳疟寒热，脾胃虚乏，男子小便频数，失精，一切虚损。① 对于阴虚肺燥、干咳痰稠、咽干口渴、胃脘隐痛、食欲不振及温热病后肺阴不足、肺阴虚所引起的咽痒咳嗽、干咳痰少，胃阴不足引起的津伤口渴、消谷易饥等，有诸多效验。

(8) 鳖甲。

在《红楼梦》第十二回"王熙凤毒设相思局　贾天祥正照风月鉴"中说贾瑞患遗精病，诸如肉桂、附子、鳖甲、麦冬、玉竹等药，吃了有几十斤下去，也未见病情好转。这里所说的鳖甲有滋阴潜阳之功，治疗肾虚遗精效果极佳。

鳖甲，为鳖科动物中华鳖的背甲。中医认为鳖甲性寒、味咸，归肝经和肾经。鳖甲有滋阴潜阳、软坚散结之功，适用于热病伤阴、虚风内动、闭经、癥瘕积聚等。《名医别录》言其："治伤中，益气，补不足。"②《本草汇言》言其为除阴虚热疟，解劳热骨蒸之药也。③ 营养学研究表明鳖甲含角蛋白、骨胶原蛋白、维生素、氨基酸、多糖、钙、铁、铬等成分，能增加血浆蛋白，抑制结缔组织增生，调节免疫功能，促进骨造血，提高淋巴细胞转化率，有较好的净血作用，可降低血脂、血压，防止高血压、心脏病。脾胃虚寒、食少便溏者慎用，孕妇也要慎用。滋阴潜阳宜生用，软坚散结宜醋炙。鳖甲胶为鳖甲经煎熬、浓缩制成的固体胶，呈棕褐色，具凹纹，半透明，质坚脆，断面不均匀，有光泽。鳖甲胶具有滋阴、补血、退热、消瘀的功效。

---

① 李时珍：《本草纲目》，赵尚华、赵怀舟点校，中华书局，2021年，第903页。
② 陶弘景撰：《名医别录》，尚志钧辑校，中国中医药出版社，2013年，第158页。
③ 倪朱谟：《本草汇言》，郑金生等校点，中医古籍出版社，2005年，第693页。

(9) 黄芪。

在《红楼梦》第七十四回"惑奸谗抄检大观园　矢孤介杜绝宁国府"中写道:"谁知到夜里又连起来几次,下面淋血不止。至次日,便觉身体十分软弱,起来发晕,遂撑不住。请太医来,诊脉毕,遂立药案云:'看得少奶奶系心气不足,虚火乘脾,皆由忧劳所伤,以致嗜卧好眠,胃虚土弱,不思饮食'……遂开了几样药名,不过是人参、当归、黄芪等类之剂。"① 方中的黄芪便是中医常用补气药。

黄芪,为豆科多年生草本植物膜荚黄芪和蒙古黄芪的根,春秋两季可采,以秋季采者质量较好,除去地上部分及须根,晒干,切片,生用或蜜炙用。李时珍在《本草纲目》中言其:"耆,长也。黄耆色黄,为补药之长,故名。今俗通作黄芪。或作蓍者,非矣。蓍,乃蓍龟之蓍,音尸。"② 黄芪性微温、味甘,入脾经和肺经,有补气升阳、益卫固表、托毒生肌、利水消肿之功。黄芪为重要的补气药,《神农本草经》称之为"黄耆",将其列为上品,言其主治:"痈疽久败创,排脓止痛,大风癞疾,五痔鼠瘘,补虚,小儿百病。"③《名医别录》言其:"主治妇人子脏风邪气,逐五脏间恶血,补丈夫虚损,五劳羸瘦,止渴,腹痛泄利,益气,利阴气。"④ 凡是内伤劳倦、脾虚泄泻、脱肛、气虚血脱、脏器下垂等一切气衰血虚之证,均可使用黄芪。凤姐因操劳过度,胃虚土弱,而黄芪能"益元气,壮脾胃",对凤姐"嗜卧好眠,胃虚土弱,不思饮食"等情况,疗效甚佳。

---

① 曹雪芹:《红楼梦》,人民文学出版社,2008年,第1034～1035页。
② 李时珍:《本草纲目》,赵尚华、赵怀舟点校,中华书局,2021年,第866页。
③ 《神农本草经》,孙星衍、孙冯翼辑,曹瑛校注,中国医药科技出版社,2020年,第33页。
④ 陶弘景撰:《名医别录》,尚志钧辑校,中国中医药出版社,2013年,第94页。

10. 理气药

（1）枳实。

枳实为芸香科小乔木植物酸橙或香橼和枸橘枳的未成熟果实。枳实可入脾经和胃经，有行气消痰、散结、消痞之功。《名医别录》言其："主除胸胁淡癖逐停水，破结实，消胀满、心下急、痞痛、逆气胁风痛，安胃气、止溏泄，明目。"[①] 由于枳实长于破气消积，故宝玉说晴雯"如何禁得"。枳壳，与枳实同出一物，性味、功效相同，然枳实为未成熟之果实，行气力猛，长于破气消积，化痰除痞；枳壳为近成熟果实的皮，行气力缓，长于行气宽中，消胀除满。《本草纲目》言其："散留结胸膈痰滞，逐水，消胀满大肠风，安胃，止风痛。"[②] 药理研究表明，枳壳煎液能消除胃肠积气，促进胃肠蠕动。煮粥服食对胃肠动力不足、脘腹胀满有明显效果。

（2）陈皮。

在《红楼梦》第五十一回"薛小妹新编怀古诗　胡庸医乱用虎狼药"中写到晴雯外感内滞，胡庸医开了处方，上面有紫苏、桔梗、防风、荆芥等药，后面又有枳实和麻黄。王太医未开枳实、麻黄，倒是添了当归、陈皮等，减轻了药量，宝玉对此较满意。在《红楼梦》第八十回"美香菱屈受贪棒　王道士胡诌妒妇方"中王一贴的"疗妒汤"亦用陈皮一钱。方中陈皮既是常用的理气药，亦是日常膳食中常用的调味品。

陈皮，为芸香科常绿乔木植物橘及其同属多种植物的成熟果实之果皮，在秋季果实成熟时采收，干燥后生用，又名橘皮。陈皮以陈久者为佳，故称陈皮。且以广东新会柑、茶枝柑的皮品质

[①] 陶弘景撰：《名医别录》，尚志钧辑校，中国中医药出版社，2013年，第108页。

[②] 李时珍：《本草纲目》，赵尚华、赵怀舟点校，中华书局，2021年，第2693页。

最好，处方名广陈皮、新会皮。

中医认为陈皮性温，味辛、苦，入脾经和肺经，有行气健脾、降逆止呕、调中开胃、燥湿化痰之功，适用于脾胃气滞所致的脘腹胀满、嗳气、恶心、呕吐及湿阻中焦所致的纳呆、倦怠、大便溏薄、肺失宣降、咳嗽痰多等。《本草纲目》将陈皮称为橘皮，其功效是："疗呕哕反胃嘈杂，时吐清水，痰痞疟疟，大肠决心闷塞，妇人乳痈。入食料，解鱼腥毒……橘皮，苦能泄、能燥，辛能散，温能和。……同补药则补，同泻药则泻，同升药则升，同降药则降。"①

（3）檀香。

在《红楼梦》第三回"贾雨村夤缘复旧职 林黛玉抛父进京都"描写林黛玉进贾府时的所见："扶着婆子的手，进了垂花门，两边是抄手游廊，当中是穿堂，当地放着一个紫檀架子大理石的大插屏。"② 在《红楼梦》第四十回"史太君两宴大观园 金鸳鸯三宣牙牌令"中写到探春房中的摆设："左边紫檀架上放着一个大观窑的大盘。"③ 在《红楼梦》第十七回至十八回"大观园试才题对额 荣国府归省庆元宵"中写到庆国公送给宝玉一个"旃檀香小护身佛"。这"紫檀架"中的"檀"即中药檀香木，是中医常用的理气药。檀香粉末在燃烧时，有浓郁的檀香气，为著名的香料。

檀香，为檀香科植物檀香的心材，主产印度、印度尼西亚及马来西亚，我国台湾、海南、云南南部亦有栽培。采伐木材后，锯成段，除去边材，阴干。檀香，刨片或劈碎生用。《〈本草拾遗〉辑释》中言："取其皮和榆皮食之，可断谷……根如葛，极

---

① 李时珍：《本草纲目》，赵尚华、赵怀舟点校，中华书局，2021年，第2302页。
② 曹雪芹：《红楼梦》，人民文学出版社，2008年，第37~38页。
③ 曹雪芹：《红楼梦》，人民文学出版社，2008年，第538页。

主疮疥，杀虫……"①《本草图经》言檀香："木如檀，生南海，消风热肿毒，主心腹痛，霍乱，中恶鬼气，杀虫。"② 檀香性温，味辛，入脾经、胃经和肺经，有理气调中、散寒止痛之功，适用于胸腹疼痛、胃寒疼痛、呕吐清水，胸膈不舒及气滞血瘀所致的冠心病、心绞痛等。《大明本草》指出檀香可以治疗心腹冷痛，比如胃痛、胸痛等。《珍珠囊补遗药性赋彩色药图》言其："辛，温。行气，散寒，止痛。"③《本草备要》言其："调脾肺，利胸膈，去邪恶，能引胃气上升，进饮食，为理气要药。"④

（4）沉香。

在《红楼梦》第十七回至十八回"大观园试才题对额　荣国府归省庆元宵"中贾元春省亲时给贾母带的礼物是金玉如意各一柄，沉香拐杖一根，伽楠念珠一串。在《红楼梦》第七十一回"嫌隙人有心生嫌隙　鸳鸯女无意遇鸳鸯"中在贾母八十大寿时，贾元春亦送了一支沉香拐杖，是用沉香木制作的拐杖，也是老年人常用的物品。"沉香"既是中医行气要药，又是一种常用的香料。

沉香，为瑞香科常绿乔木植物沉香及白木香含有黑色树脂的木材，常锉末或磨粉。沉香质坚硬而重，能沉或半沉于水中。火烧时会产生浓烟及强烈香气，并有黑色油状物渗出。沉香性温，味辛、苦，入脾经、胃经和肾经，有行气止痛、降逆调中、温肾纳气之功。沉香，芳香辛散，善于祛除胸腹阴寒而行气止痛，又可温中降逆而调中止呕，还可温肾纳气而平喘，故《本草纲目》

---

① 陈藏器撰：《〈本草拾遗〉辑释》，尚志钧辑释，安徽科学技术社出版，2002年，第185页。

② 苏颂撰：《本草图经》，尚志钧辑校，安徽科学技术出版社，1994年，第344页。

③ 李东垣：《珍珠囊补遗药性赋彩色药图》，冯泳、杨卫平主编，贵州科技出版社，2017年，第67页。

④ 汪昂撰：《本草备要》，郑金生整理，人民卫生出版社，2005年，第150页。

言其：治上热下寒，气逆喘急，大肠虚闭，小便气淋，男子精冷。①沉香可治疗寒凝胃痛、脘腹胀满、恶心呕吐、呃逆频作、咳嗽气喘、阳痿遗精等。因沉香有行气之功，故孕妇要慎用；沉香又辛温助热，阴虚火旺者不宜选用。

（5）佛手。

《红楼梦》第四十回"史太君两宴大观园　金鸳鸯三宣牙牌令"中写到刘姥姥二进大观园，与贾母等吃完饭后，来到探春房中。作者描写了贾探春房中的摆设：一张花梨大理石的书桌、一个汝窑花囊、一大幅米襄阳《烟雨图》、一副对联、大鼎。此外，还有一个紫檀架，架子上放有一个大盘子，盘内摆着数十个娇黄玲珑大佛手。刘姥姥的孙子板儿以为佛手可以食用，看见就想吃。探春拿了一个给他，说道："玩罢，吃不得的。"②探春房中的佛手是玉佛手，多供人玩赏。

在中医药领域，佛手是一味中药，佛手性温，味辛、苦，入肝经、脾经、胃经和肺经，有疏肝理气、燥湿化痰之功，适用于肝郁气滞所致的胁痛、胸闷、肝胃气滞所致的脘腹胀满、纳呆胃痛、嗳气、咳嗽痰多、胸闷胸痛等。《本草便读》言其："理气消痰，温燥并兼酸苦；畅中散逆，辛香直达肝脾。"③《本草纲目》言其：辛、酸，无毒。主治下气，除心头痰水。煮酒饮，治痰气咳嗽。煎汤，治心下气痛。④

（6）香橼。

《红楼梦》第五回"游幻境指迷十二钗　饮仙醪曲演红楼梦"

---

① 李时珍：《本草纲目》，赵尚华、赵怀舟点校，中华书局，2021年，第2505页。
② 曹雪芹：《红楼梦》，人民文学出版社，2008年，第538页。
③ 张秉成编著：《本草便读》，山西科学技术出版社，2015年，第121页。
④ 李时珍：《本草纲目》，赵尚华、赵怀舟点校，中华书局，2021年，第2314页。

中写道:"遂又往后看时,只见册上画着一张弓,弓上挂着香橼。"① 这香橼为中医常用理气药。

香橼性温,味辛、微苦、酸,归肝经、脾经和肺经。香橼有疏肝理气、和中止痛、燥湿化痰之功,适用于肝失疏泄、脾胃气滞所致的胸闷、胸痛、胁痛、脘腹胀痛、咳嗽痰多等。《本草便读》言其:"辛平快气宽中,能宣脾肺;香苦消痰导滞,恐耗阴津。"② 叶天士在《本草再新》中亦言香橼可以平肝舒郁、理肺气、通经利水。

弓上挂香橼的画册正是贾元春命运的写照。"香橼"虽然止咳平喘、燥湿化痰,但终究无法挽救贾元春的生命。这香橼并非治疗元春之疾的良药,因为元春患的是心病,心病非药所能医治,揭示了贾元春孤寂、枯燥、单调的宫廷生活。幽闭的生活、枯寂的心境导致了贾元春情志失衡,揭露了封建礼教对女性心理的极度摧残,其他王妃和妃嫔亦不例外。

11. 活血药

(1) 黄酒。

在《红楼梦》第三十八回"林潇湘魁夺菊花诗 薛蘅芜讽和螃蟹咏"中写到在大观园之中,姑娘们一面写诗,一面钓鱼,一面吃螃蟹。林黛玉吃了螃蟹,心口疼。林黛玉本来是想喝点烧酒以暖胃,缓解心口疼痛。结果发现,酒壶中的是黄酒。在《红楼梦》第六十三回"寿怡红群芳开夜宴 死金丹独艳理亲丧"中宝玉生日那天,袭人特地向平儿要了一坛绍兴酒,给宝二爷助兴。这里的绍兴酒也是黄酒,是宝玉特别喜爱的养生酒。因其酒性平和、不伤人、有营养,又是由优质糯米酿造而成,因而深受大观

---

① 曹雪芹:《红楼梦》,人民文学出版社,2008年,第76页。
② 张秉成编著:《本草便读》,山西科学技术出版社,2015年,第120~121页。

园里上下人等喜欢。

（2）川芎。

在《红楼梦》第十回"金寡妇贪利权受辱　张太医论病细穷源"中写到秦可卿病重，屡经治疗，效果不佳。张太医诊断后，为秦可卿开具了益气养荣补脾和肝汤，方中有川芎。

川芎为伞形科多年生草本植物川芎的根茎，为四川道地药材。川芎味辛性温，入肝经、胆经和心包经，既能活血祛瘀以调经，又能行气开郁而止痛，能通达气血，为血中之气药，适用于气滞血瘀诸症，如月经不调、痛经、闭经、难产、产后瘀阻腹痛、胸胁作痛、跌打损伤、疮痈作痛等。川芎又具升散之性，能上行头目，为治头痛之药，适用于各种头痛。《神农本草经》称之为芎䓖，言其："主中风入脑，头痛，寒痹，筋挛缓急，金创，妇人血闭无子……"① 川芎含生物碱等，能扩张冠状动脉，增加冠脉血流量，改善循环，抑制血小板聚集。川芎能透过血脑屏障，有利于治疗中枢神经系统及脑血管疾患。煮粥服食川芎可用于多种血瘀证的治疗。川芎性升散，阴虚阳亢者、孕妇及月经过多者慎用，有出血性疾病者不宜选用。秦可卿所患之病皆因忧思过度、气血不足导致的脾胃虚弱，以川芎行气活血，可谓对症下药。

（3）玫瑰。

在《红楼梦》第三十四回"情中情因情感妹妹　错里错以错劝哥哥"中写到宝玉挨打后，要吃酸梅汤。袭人只拿那糖腌的玫瑰卤子和了，给宝玉吃了小半碗。王夫人知道后，叫人拿来几瓶香露。袭人看时，只见两个玻璃小瓶，却有三寸大小，上面螺丝银盖，鹅黄笺上写着"木樨清露"，那一个写着"玫瑰清露"。在

---

① 《神农本草经》，孙星衍、孙冯翼辑，曹瑛校注，中国医药科技出版社，2020年，第30~31页。

《红楼梦》第五十六回"敏探春兴利除宿弊　时宝钗小惠全大体"中写到探春、宝钗、平儿、李纨等人谈论改革，李纨说："单只说春夏天一季玫瑰花，共下多少花？还有一带篱笆上蔷薇、月季、宝相、金银藤，单这没要紧的草花干了，卖到茶叶铺药铺去，也值几个钱。"①

玫瑰有很高的药用价值，中医认为玫瑰性温，味甘、微苦，有理气解郁、和血散瘀之功。其药性温和，温而不燥，疏肝而不伤阴，长于发散肝胆、肺脾之郁气，温养心肝血脉，在临床上有着广泛的用途。

宝玉吃的"玫瑰卤子"的具体做法为取适量玫瑰花，洗净后放入药罐中，加清水适量，盖上放置一套管，盖紧。先用武火煮沸后，改用文火慢慢煎煮，使水汽从管口流出，收集装瓶即可饮用。宝玉挨打后，袭人和了玫瑰卤子给贾宝玉吃了小半碗，王夫人送来了一瓶玫瑰清露，由此可知袭人与王夫人皆知玫瑰有活血散瘀的作用。

（4）烧酒。

烧酒，又叫白酒、白干儿、火酒，有些地方直呼其为烈性酒或高度酒。白酒是用高粱、玉米、红薯、稗子、米糠等粮食或其他果品发酵或蒸馏而成。因没有颜色，所以叫白酒；因含酒精量较高，所以又称为烧酒。

烧酒味甘、苦、辛，性温，有小毒，入心经、肝经、肺经和肾经，有温通经脉、舒筋散寒、通络止痛、引行药势之功，可用于寒滞经脉、瘀血内阻、风湿痹痛、筋脉挛急及作为导引药等。《名医别录》言其："主行药势，杀邪恶气。"②《本草纲目》言：

---

① 曹雪芹：《红楼梦》，人民文学出版社，2008年，第767页。
② 陶弘景撰：《名医别录》，尚志钧辑校，中国中医药出版社，2013年，第170页。

消冷积寒气、燥湿痰,开郁结,止水泄,治霍乱疟疾噎膈,心腹冷痛,阴毒欲死,杀虫辟瘴,利小便,坚大便,洗赤目肿痛,有效。①《本草求真》言其:"温饮和胃,怡神壮色,通经活脉。"②在《红楼梦》第三十八回"林潇湘魁夺菊花诗 薛蘅芜讽和螃蟹咏"中写到林黛玉吃了螃蟹,心口有点痛,要饮酒。先是看到的是黄酒,后又饮了一口合欢花浸泡的烧酒。林黛玉吃了螃蟹,心口又疼,自觉是螃蟹伤到了胃引起腹痛,知晓温饮烧酒可以"和胃、暖胃",可见林黛玉亦深知烧酒之养生功效。

(二)《镜花缘》中提及的中药

《镜花缘》中描写了很多医药知识,或介绍某一特定药材,或以中医方剂的形式突出中药的功效。

1. 飞鱼

在《镜花缘》第十五回"喜相逢师生谈故旧 巧遇合宾主结新亲"中写到,"唐敖道:'小弟向闻飞鱼善能疗痔,可是此类?'多九公连连点头。……多九公道:'当日黄帝时,仙人宁封吃了飞鱼,死了二百年,复又重生。岂但医痔,还能成仙哩!'"③ 这里的"飞鱼"是具有医疗效用和延年益寿功效的中药材。

中药材飞鱼又称作"文鳐鱼",中医认为飞鱼,可和中补脾和健胃止痛,能治疗气血两亏、食欲不振、腹部胀痛、难产、痛经、疝气等。《本草纲目》言其主治:妇人难产,烧黑研末,酒服一钱。临月带之,令人易产。已狂已痔。④ 现代研究表明,飞

---

① 李时珍:《本草纲目》,赵尚华、赵怀舟点校,中华书局,2021年,第2009~2010页。
② 黄宫绣:《本草求真》,王淑民校注,中国中医药出版社,1997年,第309~310页。
③ 李汝珍:《镜花缘》,上海古籍出版社,2005年,第59页。
④ 李时珍:《本草纲目》,赵尚华、赵怀舟点校,中华书局,2021年,第3152页。

鱼肉中含有丰富的蛋白质及微量元素，能够有效补充人体所必需的各种氨基酸和蛋白质，对身体虚弱及贫血患者有很好的辅助治疗作用。飞鱼含有丰富的DHA，因此，老年人及儿童长期食用尤为适宜。

2. 肉芝

在《镜花缘》第九回"服肉芝延年益寿　食朱草入圣超凡"中写到唐敖发现前面有一小人骑着马，赶上去连人带马吃了下去。众人不解，唐敖解释道："这个小人小马名叫肉芝。当日小弟原不晓得，今年从都中回来，无志功名，时常看看古人养气服食等法。内有一条言：'行山中如见小人乘着车马，长五七寸的，名叫肉芝。有人吃了，延年益寿，并可了道成仙。'"[①] 唐敖吃进腹中的"肉芝"，是一种可以延年益寿的中药材，是古人认为能使人长生不老的仙药。

小说中的"肉芝"应是《神农本草经》中的"赤芝"，其功效为："主胸中结，益心气，补中，增慧智，不忘。久食轻身，不老，延年，神仙。"[②]《山海经》称肉芝为"视肉""聚肉""太岁""封"，据说是古代帝王的养生佳肴。太岁十分稀有，是百药中的上品。有典籍记载，太岁性平、苦、无毒，具有补脾润肺、补肾益肝等价值。东晋道家葛洪《抱朴子内篇·仙药》记载肉芝有延年益寿、成仙之功效："行山中，见小人乘车马，长七八寸者，肉芝也，捉取服之，即仙矣。"[③] 在《镜花缘》中唐敖所见的肉芝的情形，如同葛洪所述。可见，唐敖关于肉芝知识可能是从《抱朴子内篇》中所知。明代李时珍《本草纲目》记载："肉芝状如肉，附于大石，头尾具有，乃生物也。赤者如珊瑚，白者

---

① 李汝珍：《镜花缘》，上海古籍出版社，2005年，第30页。
② 《神农本草经》，孙星衍、孙冯翼辑，曹瑛校注，中国医药科技出版社，2020年，第29页。
③ 《抱朴子内篇》，张松辉译注，中华书局，2011年，第354页。

如截肪,黑者如泽漆,青者如翠羽,黄者如紫金,皆光明洞彻如坚冰也。"① 并把它收入"菜"部"芝"类,可食用、入药。

3. 秋葵

在《镜花缘》第二十六回"遇强梁义女怀德　遭大厄灵鱼报恩"中写到林之洋被火烧掉了胡须,嘴巴一直疼痛,多九公道:

"可惜老夫有个妙方,连年在外,竟未配得。"唐敖道:"是何药品,何不告诉我们,也好传人济世。"多九公道:"此物到处皆有,名叫秋葵。其叶宛如鸡爪,又名鸡爪葵。此花盛开时,用麻油半瓶,每日将鲜花用箸夹入,俟花装满,封口收贮。遇有汤火烧伤,搽上立时败毒止痛。"②

多九公口中的"秋葵"是很有价值的中药。秋葵,为锦葵科植物咖啡黄葵的根、叶、花或种子。秋葵分布于我国河北、山东、江苏、浙江、福建、湖北、湖南、广东、海南、广西和云南等,原产于印度。中医认为,秋葵具有利咽、通淋、下乳、调经之功效;主治咽喉肿痛,小便淋涩,产后乳汁稀少,月经不调等。

4. 大黄

在《镜花缘》第二十六回"遇强梁义女怀德　遭大厄灵鱼报恩"中写到多九公对林之洋说:"'林兄现在嘴痛,莫把大黄又要忘了。'随即取出,递给林之洋,把麻油敷在面上。过了两天,果然全(痊)愈。"③

大黄为萝科植物掌叶大黄、唐古特大黄或药用大黄的干燥根和根茎。掌叶大黄和唐古特大黄药材可称北大黄,主产于青海、

---

① 李时珍:《本草纲目》,赵尚华、赵怀舟点校,中华书局,2021年,第2200页。
② 李汝珍:《镜花缘》,上海古籍出版社,2005年,第116页。
③ 李汝珍:《镜花缘》,上海古籍出版社,2005年,第116页。

甘肃。药用大黄药材称南大黄，主产于四川。秋末茎叶枯萎或次春发芽前采挖，除去细根，刮去外皮，切瓣或段，绳穿成串。大黄气味清香，味苦而涩。以切面锦纹明显、气味清香、味苦而微涩者为佳。生用或酒炙（饮片称酒大黄），酒炖或蒸（饮片称熟大黄），炒炭用（饮片称大黄炭）。

中医认为大黄性寒，味苦，归脾经、胃经、大肠经、肝经和心包经。大黄苦寒，有清热泻火、凉血解毒之功。大黄外用可治烧烫伤，可单用粉，或配地榆粉和麻油调敷患处。林之洋嘴被烫伤，用麻油敷贴大黄用于烫伤之处，后果然痊愈了。足见，大黄治疗烫伤的效果颇佳。

第二节　明清小说文学功能与中药文化

中药的味性各有不同，功效各有千秋。明清小说在描写医者开药、患者熬药及用药情况的同时，往往发挥着中药描写在文学叙事方面的功能。在明清小说中，中药的作用并非治病一种用途，除其药理作用外，往往还具有文学价值。在作品中，作者常以中药名与人名互相借用，以中药比喻政事，以中药暗喻心情，以中药暗喻人事。

一、中药名与人名互相借用

在我国中医文化中，有以人名来命名中药的传统。文人、学者将来自民间有关药物的传说、神话故事、历史故事进行加工，将其载之于史书、笔记、稗史集传之中。医学家将之录入医药著作，使之成为特定药物的专用药名。譬如有一味中药叫徐长卿，亦是因医者徐长卿之名而来。徐长卿以此药为人治病，后人遂将此药命名为徐长卿；再如有一味中药叫何首乌，与一位名叫何首乌的老者有关，据唐代李翱的《何首乌传》记载，唐时，何氏一家祖孙三代，均因食用某种食物而身体强壮，长寿百岁。因此，后人便将此药命名为何首乌，突显此药的药性。

明清小说中亦有以中药命名的人物形象，《红楼梦》中的一些上等丫鬟，其名与中药皆有关联，如珍珠、琥珀、麝香等人名字，皆系名贵药材。以药为丫鬟命名，不仅彰显了贾府百年望族和簪缨贵胄之家高贵的地位，而且这些药材寓意高雅、气质不凡，用以丫鬟之名，足见主人家的诗文风雅。

以名贵药材作为身份低微的女子之名意在彰显女子高贵的精神气质，她们虽出身卑微，但人品如名药一样珍贵。如袭人本名珍珠，原为贾母的丫鬟，后被送至贾宝玉房中，更名为袭人。珍珠之名预示着她不但是一介奴仆，而且身份地位特殊，是奴婢中的精英。她天生丽质、心地善良，忠心事主，是贾府奴婢中不可多得的"珍珠"。对于《红楼梦》中的"袭人"而言，之前的珍珠之名暗喻袭人是具有忠诚之心的仆人，乃义仆。另外，中药珍珠味甘、咸，性寒，意味着袭人既有温柔和顺、宽容大度的性格特征（甘的一面），又有着后来贾府败落决然嫁于蒋玉菡抛弃贾府的冷漠（寒的一面）。中药珍珠具有安神定惊的功效，这与袭人处事不惊的风度与喜怒不形于色的城府有异曲同工之妙。同为奴婢，琥珀与珍珠一样，亦是贾母身边的大丫鬟，照顾贾母的起居生活，负责传话、取物等各色杂事。中药琥珀，如同珍珠一般，亦是一味镇惊安神之药。不过，琥珀具有珍珠的甘味，而没有了其"寒"的特性。中药琥珀性味甘平，此与丫鬟琥珀天真、可爱、怜惜老弱、关心他人的优秀品质融合得天衣无缝。如琥珀曾叮嘱刘姥姥不要走青苔路小心滑倒，为王熙凤被刑夫人责骂而打抱不平，与贾宝玉、林黛玉等人嬉闹、玩笑等。琥珀在他人为难需要帮助时能够挺身而出，这与中药琥珀的安神之效，颇有相通之处。

此外，人物名字中也有"药"字出现的，如贾宝玉身边的小厮有一个名叫锄药的。锄药排名在焙茗之后，为贾宝玉身边排名第二的小厮。在文中，锄药与焙茗、扫红、墨雨等人各抄家伙与众小厮打成一片。由于贴身跟随贾府的宠儿贾宝玉，其身份地位亦随之提高。锄药是一个顽皮、刁钻的小顽童形象，这样的性格与他是得宠主人奴仆的身份有较大的关系。此外，曹雪芹通过采用谐音的手法道出了人物名字与人物性格的关系。"锄药"谐音"除药"。"药"被除之，健康、快乐便会随之而来。"锄药"之寓意，与其机灵活泼、调皮顽劣的乐天派性格是极为吻合的。

二、以中药比喻政事

药性或药效的大小与疾病的轻重，以及在病程的每个阶段是否对症下药有着直接关系。根据这一药理，明清小说往往以中药比喻一件事情尤其是重大事情的缓急，任何事情都要按部就班。根据具体情况，在某一阶段采取不同的策略与方法。

在《三国演义》第四十三回"诸葛亮舌战群儒　鲁子敬力排众议"中东吴第一谋士张昭严厉责问诸葛亮：

> 自刘豫州未得先生之时，尚且纵横寰宇，割据城池⋯⋯今得先生，人皆仰望，虽三尺童蒙，亦谓彪虎生翼，将见汉室复兴，曹氏即灭矣⋯⋯何先生自归豫州，曹兵一出，弃甲抛戈，望风而窜，上不能报刘表以安庶民，下不能辅孤子而据疆土，乃弃新野，走樊城，败当阳，奔夏口，无容身之地。是豫州既得先生之后，反不如其初也⋯⋯①

张昭借诸葛亮昔日自比管乐之言，诘难他为何归附刘备之

---

① 罗贯中：《三国演义》，毛纶、毛宗岗点评，中华书局，2009年，第258页。

后，刘备一旦遇到曹操，便望风而逃，即"弃新野，走樊城，败当阳，奔夏口，无容身之地"。面对张昭的责问，诸葛亮避其锋芒，巧妙运用用药原理，形象比喻刘备兵微将寡、敌强我弱的现实情况。

> 孔明听罢，哑然而笑曰："鹏飞万里，其志岂群鸟能识哉！……譬如人染沉疴，当先用糜粥以饮之，和药以服之，待其腑脏调和，形体渐安，然后用肉食以补之，猛药以治之，则病根尽去，人得全生也。若不待气脉和缓，便投以猛药厚味，欲求安保，诚为难矣。"①

诸葛亮认为对于重病患者，应先喝粥、服汤药，调理腑脏。及元气恢复，身体转安的情况下，方可投以猛药，除去病根。诸葛亮深谙药理，知晓垂危病人不得以猛药攻之，病人虚弱难以承受药性，会适得其反，尚需循序渐进。面对兵力数倍于己的曹操，刘备集团譬如危重病人，不可正面迎敌，只能智取以保存实力。不同的药性适合不同的病证，药效轻微的中药，对应轻病；药效强烈的中药，适合重病；此外，用药要看患者的身体状况，考虑患者是否能够耐受药性。这与当时刘备军团的形势相似，刘备在与曹操连续作战、节节败退的情况下，元气大伤、士气低落，需要休养生息和韬光养晦。如若不顾及现有的劣势，一味地与敌人拼命，无异于重疾时饮猛药，如此治病，不仅不能为患者治病，反而会加重病人的病情。

诸葛亮深谙药理，懂得用药之道，故能巧言以对，将深奥的道理深入浅出地讲解出来，真谓大道至简。

---

① 罗贯中：《三国演义》，毛纶、毛宗岗点评，中华书局，2009 年，第 258 页。

三、以中药暗喻心情

中药具有酸、苦、甘、辛、咸五种味道，每种药物都有特定的气味。不同的气味如同人的不同心情。明清小说中多以药物比喻人物的心情。

在《红楼梦》第五十三回"宁国府除夕祭宗祠　荣国府元宵开夜宴"中写到贾珍时写道："所以他们庄家老实人，外明不知里暗的事。黄柏木作磬槌子——外头体面里头苦。"① 贾珍口中的黄柏，是一味中药，外表光滑，味苦。《红楼梦》以中药黄柏比喻贾家外表光鲜，其实已经到了寅吃卯粮、拆东墙补西墙的地步了。正如贾蓉所言："果真那府里穷了。前儿我听见凤姑娘和鸳鸯悄悄商议，要偷出老太太的东西去当银子呢。"② 贾府确实如贾蓉所言只剩下空架子了，但为了维持体面，不得不拆东墙补西墙，日常用度开销可谓捉襟见肘。故文中借用贾珍之口说出"黄柏"，象征着贾府中道衰落，但百足之虫死而不僵和回光返照的境况是最为恰当不过了。

但可悲的是贾珍虽然猜出了荣国府近两年来修建大观园和元妃省亲事宜开销巨大而导致贾府的经济受到了影响，但仍无法想象到"果真那府里穷了"，更不相信经济拮据到了靠当东西来应付日常开支，而是认为"那又是你凤姑娘的鬼，那里就穷到如此"③。长期管理家族事务的族长贾珍对荣国府经济衰败的情况亦不明就里，更不用说不善于理家、向来不问家事的贾政及一味享乐的贾母和王夫人了。贾琏、王熙凤等人不敢向贾母和王夫人汇报家中的经济形势，只靠瞒天过海、拆东墙补西墙的方法勉强

---

① 曹雪芹：《红楼梦》，人民文学出版社，2008年，第721页。
② 曹雪芹：《红楼梦》，人民文学出版社，2008年，第721页。
③ 曹雪芹：《红楼梦》，人民文学出版社，2008年，第721页。

支撑，致使荣国府长期以来犹如中药材黄柏一样外光里苦。贾府潜在的经济危机及贾府呈现出的外光里苦，使得王熙凤和贾琏等当家人更是如黄柏木一般。因此，贾琏曾经用"黄柏"来形容自己有苦难言的痛苦心情。

四、以中药暗喻人事

中药治病往往是同其他药物搭配使用，疗效极佳，这就是中药学所谓的配伍。中药配伍在明清小说中也有所体现，具有一定的寓意，一味中药好比是一个精神独立的人。一味中药很难治愈一种疾病，与其他药物配合，在他药加强药性和减弱副作用的情况下，方能充分彰显药效，更好地发挥作用。他药能显己药之长，又能补己药之短，如《红楼梦》中关于中药配伍的描写，从林黛玉同薛宝钗、史湘云、贾探春及王熙凤之间微妙的关系中可以看出。

《红楼梦》描写的中药大多是以药方中的配伍药成分之一出现，大都有一定的配伍，既不是偶然罗列，亦不是无重点、无组织的对症下药，而是有目的、有重点、有组织的配伍用药。《红楼梦》中通过医者或贾宝玉的限制视角，道出了方中药物的配伍使用、药物的多寡、性味的强弱、疗效的好坏、剂量的增减、方剂的化裁之理。《本草纲目》引《神农本草经》名例指出中药的性情与使用，有单行者，有相须者，有相使者，有相畏者，有相恶者，有相反者，有相杀者。凡此七情，合和视之。当用相须、相使者良，勿用相恶、相反者。若有毒宜制，可用相畏、相杀者；不尔，勿合用也。[①]《黄帝内经》对此的阐述更为具体，岐伯认为药有酸、辛、苦、咸、甘、淡，不同味道的药物结合会产

---

① 李时珍：《本草纲目》，赵尚华、赵怀舟点校，中华书局，2021年，第57页。

生不同的功效。曹雪芹具有丰富的中药知识，对历代本草和方剂理论都有研究，故能对医者制方用药不能因人而异的做法提出一些自己的见解和批评意见。

曹雪芹深通药理，懂得中药配伍之妙。他巧妙地将人事描写与中药配伍之理结合起来，形象生动地描述了林黛玉、贾迎春、薛宝钗等人之间相须、相使、相杀的关系。林黛玉才华出众，但性情孤傲。成立诗社，作诗竞才，林黛玉方能大显身手，神采飞扬。此外，多数情形下，林黛玉多愁善感，长吁短叹，自卑于自己的人生处境。贾探春、史湘云、薛宝钗、贾宝玉等人给予林黛玉关爱，使其能够沉浸在自己酿造的身世苦酒之中的同时，又感受到了童年及青年时期兄弟姊妹之间深厚的友情与浓浓的亲情。薛宝钗温情劝导林黛玉，莫要过度自苦于身世。薛宝钗那一番"司马牛之叹"的言论，使得林黛玉深受感动，顿时消解了先前的嫉妒与猜忌之意。薛宝钗成了林黛玉的一位知音，薛宝钗这位苦味淡薄的药材，中和、减弱了林黛玉、史湘云这两味苦药的药效。

史湘云的身世之悲惨，不亚于林黛玉。如果说林黛玉是一味苦味十足的苦药材，那么史湘云更是一味苦药中的苦药，她的存在加强了林黛玉这味苦药的药效。而贾迎春后来所嫁非人、被丈夫折磨而死的悲惨命运，更加增强了"苦药"的药效。晴雯、金钏等命运之惨，与史湘云、林黛玉药味相同，成为苦药方剂中的另一类苦药材。随着情节的发展，"林黛玉"这一味苦药药性增强，成为贾府苦药方剂中的重要组成部分。而薛宝钗虽幼年丧父，兄长无能，但毕竟有一个朝夕相处的母亲相伴。皇商的家世，姨娘王夫人的强硬后台，贾母的无限怜爱，使得薛宝钗好比是一味性平、味甘的中药，中和了林黛玉、史湘云、贾迎春等众多性寒味苦的中药的苦味。在由苦命女子组成的"苦药"方剂中，林黛玉为君药，史湘云为臣药，贾迎春为佐药，晴雯、金钏等为使药，共同构成了一服苦药酒剂——万艳同悲剂，不过这是一服毒药方剂，直接导致了林黛玉、贾迎春、晴雯等青年女子的死亡命运。

第三节　明清小说中关于用药心理的描写

中国古典小说从一诞生之日起便肩负着反映社会现实、批判黑暗、彰显正义的责任和使命，批判性理所当然地成为中国古典小说的一大特点。中国古典小说在明清时期发展到了艺术上、思想上的顶峰，批判的锋芒更加尖锐，笔端直指人心，讽刺人性的扭曲，无情控诉社会的种种丑态。明清小说中对医疗行业的批判包含了对不当的用药心理的有力揭示与无情鞭挞，主要体现在以下几个方面。

一、明清小说中关于医者用药心理的描写

明清时期，民间存在着一种不正常的用药心理。人们普遍认为越贵重的药越好，而轻视那些价值低廉但疗效极佳的中药，往往花费了大量的诊费与药费，但治疗效果甚微。孙思邈曾在《千金方·大医精诚》中告诫医者："又不得以彼富贵，处以珍贵之药。令彼难求，自炫功能，谅非忠恕之道。"[①] 有的医者以开具珍贵的药物获取暴利。明清时期，医者既是疾病的诊断者，又是药物的供给者。他们往往开了处方，便回到家中自行配置药物，卖给患者。医者的收入包括诊资与药费两部分，其中诊资甚少，而药费直接影响着他们的收入。故而，少数医者以看病为名行卖药之实。

[①] 孙思邈撰：《千金方》，刘清国等校注，中国中医药出版社，1998年，第16页。

利益驱动促使某些医者萌生了开具珍贵名药的想法，促生了众多品德恶劣、医术平庸的医生。明清小说中大多数的庸医不论患者所患何病，动辄开具一大堆药物。《金瓶梅词话》中的赵太医、胡太医等皆是庸医，不将病人病情诊断清楚的情况下，只机械地遵循切脉、论病、开具药方、制药卖药的治疗流程。庸医不负责任的治疗方式导致了病人服药后，病情不仅没有好转，甚至加重了病情。如任医官为李瓶儿开的归脾汤，李瓶儿服了之后，病情更加严重："乘热而吃下去，其血越流之不止。"① 更有甚者，赵太医竟然胡乱开了一些药，幸亏何老人当场否决，西门庆将其赶出了家门。西门庆重阳节在家中宴请宾客，庆祝佳节，李瓶儿带病出席，宴会期间，病情加重。西门庆请来赵太医，为李瓶儿医治。赵太医诊断时，东拉西扯，无一言说中李瓶儿症状。但是，赵太医闻听西门庆说开好药有重赏的话，不顾是否对症，胡乱编造了一堆药组成临时药方："甘草、甘遂与砑（硇）砂，黎芦、巴豆与芫花，人言调着生半夏，用乌头、杏仁、天麻：这几味儿齐加。"② 其中，"人言"合为"信"字，指信石。信石，即砒石，入中药，性剧毒，以信州所产为佳，故又称信石。这些药物，大多具有剧毒，作者意在调侃赵太医不学无术。

　　《红楼梦》中晴雯伤风感冒，先请了一位姓名不详的大夫，开了一些宝玉认为"太过"的药，诸如枳实、麻黄等药性峻猛之药。虽然不认可医生的医术，贾宝玉还是听从了仆人婆子的话，送给了大夫一两银子作为医资。后请了王太医换了一些药，贾宝玉觉得尚可。但晴雯的病仍不见得好，急得晴雯直骂医生："只

---

① 兰陵笑笑生：《金瓶梅词话》，陶慕宁校注，人民文学出版社，2000年，第769页。
② 兰陵笑笑生：《金瓶梅词话》，陶慕宁校注，人民文学出版社，2000年，第774页。

会骗人的钱，一剂好药也不给人吃。"① "一剂好药"不见得是名贵药材，但一定是对症、疗效好的药物。"只会骗人的钱"，恐怕不是晴雯随口说的，应是当时医生乱开药的现实情况在晴雯情急之下对医生态度的自然流露。

《醒世姻缘传》中的医者杨古月是出了名的庸医，两次为晁大舍看病，用的都是"十全大补汤"，靠这一药方他四处骗取药金。《官场现形记》中为唐二乱子治病的医者，在唐二乱子仆人的唆使下，为无病的患者开了价格昂贵的人参等贵重药材，以便从中牟利，可见此人医德经不住人性的考验。

二、明清小说中关于患者用药心理的描写

医者诊断之后，按照程序会根据患者病情开具药方，这是惯例。患者及其家属早已熟知这一不成文的规矩，如若医生不开药，患者家属也会提醒医者开处方、抓药以获得心理上的安慰。

达官贵人及其家属若得病必请医生诊断，看病必开方，开方必抓药。病人请医吃药，才能缓解得病时紧张的心情，因为他们将康复的希望寄托在药物之上。明清小说对此种用药心理给予了一定程度的展现，如《红楼梦》中贾母在大观园中游玩着了凉，有点轻微的感冒。贾府上下顿时紧张起来，贾琏请来了王太医，王太医把脉后认为没有大碍，只需清淡饮食、注意保暖即可。根据医嘱，贾母完全可以不吃药，但贾琏却主动提出开处方，依照医方抓了药。《官场现形记》中的唐二乱子，一路风餐露宿，熬不住路途鞍马劳顿，身体疲倦，头昏脚轻。唐二乱子便认为自己生病了。在家人的唆使下，医者胡乱开了些人参等名贵药材。本来可以不服药，只需休息一段时间便可以康复如旧的唐二乱子不问青红皂白，一股脑将大包的药汤喝了个干净，心情顿时舒畅，

---

① 曹雪芹：《红楼梦》，人民文学出版社，2008年，第711页。

身体亦有好转。从先前的无需用药到开了几十块的药方，从起初的不收诊金到每趟收二十四块钱的诊费和四元六角的挂号费，共计八十五块八角，足以说明金钱可以腐蚀医者的良知，集中体现了晚清社会的拜金主义思想在医疗界也严重泛滥。

三、明清小说反映作者的用药意图

药能医患者疾、药到病除、对症下药等等说法意在揭示人们对中药医疗价值的认识。生病需吃药，吃药需吃好药。《金瓶梅词话》中西门庆对赵龙岗说尽管使用好药，不考虑钱的问题。《红楼梦》中晴雯骂大夫只知赚钱，不给好药。在西门庆与晴雯的心中，好药可以增强疗效，更好地改善病情，使得病人痊愈。而在晴雯看来，自己的病一直不好，是因为没吃到对症的药。

《镜花缘》通过唐敖、唐闺臣等人之口道出了世人对用药的看法，并针对当时社会上的这种不正常心理，提出了批评。《镜花缘》第二十六回"遇强梁义女怀德　遭大厄灵鱼报恩"中唐敖曾说道："天下奇方原多，总是日久失传，或因方内并无贵重之药，人皆忽略，埋没的也就不少。那知并不值钱之药，倒能治病。即如小弟幼时，忽从面上生一肉核，非疮非疣，不痛不痒。起初小如绿豆，渐渐大如黄豆，虽不疼痛，究竟可厌。后来遇人传一妙方，用乌梅肉去核，烧存性，碾末，清水调敷，搽了数日，果然全消。又有一种肉核，俗名猴子，生在面上，虽不痛痒，亦甚可嫌。若用铜钱套住，以祁艾灸三次，落后永不复发。可见用药不在价之贵贱。若以价值而定好丑，真是误尽苍生！"[①]在《镜花缘》第五十五回"田氏女细谈妙剂　洛家娃默祷灵签"中写道："田凤翾道：'……我家向来就有稀痘奇方。即如妹子，

[①] 李汝珍：《镜花缘》，上海古籍出版社，2005年，第116页。

自用此方,至今并未出痘,就是明验。'"① 若花道:"原来府上就有奇方,如此更妙。不知所用何药?此方向来可曾刊刻流传?"② 田凤翾道:"此方何曾不刻?奈近来人心不古,都向奢华,所传方子如系值钱贵重之药,世人看了,无论效与不效,莫不视如神明;倘所传方子并非值钱贵重之药,即使有效,他人看了,亦多忽略,置之不用。"③ 显然,唐敖、田凤翾对世人偏爱名贵药、忽略价廉有效药材是持反对态度的。这些议论,反映了《镜花缘》的作者李汝珍的医药观,同时也揭示了清代民间不正常的,甚或扭曲的用药心理。

---

① 李汝珍:《镜花缘》,上海古籍出版社,2005年,第256页。
② 李汝珍:《镜花缘》,上海古籍出版社,2005年,第256页。
③ 李汝珍:《镜花缘》,上海古籍出版社,2005年,第256页。

第四章　明清小说中的中医方剂

　　中国古典小说自产生之日起，便具有演绎历史兴衰、关注社会现实、反映人生百态的叙事功能，富有强烈的现实主义色彩。魏晋南北朝时期的志怪小说曲折地展现了这一时代特征，揭露了这一时代深刻的社会政治状况，痛斥了统治者的暴政，批判了残酷杀戮人民的罪行，如《干将莫邪》。唐代短篇文言小说兴盛，继承并发扬了小说现实主义的传统，使中国古典小说更加关注现实。唐代文言短篇小说即唐传奇的产生标志着我国古典小说的成熟，其现实主义色彩更加浓厚。宋元话本小说是在说书艺人说话底稿的基础上发展而来的，具有浓厚的说话色彩，更富有市井气息，如《三国志平话》等。明清时期的经典名著《三国演义》《水浒传》《西游记》《金瓶梅》《红楼梦》《醒世姻缘传》《儒林外史》《官场现形记》等小说，其艺术成就分别达到了各自领域的高峰，他们从不同的角度反映了明清时期的社会政治、经济、文化、外交等广阔的社会画面，揭露了明清时期封建社会的种种弊病，预示着我国封建社会在走下坡路。

　　具有现实主义关怀的明清小说，如实地描写了各种疾病，通过描写人物的生老病死，渲染小说的悲剧气氛。小说多不吝笔墨大量描写了中医药卫生知识，其中不乏丰富的方剂描写。纵观明清时期浩如烟海的小说典籍，关于方剂的描写较为突出、描写比较丰富的作品，莫过于《红楼梦》《金瓶梅》《镜花缘》三部经典作品。现以此三部小说为例，窥探明清时期我国中医方剂的发展状况。

此外，为了深入理解文学作品关于中医方剂描写的医学渊源，深刻领悟中医方剂的文化内涵，探析中医方剂书写的文学性与文化内涵，我们需要大致了解我国中医方剂的起源与发展历程。

第一节　中医方剂的起源与发展

原始社会时期，我们的祖先在生活实践中逐渐发现一些草可以治疗疾病，中草药随之出现。起初，古人只用单味药物治病，后来随着用药知识经验的积累，认识到多味药物配合的疗效远远大于单味药，方剂便逐渐形成了。后世多以伊尹撰写的《神农本草》中的"汤液"作为方剂的萌芽。

据现代考证最早记载方剂的是在1973年长沙马王堆汉墓中出土的《五十二病方》，大致有两百多首方剂。从其内容和字义来看，该书的成书年代明显早于《黄帝内经》和《神农本草经》。

《黄帝内经》成书于春秋战国时期，是我国现存的医学典籍中最早的中医药理论著作。全书虽只记载了13首方剂，但已经有了方剂的种类，即已有"汤、丸、散、丹、膏、酒"之分，并初步总结辨证、治法与组方的原则和组方体例等理论，这就奠定了方剂学的理论基础。

《汉书·艺文志》记载的经方有11首，其中有《五脏六腑痹十二病方》《五脏六腑疝十六病方》《五脏六腑瘅十二病方》《风寒热十六病方》《秦始皇扁鹊俞跗方》《五脏伤中十一病方》《客疾五脏癫狂病方》《妇人婴儿方》《汤液经法》《神农皇帝食禁》等。这些方剂在汉代曾广泛流行，现今已亡佚。

东汉张仲景的《伤寒杂病论》，分为《伤寒论》与《金匮要略》。前者记载了 133 首方剂,后者记载了 262 首方剂,去其重复者,共记载方剂 314 首。其中,多数方剂配制严谨,用药又精当,疗效又显著,被后世誉为"方书之祖",其中的方剂被称为"经方"。

东晋葛洪《肘后备急方》所载之方,多为价廉、易得、简便、有效的单方或验方,是晋代以前的医药成就和民间疗法的总结。同时代的陈延之所撰的《小品方》,是当世一部十分重要的方书,全书理、法、方、药记载齐备,对临床具有极大的指导意义。为晋代末年刘涓子所传,后由南齐人整理而成的《刘涓子鬼遗方》总结了晋代以前外科方面的经验和成就,这是我国现存最早的外科专著,对后世的金疮、痈疽、烫火伤等外科方剂的发展有很大的影响。

唐代孙思邈所著的《千金要方》合计方、论共 5300 余首,后以《千金翼方》附之,合计方、论、法共 2900 余首。另一部方书《外台秘要》,收录医方 6800 余首,是研究唐以前医学的重要典籍。

宋代政府组织编写医书,其中《太平圣惠方》载医方 16834首,《圣济总录》共载医方 20000 首,而《太平惠民和剂局方》是由宋代官方药局"和剂局"的成药配本,记载了 297 首医方。此外,尚有《妇人大全良方》《济生方》《是斋百一选方》等。

金元时期方论学较盛行,"师古不泥古",自制新法。这一时期涌现出了自成一家的医学派别,如张从正的"攻下派"、朱震亨的"滋阴派"、李东垣的"补土派"和刘元素的"寒凉派"等。

明代,朱橚的《普济方》记载医方 61739 首,是中国现存记载医方最多的方书。李时珍的《本草纲目》附方 11096 首。此间,阐述方剂组方原理的专著亦不断问世。赵以德的《金匮要略方论衍义》,对《金匮要略》方剂进行了较为深入的分析。许宏的《金镜内台方议》,对《伤寒论》的 113 方均有详细释义,是继《伤寒明理药方论》之后的又一方论专著。吴昆的《医方考》选历代良方 700 余首,按病证分为了 44 类,每类集同类医方若干首,是较有影响力的方剂学专著。张介宾的《景岳全书》中"古方八阵"收录了历代方剂 1516 首,而"新方八阵"则收载了张氏自制方剂 186 首。施沛的《祖剂》收载主方 70 余首、附方 700 余首,以仲景方为祖,将后世方剂同类相附。

清代,温病学派兴起。叶天士的《温热论》分析了温邪的传变规律,创立了卫、气、营、血的辩证体系。杨璿著的《伤寒温疫条辨》全书共 6 卷,详细分析了伤寒与温病,分列脉证与治法,载方 180 首,附方 34 首。余霖的《疫疹一得》,虽只有 2 卷,但对疫疹的治疗研究颇具独到之处。吴鞠通的《温病条辨》,创立了三焦辨证,全书共 6 卷,载方 198 首,外附 3 方。此间,尚有许多阐发方剂理论的专著相继问世。如罗美的《古今名医方论》,选辑历代名方 150 余首,方论 200 余则,既详述其药性配伍,又对类似方加以鉴别比较。汪昂的《医方集解》选录临床三百多种正方,附方数量远胜之。按功用分为 21 门,每方均说明其组成、主治、方义、附方加减等,颇具实用价值。因其内容较多,汪昂的《汤头歌诀》,以功用分类为纲,将临证常用之 300 余首方剂以七言歌诀形式编纂,对后世影响颇深。王子接的《绛雪园古方选注》一书,共 3 卷,记载 345 首医方。

历代方书和方论专著极大地丰富了方剂学的内涵,使其逐步成为一门具有完善理论体系的学科。近年来,随着中医药高等教育的发展,系统的方剂学教材和专著相继出版,不断丰富和完善了方剂学理论体系。现代科学技术与方法被广泛应用于方剂学的研究领域,为方剂学增添了时代色彩。

自春秋以来,我国医方书籍不断涌现,历代医学家潜心研究并丰富完善各医方。到了明清时期,我国方剂学集前代之大成,从理论上与实践上日臻完备与纯熟。一些文学家深谙药理,懂得方剂学的知识，在作品中将之渗透于主要人物的生活之中，展现了我国古代尤其是明清时期方剂学的发展状况，如施耐庵、罗贯中、兰陵笑笑生、曹雪芹、西周生、李宝嘉、刘鹗等明清时期的作家，他们将自己的方剂学知识融入了小说的疾病情节描写之中，极大地拓展了小说的题材，突出了人物的性格和命运，推动了故事的发展。

第二节 《西游记》中提及的中医方剂

在《西游记》中，妖魔鬼怪与神仙佛道充斥着天堂与人间交织的斑斓世界。在神仙、妖魔及芸芸众生各层中，难免会有难缠的疾病，让医者无所适从。文中的神仙自然具备人世间医者所不具备的医术。不过，神仙方术大多源自凡间，在我国医方书中有所记载。在这些方剂中，读者可以窥见我国中医方剂学的发展状况。与此同时，中医方剂的书写发挥了较强的文学叙事功能，不仅有利于刻画人物性格，而且极大地推动了小说情节的发展。

一、乌金丸

孙悟空师从菩提师祖，学习道家方术，除了武功、变化之外，大概也学习了医学知识。这可从孙悟空为国王看病的细节可知。

在《西游记》第六十九回"心主夜间修药物 君王筵上论妖邪"中写到孙悟空为国王制药，多官启问："此药何名？好见王回话。"[1] 行者回答说此药名为乌金丹。可见，孙悟空为国王研制的药取名为乌金丹。乌金丹的组成与炮制，文中都有详细交

---

[1] 吴承恩：《西游记》，黄肃秋注释，人民文学出版社，1980年，第833页。

代,悟空、悟净、悟能将大黄、巴豆(去壳、去油)、百草霜(锅灰)等捣散,用马尿将其团成核桃大的药丸,用无根水送服,治疗了朱紫国国王的病症。①

综上所述,小说中的乌金丹与《金匮要略》中记载的基本相同。孙悟空的乌金丹成分有大黄、巴豆、百草霜(类似有关医书所言的"墨")及马尿。这个方剂的配伍遵循君臣佐使的原则,以大黄为君,巴豆为臣辅助大黄攻下之力,并以百草霜为佐,马尿为使,共同完成攻下的作用。

大黄与巴豆的配伍早在《金匮要略》中的三物备急丸中就有,其功效主要是攻逐冷积。近现代上海名医刘民叔就喜欢用巴豆和大黄配伍,如他在《肿胀九例十三方》中有巴豆加大黄汤剂,将巴豆、甘遂、大黄并用。他认为大黄性寒,巴豆性热,二者配伍正好能互相牵制偏性,使得各自的毒性减弱,从而达到各尽其用的协同效果。

孙悟空制作乌金丹的过程,也是孙悟空解说大黄、巴豆、百草霜、马尿的药效和配伍功效的过程,彰显了孙悟空深厚的中药知识与方剂知识,恰恰反映了吴承恩渊博的医学知识。由于其对症下药,国王服了乌金丹之后,停滞在腹内的食物,全部倾吐而出。国王的气血随之得以调和,心胸舒畅,健步如飞。可见乌金丹治疗了乌金国国王积食之症,颇有成效。孙悟空自制乌金丹,离不开猪八戒、沙僧及白龙马的支持与帮助。乌金丹的制作过程体现了师兄弟之间团结合作的精神,表现了孙悟空敬业及医者仁心的济世情怀。乌金丹医治好了国王,国王宴请唐僧师徒,发放通关文书,唐僧师徒得以顺利通行。乌金丹的疗疾描写推动了故事的发展。

---

① 吴承恩:《西游记》,黄肃秋注释,人民文学出版社,1980年,第832~834页。

第四章　明清小说中的中医方剂

孙悟空不仅懂得医学原理，懂得望、闻、问、切四诊法，而且有独特的方剂观。孙悟空认为不必拘泥于古方，如在《西游记》第六十九回"心主夜间修药物　君王筵上论妖邪"中写到孙悟空为国王治病，对太医说到，"古人云：'药不执方，合宜而用。'故此全征药品，而随便加减也"①。

孙悟空道出了中医方剂的变通使用之奥妙，中医临证需要根据具体情况，灵活加减成方或者自拟新方，故不能执于成方而不变。《伤寒论》提出据脉知证诊治的辨证论治原则。如果执于成方，不知变通，胶柱鼓瑟，很难应对临床中千变万化的疾病。孙悟空征用全部药品，以此乱人耳目，以免秘方泄漏。

孙悟空认为秘方往往在海岛云烟处，如在《西游记》第二十六回"孙悟空三岛求方　观世音甘泉活树"中写到孙悟空将镇元大仙的人参果树推倒，三藏问从何处寻找起死回生之方，行者答到，"古人云：'方从海上来。'我今要上东洋大海，遍游三岛十洲，访问仙翁圣老，求一个起死回生之法，管教医得他树活。"②

秦汉的方士认为东海岛上有仙人居住，那里有仙药，服食可以长生成仙。秦始皇还曾派徐福东渡寻找仙药，由此形成海上方有神奇功效的传说。另外医方《孙真人海上方》亦是借此表达其中方子的神奇功效。在《西游记》第六十八回"朱紫国唐僧论前世　孙行者施为三折肱"中写道："心有秘方能治国，内藏妙诀注长生。"③孙悟空关于海岛有仙方的想法，恰好体现了身国同构的思想，印证了《内经》的治身如治国的思想。《国语·晋语》提出了上医医国的思想："上医医国，其次疾人，固医官也。"④葛洪认为治国与治身的道理是相通的："胸腹之位，犹宫室也；

---

① 吴承恩：《西游记》，黄肃秋注释，人民文学出版社，1980年，第830页。
② 吴承恩：《西游记》，黄肃秋注释，人民文学出版社，1980年，第312页。
③ 吴承恩：《西游记》，黄肃秋注释，人民文学出版社，1980年，第827页。
④ 左丘明撰：《国语》，焦杰校点，辽宁教育出版社，1997年，第108页。

四肢之列，犹郊境也；骨节之分，犹百官也；神，犹君也；血，犹臣也；气，犹民也。故知治身，则能治国也。"① 《千金方》："古之善为医者，上医医国，中医医人，下医医病。"② 上等高明的医生也懂治国之道，医道能保持人体生机，与仙道追求长生不老有相通之处，所以医道达到高深处能与仙道相通。因此，孙悟空欲穿越三岛寻找秘方。

二、三花九子膏

在《西游记》第二十一回"护法设庄留大圣　须弥灵吉定风魔"中写到孙悟空为救唐僧，与黄风怪打斗，黄风怪用三昧神风吹伤了孙悟空的眼睛，致使孙悟空"眼珠酸痛""冷泪常流"，败下阵来。幸好由护教伽蓝点化，用药治好了孙悟空的眼病。护教伽蓝化为老者对悟空说道："我这敝处，却无卖眼药的。老汉也有些迎风冷泪，曾遇异人，传了一方，名唤'三花九子膏'，能治一切风眼。"③ 随后，护教伽蓝"取出一个玛瑙石的小礶（罐）儿来，拔开塞口，用玉簪儿蘸出少许与行者点上，教他不得睁开，宁心睡觉，明早就好"④。第二天五更，孙悟空醒来，眼疾痊愈，不禁赞道："果然好药！比常更有百分光明！"⑤

陈鹤先生曾经遍寻医书，考证中医方剂均未发现中医方剂中有"三花九子膏"的记载。不过陈先生发现了类似的方剂，即"三花五子丸"和"九子丸"。

---

① 《抱朴子内篇》，张松辉译注，中华书局，2011年，第594页。
② 孙思邈撰：《千金方》，刘清国等校注，中国中医药出版社，1998年，第17页。
③ 吴承恩：《西游记》，黄肃秋注释，人民文学出版社，1980年，第254页。
④ 吴承恩：《西游记》，黄肃秋注释，人民文学出版社，1980年，第254～255页。
⑤ 吴承恩：《西游记》，黄肃秋注释，人民文学出版社，1980年，第255页。

（一）"三花五子丸"

元代无名氏撰写的眼科专著《明目至宝》中多处提到"三花五子丸"，指出它是治疗眼病的验方。其中"三花"为密蒙花、旋覆花、菊花，"五子"为决明子、枸杞子、牛蒡子、菟丝子、地肤子。后世医书也多有记载"三花五子丸"，其中对"三花"的配方没有什么异议，而对五子的配伍则众说纷纭。一种观点认为"五子"为决明子、枸杞子、地肤子、菟丝子、大力子，如明代徐春甫的《古今医统大全》。另一种观点认为"五子"为地肤子、青葙子、覆盆子、牛蒡子、蔓荆子，如明代吴旻的《扶寿精方》。有人认为"五子"为菟丝子、覆盆子、地肤子、车前子、决明子，如明代武之望的《济阳纲目》中亦有记载。还有人认为"五子"为决明子、枸杞子、菟丝子、鼠粘子、地肤子，持这一观点的有《医林类证集要》和朝鲜医书《东医宝鉴》。

对"五子"的记载如此纷繁，说明"三花五子丸"的配伍并未在中医学界形成共识。至于这一方剂的疗效，晚明文人张大复在《梅花草堂笔谈》中曾有记载。张大复曾在书中提到，安徽僧人久患眼疾，视力模糊，后服三花五子丸后眼睛逐渐明亮。对于三花五子丸的疗效，张大复虽未亲身验证，却深信不疑。

（二）"九子丸"

"九子丸"为宋代《圣济总录》所记载的药方。《圣济总录》又名《政和圣济总录》，是北宋政和年间宋徽宗命人仿照《太平圣惠方》编修而成。明代朱橚主编的《普济方》亦从《圣济总录》中摘引了这个药方。"九子"的配伍为蔓荆子、五味子、枸杞子、地肤子、青葙子、决明子、楮实子、茺蔚子、菟丝子。九子丸是主治久患风毒眼赤和日夜昏暗的。

综上所述，"三花五子丸"与"九子丸"在成分上较为相近，而且功用皆是治疗眼疾。"三花五子丸""九子丸"均是丸剂，而

《西游记》中护教伽蓝手中的却是"膏剂",即"三花九子膏"。可以推知,"三花九子膏"这一药名,很可能是《西游记》的作者糅合了"三花五子丸"与"九子丸"而来的。

三、定风丹

《西游记》中的定风丹是从神话角度描写的仙丹,定风丹与大定风珠名称相类。大定风珠出于《温病条辨》:"热邪久羁,吸烁真阴,或因误表,或因妄攻,神倦瘛疭,脉气虚弱,舌绛苔少,时时欲脱者,大定风珠主之。"① 这里的大定风珠常用于热邪大伤真阴,虚风内动欲脱,以甘寒、咸寒之品滋阴息风,所以命名为大定风珠。此外,张锡纯的《医案讲习录》中有定风丹,其组成是乳香、没药、朱砂、全蜈蚣、全蝎,制成了细粉,其功能主治初生小儿绵风,主要的症状是每日抽搐,缠绵不已,抽搐也不太严重。张氏是以虫类药活血化瘀通络来达到息风的目的。②

在《西游记》第五十九回"唐三藏路阻火焰山 孙行者一调芭蕉扇"中写到灵吉菩萨赠送孙行者定风丹时,说道:"我当年受如来教旨,赐我一粒'定风丹',一柄'飞龙杖'。飞龙杖已降了风魔。这定风丹尚未曾见用,如今送了大圣,管教那厮搧(扇)你不动,你却要了扇子,搧(扇)熄火,却不就立此功也!"③ 灵吉菩萨送给孙悟空的定风丹是为了息止罗刹女的芭蕉扇之风。

孙悟空用定风丹控制住了芭蕉扇之邪风,打败了铁扇公主,盗来芭蕉扇,但盗来的却是一把假扇子,越扇火就越大,应了

---

① 《温病条辨》,张志斌校点,福建科学技术出版社,2010年,第110页。
② 吴承恩:《西游记》,黄肃秋注释,人民文学出版社,1980年,第719页。
③ 参见张锡纯:《医案讲习录》,刘观涛整理,中国中医药出版社,2017年。

"风能助火"之说，假扇子之风弱小，风中有土，故能助火，使火越来越旺。孙悟空盗来的假扇子，愈扇火愈大，看似是一谐趣横生之笔，却蕴含着深奥的医学原理。

第三节 《金瓶梅词话》中提及的中医方剂

《金瓶梅词话》一书描写医者，叙述医案，勾勒出僧道姑婆，反映市井百姓求医服药的世俗生活，书中的经方、时方、单验方荟萃，汤剂、丸剂、散剂通用。此书明写宋实写明，书中所用的方药也多出自宋代《太平惠民和剂局方》，或明代医学家所著、所辑的医药学典籍和方书。引经据典的医学术语和信手拈来的方剂药物都彰显了创作者对中医药学的精通，是市井细民求医治病经历的艺术再现。《金瓶梅词话》中的病人有官哥儿、李瓶儿、西门庆等人，小说围绕这些人紧锣密鼓地描写了他们生病求医、治疗、病亡的过程。在求诊问药过程中，描写了一些中医方剂。

一、小儿科方剂

（一）搐鼻散

《金瓶梅词话》第五十九回"西门庆摔死雪狮子 李瓶儿痛哭官哥儿"写到官哥儿被潘金莲的雪狮子惊吓而复发抽搐病，刘婆子针灸无效，反而使病情加重。西门庆又请了小儿科太医诊治，太医用接鼻散试治："若吹在鼻孔内打鼻涕，还看得；若无鼻涕出来，则看阴鸷，守他罢了。"[①]太医提到了"接鼻散"应该是"搐鼻散"，明清医药方书中均有载录，搐鼻散是中医鼻腔

---

① 兰陵笑笑生：《金瓶梅词话》，人民文学出版社，2008年，第736页。

用药的散剂，治疗儿科、眼科、牙科、喉科等科系疾病。

明代儿科医学家翁仲仁的《痘疹金镜录》载有"搐鼻散"，用半夏、细辛、荆芥、猪牙皂、麝香，共为细末，纸条蘸药送入鼻腔取嚏，治疗小儿惊风。明代医家武之望的《济阳纲目》载有"通天搐鼻散"，治疗梦魇、喉症牙关紧闭及中恶等不省人事之症。明代朱橚主编的《普剂方》引录《海上方》的"搐鼻散"，却是治疗牙痛诸药不效者的鼻腔散剂。在《灵秘丹药笺 遵生八笺之六》中记载了"吹鼻六圣散"，其使用方法是："口先含水，用管吹药一二分入鼻，吐水半晌，即愈。"① 这是治疗成人耳鼻喉牙科疾患的方剂，而不是吹鼻腔取嚏，治疗小儿惊风的散剂。

《金瓶梅》是文学作品，不是中医方剂学教材。兰陵笑笑生引用医药知识时，可能因其医学知识有限，描写时会有一定的出入。《金瓶梅词话》用"接鼻散"治疗小儿惊风情节，符合明代儿科医学家翁仲仁在《痘疹金镜录》中的记载。作者兰陵笑笑生将适合于小儿惊风症状的"搐鼻散"写成"接鼻散"，又将适用于成人患者的"吹药入鼻"之法用于小儿患者，大概是有意为之，讽刺医者之无能。太医用错了治疗方法，抑或用错了药方，导致对官哥儿治疗效果不佳。兰陵笑笑生于无声处将批判的眼光射向了这位儿科医生。如果不深读，恐怕发现不了他的创作意图。兰陵笑笑生在告诉读者官哥儿已经走到了生命的尽头，任何良药都无法挽救其生命，更何况医生还用错了药或是治疗手段错误，官哥儿性命更加不保。

（二）朱砂丸与金箔丸

1. 朱砂丸

西门庆的儿子官哥儿患惊风，最先来西门府出诊的是刘婆

---

① 高濂：《灵秘丹药笺 遵生八笺之六》，巴蜀书社，1986年，第54页。

子。西门庆不信任她，骂她是"老淫婆子"。但是灌了她开的药，官哥儿睡得稳了，这说明药还是有效的。随着惊风症状的日益加重，第二次就诊，刘婆子就留下两丸朱砂药，嘱咐要用薄荷灯芯汤送服。

刘婆子留下的两丸朱砂药就是"朱砂丸"。朱砂丸在《太平圣惠方》《颅囟经》中均有记载，朱砂丸可治疗手足惊掣和心神狂乱；主治小儿慢惊风，四肢拘急，心胸痰滞，身体壮热，惊风搐搦，目睛上视，涎盛，不省人事。

2. 金箔丸

官哥儿病情危重，刘婆子看了脉息，让快熬灯芯薄荷汤。取出一丸"金箔丸"，向盅内研化。吴月娘连忙拔下金簪儿，撬开官哥儿的牙关灌了下去。为了缓解病情，她还为在抽搐昏睡的官哥儿的相关穴位灸了五醮。

金箔丸，中医方剂名，出自《卫生宝鉴》卷十五，首载于《小儿药正直诀》。《药性论》认为金箔丸主治小儿惊伤、五藏风痫、失志，可镇心，安魂魄。《本草蒙筌》言其可止惊悸风痫。幼科药作锭丸，必资此以为衣饰。《本草再新》记载金箔丸可主治小儿惊痫、痘疮诸毒。《沈氏尊生书》记载金箔丸可治癫痫惊悸，怔忡气郁，一切痰火之疾，由西珀、天竺黄、朱砂、胆星、牛黄、雄黄、珍珠、麝香等组成，用薄荷汤服用。

刘婆子用薄荷汤送服"朱砂丸"，用同样的薄荷汤研末送服"金箔丸"。从病证、疗效来看，刘婆子对官哥儿的治疗可谓"对症下药"，治疗方法得当。一个非科班出身的业余儿科巫医，在西门庆看来是极不专业的，但是她手中常备有"朱砂丸""金箔丸"等中成药。煎汤送服，治疗官哥儿的惊风症，并施以艾灸术。这可窥见明代医疗卫生的市井状态，药方在民间普遍流传，各种中药已不是豪门贵族之特有，寻常医者手中也有。

二、归脾汤

宋代《济生方》记载"归脾汤"是由白术、茯神、黄芪、龙眼肉、酸枣仁、人参、木香、甘草、当归、远志组成的。明代《正体类要》亦载归脾汤，本方制丸，名归脾丸、人参归脾丸，由白术、当归、白茯苓、炒黄芪、龙眼肉、远志、炒酸枣仁各一钱、木香五分、炙甘草三分、人参一钱组成，加生姜、大枣、水煎服，可益气补血、健脾养心。归脾汤主治两种病症：一是主治心脾气血两虚证，心悸怔忡，健忘失眠，盗汗虚热，神疲倦怠，面色萎黄，舌淡，苔薄白，脉细弱；二是主治脾不统血证，便血，皮下紫癜，妇女崩漏，月经超前，量多色淡，或淋漓不止，舌淡，脉细弱。

《金瓶梅词话》中李瓶儿所患的妇科疾病，主要症状有三：一是抑郁失眠，李瓶儿痛失幼子，又有花子虚梦中缠绕，无法安眠，经常是"似睡非睡"，唏嘘长叹、流泪到天明。思虑过甚，有损脾脏，不利于病情好转；二是神疲倦怠，西门府在重阳节，大宴宾客，书中写到李瓶儿强打精神，出席宴会，其中的精神应是气血不足导致的萎靡不振，也是指心情不佳导致的索然无味，精神慵懒与李瓶儿失眠、忧思过度密切相关；三是经水淋漓不止，大有血崩之势，李瓶儿的症状与归脾汤的主要功效相吻合，饮用归脾汤有助于其病情好转。《红楼梦》中的晴雯初感风寒，有感冒之症状，盗汗虚热，故贾宝玉服侍晴雯饮下了归脾汤。

在《金瓶梅》《红楼梦》中，归脾汤适用于女性患者。脾胃虚弱者，多因血气不足，女人由于经期失血，常会导致血虚，这大概是经常服用归脾汤的原因。一些药方适用于男性抑或女性，是与人体结构与性能密切相关的。

三、牛黄清心丸与暖宫丸

在《金瓶梅词话》第七十五回"春梅毁骂申二姐　玉箫懑言潘金莲"中写到孟玉楼胃痛，西门庆在吴月娘的劝说下，前去看望孟玉楼。西门庆进了孟玉楼的房间，见她在炕上"正倒着身子呕吐"。夜间无法求诊，西门庆想起刘学官送的"广东牛黄清心蜡丸"，在上房瓷罐内盛着，让兰香到吴月娘那里去要。

牛黄清心丸出自宋代的《太平惠民和剂局方》，是流传千年的中成药方，至清代由太医院加减，成为宫廷秘方。西门庆询问吃药后的感觉，孟玉楼回答说："疼便止了，还有些嘈杂。"[1] 孟玉楼服了牛黄清心丸的第二天早上，吴月娘问她吃了蜡丸后心口内如何，孟玉楼回复说："今早吐了两口酸水才好了。"[2] 由此可知，孟玉楼因肝气郁结，郁而化火，木旺克土，才出现胃脘疼痛、嘈杂、呕吐的症状。孟玉楼还告诉西门庆，自己腰酸，下面有"白浆子流出"，即白带增多，这就引出后文西门庆向任医官讨要妇科"暖宫丸"的情节，"学生第三房下有些肚冷，望乞有暖宫丸药见赐来"[3]。

暖宫丸药方来源于《太平惠民和剂局方》，该书记载暖宫丸主治冲任虚损、下焦久冷、脐腹痛、月事不调、肢体倦怠、饮食不进，治子宫久寒，不成胎孕等。孟玉楼肚冷说明她宫寒，长期宫寒导致孟玉楼不能怀孕生育。孟玉楼胃痛引出了"宫寒"，意在引出"暖宫丸"。宫寒恰好反映了孟玉楼嫁到西门庆家后的处

---

[1] 兰陵笑笑生：《金瓶梅词话》，陶慕宁校注，人民文学出版社，2000年，第1015页。

[2] 兰陵笑笑生：《金瓶梅词话》，陶慕宁校注，人民文学出版社，2000年，第1017页。

[3] 兰陵笑笑生：《金瓶梅词话》，陶慕宁校注，人民文学出版社，2000年，第1028页。

境，她长期被西门庆冷落，西门庆的探病关心之意真切，让备受冷落、尝尽孤寂的孟玉楼热血沸腾，找回了女人的感觉。西门庆为孟玉楼找来了"牛黄清心丸"与"暖宫丸"治好了孟玉楼的胃病等。

四、百补延龄丹

在《金瓶梅词话》第六十七回"西门庆书房赏雪　李瓶儿梦诉幽情"中写到冬雪天里西门庆让理发师小周儿为自己"篦发""取耳"，用木滚子按摩或导引，自己喝着酥油白糖熬的牛奶，与应伯爵闲聊。西门庆说自己晚夕腰背疼痛，不按捏则"痛得了不得"。应伯爵反问道："你这胖大身子，日逐吃了这等厚味，岂无痰火。"① 从书中的描述来看，西门庆体形肥胖，身重不爽，喜食肥甘醇酒，应该属于痰湿体质。其原因与西门庆贪酒嗜欲如命、常食肥甘厚味的生活方式有关。任后溪医官送了他一罐百补延龄丹，说是林真人修合给圣上吃的，此丹药十分贵重，服用方法比较讲究，须是早晨用人乳送服。

林灵素是北宋时期的著名道士，以法术取宠于宋徽宗，赐号通真达灵先生，加号元妙先生、金门羽客，授以金牌。宋徽宗任其非时入内，并筑通真观以居之。明代文学家袁宏道认为兰陵笑笑生是以宋徽宗时道教神霄派领袖林灵素来影射嘉靖时的神霄道士陶仲文。陶仲文曾因献七宝美髯丹使嘉靖皇帝乌须黑发、连得数子。明代文学家王世贞在《古今杂抄辑录》中说陶仲文在朝廷得宠二十几年，最重要的原因是他能够向皇上进献使人长生不老的药方。明代医学家李时珍在《本草纲目》中亦认为陶仲文擅长"固本锁阳法"，以延长人的寿命。由此推断，林灵素的原型可能

---

① 兰陵笑笑生：《金瓶梅词话》，陶慕宁校注，人民文学出版社，2000年，第849页。

是陶仲文。陶仲文所献之七宝美髯丹，可能是《金瓶梅词话》中林灵素所献之百补延龄丹的原型。在《金瓶梅词话》第七十八回"西门庆两战林太太　吴月娘玩灯请蓝氏"中，西门庆因患腿疾，猛然想起任医官送与他的百补延龄丹，便以人乳送服。百补延龄丹挽救不了西门庆的生命，改变不了其英年早逝的命运。百补延龄丹更是无力挽回大厦将倾的北宋朝廷，预示着北宋终将被金军所灭的命运。

第四节　《红楼梦》中提及的中医方剂

《红楼梦》的作者曹雪芹是一名精通中医学的文学家，他丰富的中医学知识为《红楼梦》增添了精彩的一笔。多个人物生病治疗的专业化描述，或表现了豪门地位之高，或推动了故事情节的发展，或借方剂写人、体现某人的性情，具有一定医学知识的人不难发现《红楼梦》中针对各种病情所开的方剂并不是随意而为，这些方剂不仅存在于现实生活之中，而且细细考证不难发现这些都是治疗这些疾病的对症之药。据袁炳宏统计："《红楼梦》中共有方剂20多个，如人参养荣丸，气血双补的八珍丸，补阴的左归丸，补阳的右归丸，滋养安神的天王补心丹，祛暑解表的香薷饮，用于疗疮发背的梅花点舌丹……还有六味地黄丸、活络丹（现通称为小活络丹）……温性开窍的紫金锭，十香还魂丹，延年神验万全丹，归肺固金汤，八珍益母丸，调经养荣丸，催生保命丹，黎洞丸，祛邪守灵丹及开窍通神散。"[①]

本节以人参养荣丸、冷香丸、天王补心丹、益气养荣补脾和

[①] 袁炳宏：《〈红楼梦〉中中医药方剂名称翻译的问题》，《文教资料》，2010年第36期，第40页。

肝汤等四种方剂为例，探求其方药之渊源及其描写与作品创作艺术之间的关系。

一、人参养荣丸

《红楼梦》中最先介绍的病人就是林黛玉，林黛玉所患之病学者多数认为是肺痨，治疗上没有特效药。根据林黛玉气血双虚，正气已虚，邪气尚未完全消除的病情特点，适宜缓补，常吃人参养荣丸，便是这一原理所在。

人参养荣丸是气血双补的著名方剂，始自宋代的《太平惠民和剂局方》。百年来为医家广泛应用，治疗气血双虚，效果甚佳。人参养荣丸共有十四味药：黄芪、肉桂、当归、白芍、熟地、人参、白术、茯苓、甘草、五味子、远志、陈皮、姜、枣等。此方是由十全大补汤演变而来的，而十全大补汤又是由四君子汤、四物汤加黄芪、肉桂所组成的。四君子汤仅有四味药，即人参、白术、茯苓、甘草。人参，味甘性温，归脾胃经，为补中益气之要药。脾虚则易生湿，白术具有燥湿健脾之功，茯苓具有渗湿健脾之效，两药合用可渗利中湿而辅助人参补气健脾。炙甘草性温，味甘，甘温可以补中益气，既能协助上述三药补中健脾，又能调和诸药，所以四君子汤是补气之要方。

人参养荣丸则是十全大补汤去川芎，加五味子、陈皮、远志、姜、枣而成，主治积劳虚损、心血不足、惊悸、气短等虚弱之证。去川芎的意思是减少活血而增强滋补的作用。五味子，味酸性甘温，能够敛肺止咳，止汗止泻，生津止渴；陈皮，味辛、苦，性温且芳香，入脾经和肺经，能够理气健脾，燥湿化痰；远志，味苦、辛，性温，入心经、肺经和肾经，能够祛痰利窍，安神益智；生姜、大枣常作"药引"使用，生姜可以发表温中，止呕止咳，大枣则补脾和胃，益气生津。

此方煎成汤剂就是人参养荣汤，做成丸剂就是人参养荣丸。

汤剂见效迅速，丸剂作用持久，像林黛玉这样的虚劳病还是以常吃丸剂为好。可惜林黛玉那个时代尚无治疗肺痨的特效药，人参养荣丸也未能挽救林黛玉，最终她还是因咯血而死亡。

除了体弱多病之外，林黛玉之死的重要原因是其精神因素，尤其是与其性格密切相关。林黛玉居住的贾府虽是"花柳繁华地，温柔富贵乡"，兼有贾母百般怜爱。然而，林黛玉心中十分清楚，那并不是她的家。她父母双亡，寄人篱下，之所以在贾府还有一定的身份，取决于那一点微不足道的血缘关系与贾母的疼爱。因此，她"步步留心，时时在意，不肯轻易多说一句话，多行一步路"，其精神的压抑程度可想而知。在林黛玉生命的后期，与贾宝玉的爱情若能修成正果，则能成为她唯一的精神寄托。然而，贾母的决策和王熙凤的偷梁换柱之计，又使这一寄托化为泡影，这对她的肺痨无疑是雪上加霜，加速了林黛玉的死亡。

林黛玉之死并不能说明人参养荣丸对于治疗、缓解肺痨、延长生命收效甚微，俗话说，病靠三分治、七分养，林黛玉的精神长期紧张，再加上内心忧虑，导致其病情恶化，最终失去了对人世的眷恋，不治而亡。是命运、是性格要亡林黛玉，非药不能治。

二、冷香丸

《红楼梦》另一女主角薛宝钗艳压群芳，比黛玉另具一种妩媚风流，曾让贾宝玉看得发呆。正是这样一位绝世佳人，竟患有一种病证，无法根治。薛宝钗所患之病为"喘嗽"，是从胎里带来的热毒造成的。癞头和尚赠送了她一个海上仙方儿，据此方研制而成的药物，名叫冷香丸。

在《红楼梦》第七回"送宫花贾琏戏熙凤　宴宁府宝玉会秦钟"中写到薛宝钗告诉周瑞家冷香丸处方，说道："要春天开的白牡丹花蕊十二两，夏天开的白荷花蕊十二两，秋天的白芙蓉花蕊十二两,冬天的白梅花蕊十二两。将这四样花蕊,于次年春分这日晒干,和在药末子一处,一齐研好。又要雨水这日的雨水十二钱……还要白露这日的露水十二钱。霜降这日的霜十二钱,小雪这日的雪十二钱。把这四样水调匀,和了药,再加十二钱蜂蜜,十二钱白糖,丸了龙眼大的丸子……埋在花根底下……"[①]

从薛宝钗口述可知,冷香丸药味无非是白牡丹、白荷花、白芙蓉、白梅花的四种花蕊。牡丹、荷花、芙蓉、梅花是春、夏、秋、冬四季的代表花,每一种花都有多种颜色,之所以选择白色,是由中医五行学说决定的。五行即木、火、土、金、水,与五脏肝、心、脾、肺、肾相配,分别为肝木、心火、脾土、肺金、肾水;与五色相配,则青属木,入肝;赤属火,入心;黄属土,入脾;白属金,入肺;黑属水,入肾。薛宝钗的病是"喘嗽",属于肺经,故用白色的花蕊,能够入肺经。

就药性而言,牡丹花性平,味苦淡,无毒,主含黄芪苷,具有调经活血的作用,能够治疗妇女月经不调、经行腹痛。白荷花,性温,味苦、甘,能够活血止血,去湿消风,益色驻颜。《本草再新》说牡丹花可清心凉血,解热毒。芙蓉花性平味甘,入肺经和肝经,能治疗肺热、咳嗽。白梅花性平,味酸、涩,入肺经和肝经,能舒肝、化痰、开胃、散瘀。

冷香丸的制作用水,也与二十四节气密切相关。在二十四节气中,仅以节气名称而论,与水有关的节气有雨水、白露、寒露、霜降、小雪、大雪等。两个"露",如白露、寒露,取白露;两个"雪",如小雪、大雪,取小雪。这样一来就是天落的雨水、白露的露水、霜降的霜水、小雪的雪水。这么巧、这么刁钻的水,为小说增添了神秘色彩,为"冷香丸"涂上了奇幻色彩,也为薛宝钗之病添上一层神奇色彩。

---

① 曹雪芹:《红楼梦》,人民文学出版社,2008年,第104页。

冷香丸的制作强调一个"巧"字，周瑞家的就感慨道："倘或雨水这日竟不下雨，这却怎处呢？"[①] 周瑞家说至少需要二三年才能配成冷香丸，而薛宝钗却在一二年间，配成一料。"冷香丸"的配制过程，是一个不断搜集、不断等待的过程。在等待搜集药水的过程中，薛宝钗养成了静如处子之淡定、稳重的气质，同时又能磨炼其意志，养成她细心、耐心的品质。此外，冷香丸的配制过程，犹如薛宝钗的成长过程。别人用十年都未必能成长的过程，宝钗只用了一两年，可以想见过程之苦、之艰、之难。所以，从心理年龄上，她要比同龄人成熟十岁以上。当宝玉、黛玉还在玩过家家时，她已经在为家族的振兴做打算了。

脂批评冷香丸："历着炎凉，知着甘苦，虽离别亦自能安，故名曰冷香丸。又以为香可冷得，天下一切无不可冷者。"[②] 历着炎凉，知着甘苦，正是她独自历劫的过程，也是独自修行的过程。修完之后，达到了"虽离别亦自能安"的境界。离别，不仅指人与人之间的别离，还指失去荣华富贵、功名利禄，所以"天下一切无不可冷"，没有什么是她不能看不习惯的。当贾宝玉出家之后，薛宝钗却能独守空阁，可以说"冷香丸"就是薛宝钗人格的写照。

三、天王补心丹

《红楼梦》第二十八回"蒋玉函情赠茜香罗 薛宝钗羞笼红麝串"中写到王夫人、宝钗、宝玉、黛玉等人在一块说话，因说到黛玉用药，王夫人道："前儿大夫说了个丸药的名字，我也忘了。"[③] 于是宝玉猜测了人参养荣丸、八珍益母丸、左归丸、右

[①] 曹雪芹：《红楼梦》，人民文学出版社，2008年，第104页。
[②] 曹雪芹：《脂砚斋评石头论》，脂砚斋评，上海三联书店，2011年，第76页。
[③] 曹雪芹：《红楼梦》，人民文学出版社，2008年，第377页。

归丸、八味地黄丸等，王夫人说都不是。最后还是薛宝钗猜对了，那就是"天王补心丹"。"天王补心丹"首见于《摄生秘剖》一书，相传终南山大师诵经劳心，梦到天王授以此方，故取名天王补心丹。该方由十三味中药组成：生地黄 120 克，五味子、当归、天冬、麦冬、柏子仁、酸枣仁各 30 克，人参、玄参、丹参、白茯苓、远志、桔梗各 15 克。上述药材共研为细末，炼蜜为小丸，以朱砂为衣，就制成了天王补心丹。每次服 9 克，每天两次，可滋阴清热，补心安神，常用以治疗阴虚火旺造成的失眠。

天王补心丹的君药为生地黄，生地黄能下足少阴肾经而滋水，水盛可以伏火，使心神不为虚火所扰。玄参除了养阴生津之外，还能泻火解毒。丹参、当归可补血养心，用人参、茯苓益心气，用柏子仁、远志安心神，使心血足而神自藏；佐以天冬、麦冬之甘寒，滋阴清火，心火平则无以扰心神，五味子、酸枣仁之酸温，可敛心气，心气平则神自安；使以桔梗载药上行，朱砂入心安神。诸药合用，共成滋阴安神之剂。

林黛玉多愁善感，内伤七情，常心烦不寐、虚火上炎，宜用壮水制火、滋阴清热、养心安神的天王补心丹。林黛玉阴虚血少，神志不安，虚烦失眠，神疲乏力，心失所养。而天王补心丹重用甘寒，补中寓清，心肾并治，重在养心。林黛玉之病用天王补心丹来调治再合适不过。

王夫人、宝钗、宝玉等人谈论林黛玉吃何药的情节，表现出王夫人、宝玉对林黛玉之病吃何药并不是那么关注，甚至忘记了所服药物名称。林黛玉久病服药，如同吃饭，顿顿不同，经常换药。林黛玉在贾府的位置直接取决于贾母，林黛玉特别指出是贾母让她换药的，贾母关心的人，必是贾府不敢怠慢之人。与林黛玉关系最为密切的贾宝玉，尚且猜不出林黛玉所服何药，薛宝钗却能够一语道出是"天王补心丹"，不仅说明其医学知识丰富，而且极为关心林黛玉，待人细心，体贴入微。

四、益气养荣补脾和肝汤

秦可卿由内伤七情所致肝木忒旺，导致其患水亏火旺之证，自然服用益气养荣补脾和肝汤。这个方子用了十四味药物，加上药引莲子（去心）和大枣，共十六味药物。分析起来，这是八珍汤加味。八珍汤，包括补气与补血良药。补气之四味，即人参、白术、茯苓、甘草；补血的四味，即当归、川芎、白芍、熟地黄；再加补气的黄芪，补血的阿胶，健脾的山药，活血化瘀的延胡索，疏肝解郁的柴胡，理气解郁、调经止痛的香附等，莲子、大枣除引药归经外，也有健脾的作用，共奏双补气血、补脾和肝之功。

这样的方子当然是很高明的，可以说是对症之药。但是治病，单凭药物是不行的。尤其是治疗秦可卿这类情志失衡的患者，在用药物治疗的同时，必须配合其心理治疗，即"心病还须心药医"，这才符合中医"治病治本"的原则。事实上，秦可卿并非无药可治而命丧黄泉，据红学家考证秦可卿与贾珍在天香楼私会时有一奴婢恰巧路过，秦可卿羞愤自缢而死。其中，所谓"婢"，很有可能是秦可卿的贴身丫头瑞珠。这就是曹雪芹后来删去的"秦可卿淫丧天香楼"的情节，这有损秦可卿形象。在《红楼梦》中，秦可卿是整个贾府，即荣宁二府上至主人下至奴仆都称道的人。秦可卿实在摆脱不了厄运的重重困扰和折磨，摆脱不了贾珍对她精神和肉体的无休止的蹂躏，更无法面对他人背后的指指点点，所以死后也进了薄命司，是一个令人同情的人物。

第五节　《镜花缘》中提及的中医方剂

《镜花缘》从题材上而言，属神魔小说，但书中蕴含了大量的中医药知识，好似一本医药养生全书。从这个意义上讲，《镜花缘》可与《红楼梦》媲美，不过从艺术的高度、题材的广度、思想的深度来看，前者远不及后者。《镜花缘》中描写了一些中医方剂，这些中医方剂名称在医书中都略有影子，但其组成成分和服用方法，却略有不同，关于这一点无法与《金瓶梅》和《红楼梦》相比。

一、跌打损伤之药方

（一）铁扇散

《镜花缘》第二十九回"服妙药幼子回春 传奇方老翁济世"中写到岐舌国世子枝江骑马跌伤，张贴皇榜，赏银一千五百两招募医者。多九公揭皇榜，用铁扇散医治世子的头伤。铁扇散来源于清代赵廷海的《救伤秘旨》，其方名为金疮铁扇散，如下：

> 象皮切片，焙干 花龙骨各五钱 陈石灰 柏香即松香中黑色者 松香与柏香同溶化，倾水中，取出晾干 枯白矾各一两 共研细末。遇破伤者，用敷血出，以扇搧（扇）之，立时收口结疤。忌卧热处。或伤处发肿，黄连煎汁，涂之立消。戒饮酒，恐血热妄行，勿厚裹，恐太暖难愈。[①]

《镜花缘》中多九公口中的铁扇散方剂如下：

> 象皮（切薄片，用铁筛微火焙黄色，以干为度）四钱 龙骨（用上白者）四钱 古石灰（须数百年者方佳）四两 枯白矾（将生矾入锅熬透，以体轻方妙）四两 寸柏香（即松香之黑色者）四两 松香四两 与寸柏香一同熔化，倾水

[①]《救伤秘旨·跌损妙方》，胡岳标点，中国书店，1993年，第23页。

中，取出晾干）　共研极细末……遇刀石破伤，或食嗓割断，或腹破肠出，用药即敷伤口，以扇搧（扇）之，立时收口结疤。忌卧热处。如伤处发肿，煎黄连水，以翎毛蘸涂之即消。①

《救伤秘旨》一书中铁扇散的主要成分有象皮、花龙骨、陈锻石、柏香、松香、枯白矾等六种成分，多九公口中的铁扇散由象皮、龙骨、古石灰、枯白矾、寸柏香、松香，二者基本吻合。两种方剂中药名称稍有不同，如花龙骨与龙骨，龙骨为常见中药，始载《神农本草经》，书中将其列为上品，分为花龙骨与土龙骨（粉龙骨）。陈锻石与古石灰据清代汪讱庵的《本草易读》记载为石灰，"辛，温，无毒。散瘀止痛，止血生肌"②。

多九公用铁扇散敷在世子的头部伤口处，用扇子猛扇。世子果然苏醒，头部伤势有所好转。"不多时那些伤处果然俱已结疤，世子渐渐苏醒，口中呻吟不绝。"③ 铁扇散对于治疗跌打损伤效果极佳，正如其药方所言："以扇搧（扇）之，立时收口结疤。"④ 果然应验。

（二）七厘散

在《镜花缘》第二十九回"服妙药幼子回春　传奇方老翁济世"中写到多九公用铁扇散治好了世子的头伤。世子腿伤亦很严重，两条腿都已经骨断筋折，用铁扇散无法医治。后多九公遂用七厘散为世子治疗腿伤，用烧酒冲调内服；继而用烧酒调匀七厘散，敷在两条腿上。每日吃药敷药，世子渐渐康复。可见七厘散

---

① 李汝珍：《镜花缘》，上海古籍出版社，2005年，第131页。
② 汪讱庵：《本草易读》，山西科学技术出版社，2014年，第420页。
③ 李汝珍《镜花缘》，上海古籍出版社，2005年，第129页。
④ 李汝珍：《镜花缘》，上海古籍出版社，2005年，第131页。

针对跌打损伤较为严重的患者，治疗效果亦颇佳。小说中多九公笔下的七厘散医方及用法如下：

> 麝香五分　冰片五分　朱砂五钱　红花六钱　乳香六钱　没药六钱　儿茶一两　血竭四两　共为细末……专治金石跌打损伤，骨断筋折。血流不止者，干敷伤处，血即止。不破皮者，用烧酒调敷，并用药七厘，烧酒冲服。亦治食嗓割断，无不神效。烧酒须用大曲佳者。①

《方剂学》引《同寿录》载"七厘散"医方为：

> 上朱砂水飞净，一钱二分（3.6g）　真麝香一分二厘（0.36g）　梅花冰片一分二厘（0.36g）　净乳香一钱五分（4.5g）　红花一钱五分（4.5g）　明没药一钱五分（4.5g）　瓜儿血竭一两（30g）　粉口儿茶二钱四分（7.2g）。②

七厘散为伤科跌打损伤之常用方，以筋断骨折、瘀血肿痛为辨证要点，内服外敷皆可。方中重用血竭，专入血分，活血散瘀止痛且能收敛止血，为君药；以红花活血祛瘀；乳香、没药祛瘀行气，消肿止痛；并配伍辛香走窜之麝香、冰片，以加强活血通络、散瘀止痛之力，共为臣药；儿茶性味凉涩，以助收敛止血，并治疮肿；跌扑受惊，每致心悸不宁，故朱砂定惊安神且可清热解毒，以为佐药。诸药合用，共奏散瘀消肿、止血定痛之功。多九公的七厘散成分、服用方法及疗效，皆符合我国中医方剂学关于七厘散的基本情况。

---

① 李汝珍：《镜花缘》，上海古籍出版社，2005年，第131页。
② 李冀、连建伟：《方剂学》，中国中医药出版社，2016年，第204页。

多九公对病情的判断，对药方的使用胸有成竹；对待病人，亲侍汤药，不收医疗费用，并留下铁扇散、七厘散两个药方，充分践行了其"原图济世，并非希图钱财"①的医者使命，堪为后世之楷模。多九公一路游历，一路治病，处处留下祖传药方。多九公将中原药方、中药知识传播到海外，极大地提高了当地的医疗水平，功不可没。

二、保产无忧散

保胎、安胎的药方在小说中亦有所涉及，《镜花缘》第二十九回"服妙药幼子回春 传奇方老翁济世"中写到唐敖、多九公等人到了岐舌国，恰逢王妃怀孕，因拿重物，动了胎气，腹痛而见红。多九公用保产无忧散为王妃治疗，其药方如下：

全当归一钱五分 川厚朴（姜汁炒）七分 生黄蓍八分 川贝母（研）一钱 兔丝子一钱五分 川羌活一钱五分 炙甘草五分 川芎一钱五分 枳壳（麸炒）六分 祁艾七分 荆芥八分 白芍（酒炒，春夏秋用，冬不用）一钱五分生姜三片专治胎动不安，服之立见宁静。如劳力见红，尚未十分伤动者，即服数剂，亦可保胎。②

清代傅青主的《傅青主女科》一书载有"保产无忧散"之方剂，由当归、炒黑芥穗、川芎、艾叶、面炒枳壳、炙黄耆、菟丝子、厚朴、羌活、川贝母、白芍、甘草、姜等组成，水煎温服；可益气养血，理气安胎，临产热服可催生；主治妊娠胎动、腰疼腹痛、势欲小产、交骨不开、横生逆下等。

---

① 李汝珍：《镜花缘》，上海古籍出版社，2005年，第130页。
② 李汝珍：《镜花缘》，上海古籍出版社，2005年，第130~131页。

《傅青主女科》中保产无忧散主治妊娠胎动、腰疼腹痛，与王妃的症状相似。因此，多九公以此方为林之洋妻子治疗，又转赠王妃使用，疗效皆佳。多九公的保产无忧散与《傅青主女科》中保产无忧散的组成与功效极其相似，由此可以看出李汝珍具有深厚的中医方剂学知识。

但是多九公乘医治王妃胎动、腹痛，以保产无忧散换取韵书，貌似不符合医家之道德操守。事实上，作者是有意描写多九公此举，意在刻画性格内涵丰富的医者形象。多九公对韵学知识求之若渴，宁可不要千两银子，也欲深入学习韵书。多九公的儒者风范、读书人嗜书如命的习性、"朝闻道，夕死可矣"的求知精神昭然若揭。时而不辞辛苦医治病人而不求回报，甚至慷慨赠送药方；时而又有所求，以药方换取韵书，一个活灵活现、真实生动、性格复杂的儒医多九公形象就呈现在读者面前。

三、忍冬汤、大归汤

多九公治疗王妃的胎动与腹痛，应通使的恳求，又送了一份治疗乳痈的药方。继而，在《镜花缘》第三十回"觅蝇头林郎货禽鸟　因恙体枝女作螟蛉"中写到通使言说本邦人民多患痈疽，请求多九公赐一药方。多九公毫不犹豫地因地取材提笔写下了忍冬汤、大归汤两个方剂，大致如下：

忍冬汤：金银藤（连枝带叶）五两（如无鲜的，或用干金银藤四两五钱、干金银花五钱代之）　生甘草一两　将金银藤以木槌敲碎，用水两大碗，同甘草放砂锅内，煎至一大碗，加入无灰黄酒一大碗，再煎数沸，共成一大碗。去渣，分作三服，一日一夜吃尽。专治痈疽发背，一切无名肿毒。不论发在头项腰脚等处，并皆治之。未溃即散，已溃败毒收口。病重者不过数剂即愈。忌钢铁器。[①]

大归汤：全当归（要整的一个，酒洗）八钱二分　金银花六钱　净连翘五钱　生黄蓍三钱　蒲公英三钱　生甘草一钱八分　病在上部，加川芎一钱；中部加桔梗一钱；下部加牛膝一钱。　水对无灰黄酒各一碗，煎至一碗，去渣，温服。专治痈疽发背，一切无名肿毒。初起者即消，已溃者收功。轻者五剂，重者十剂即愈。[②]

"忍冬汤""大归汤"的配方主要是金银藤、生甘草、金银花、生黄芪、蒲公英、牛膝等，这两个药方主治痈疽，大概出于《殇医大全》之神仙一醉忍冬汤一方。多九公认为此"忍冬汤"与"大归汤"是治疗一切肿毒尤其是痈疽的最佳处方。通使恳请赐教一个秘方，多九公则求一送一，可谓医者父母心。他悬壶济世，救助苍生，真可谓大医矣。

四、平安散

《镜花缘》中林之洋、多九公、唐敖及水手等人长期漂泊在海上，难免遭遇炎热天气。多九公可谓船上的医护人员，备有各种各样的药物，有能治疗消暑的良药平安散。不过，同为平安散，在不同的医书中，成分不同，功效亦不同，例如《医方类聚》《良朋汇集》《清太医院配方》都有记载，认为平安散是专治人马夏季暑气的药剂，便有"人马平安散"的详细记述。

在《镜花缘》第二十七回"观奇形路过翼民郡　谈异相道出豕喙乡"中写到唐敖"被这暑热熏蒸，头上只觉昏晕"，请求多九公赠送街心土。多九公只给了平安散，唐敖嗅了一段时间，打

[①] 李汝珍：《镜花缘》，上海古籍出版社，2005年，第132页。
[②] 李汝珍：《镜花缘》，上海古籍出版社，2005年，第132页。

了个喷嚏,便觉神清气爽。可见,平安散治疗暑气非常有效,尤其是治疗轻微的暑气,有药到病除、立竿见影的疗效。多九公叙述了平安散方剂的组成与功效。

> 西牛黄四分、冰片六分、麝香六分、蟾酥一钱、火硝三钱、滑石四钱、煅石膏二两、大赤金箔十张,共研细末,越细越好、磁瓶收贮,不可透气。专治夏月受暑,头目昏晕,或不省人事,或患痧腹痛,吹入鼻中,立时起死回生。如骡马受热晕倒,也将此药吹入即苏,故又名"人马平安散"。[①]

多九公所谓的人马平安散是有科学依据的,并非小说家者妄言。《良朋汇集》中记载"人马平安散"具有祛暑散寒,辟秽解毒的功效,主治四时感风寒。由大块朱砂四钱、明雄四钱、麝香四分、硼砂五钱六分、火硝二钱四分、大赤金十六张、冰片四分组成。《清太医院配方》中人马平安散是由大块雄黄36克、硼砂36克、火硝36克、朱砂125克、麝香3克、牛黄3克、冰片9克组成。多九公的人马平安散是古代行军打仗必带药品,专治暑气。从方剂功效与成分来看,多九公配制而成的人马平安散,主要依据的是《良朋汇集》《清太医院配方》,是在这两部医书中相关方剂的基础上研制而来的。

五、雷丸散

《镜花缘》第三十回"觅蝇头林郎货禽鸟 因恙体枝女作螟蛉"中写到通使之女肚腹膨胀,唐敖开具的医方,就是雷丸散的处方,"雷丸五钱,同苍术二钱煮熟,将苍术去了,只用雷丸去

---

① 李汝珍:《镜花缘》,上海古籍出版社,2005年,第118页。

皮炒干；使君子去壳，用肉五钱炒干，共研细末，分作六服"①。

雷丸散在《杨氏家藏方 卷十八 雷丸散》中有记载：雷丸、使君子(炮，去壳)、鹤虱、榧子肉、槟榔各等分。每服3克，温米饮调下，食前服，可消疳杀虫，治绦虫、囊虫病。唐敖所说的雷丸散与此大同小异，针对小儿，药方用量可以加减，服用方法亦根据患者情况变化，这就是孙悟空所言"不囿于古方"。只可惜，药方虽好，但歧舌国地处偏远，不产雷丸与使君子，无法验证其功效，更不能医治患者之疾。这恰好说明了，自古以来，就存在医疗资源分配不均衡的情况。

第六节 《老残游记》与加味甘桔汤

《老残游记》第三回"金线东来寻黑虎 布帆西去访苍鹰"写到老残摇铃行医，到了济南府，路过抚院文案高公馆。高公的一位小妾患了喉蛾，邀请老残到家中治病。老残诊断之后说道："这病本不甚重，原起只是一点火气，被医家用苦寒药一逼，火不得发，兼之平常肝气易动，抑郁而成。目下只须吃两剂辛凉发散药就好了。"② 老残为病人开了一个药方，名为"加味甘桔汤"。老残所开的"加味甘桔汤"，是由生甘草、苦桔梗、牛蒡子、荆芥、防风、薄荷、辛夷、飞滑石等八种药物组成的。

加味甘桔汤在《景岳全书》《医学心悟》《重订通俗伤寒论》中均有记载。《景岳全书 卷六十三 加味甘桔汤》中此方由桔梗、甘草、牛蒡子、射干、防风、玄参等六种药物组成，主治祛风宣肺、清热解毒，治风热上侵、咽喉肿痛。《医学心悟》中加

---

① 李汝珍：《镜花缘》，上海古籍出版社，2005年，第133页。
② 刘鹗：《老残游记》，高新标点，岳麓书社，2002年，第21页。

味甘桔汤由甘草、桔梗、川贝母、百部、白前、橘红、茯苓、旋复花等八种药物组成，主治表寒束内热，致发哮证，呀呷不已，喘息有音者。《重订通俗伤寒论》中加味甘桔汤由生甘草、苦桔梗、嫩苏梗、紫菀、白前、橘红、制香附、旋覆花等八种药物组成，主治润燥化痰、宣肺利咽，治燥痰黏结喉头、咳逆无痰，喉间如有炙脔、咯之不出、咽之不下者。在《医林绳墨大全》《外科真诠》《辨证录》《会约》《痘麻绀珠》《金鉴》《洞天奥旨》《麻症集成》《医学集成》《万氏女科》《幼科直言》《保命歌括》等医书中对于"加味甘桔汤"均有记载。

"甘桔汤"以清热见长，正常的上火，用之便可。但由于庸医诊断有误，用药南辕北辙，导致病人病情加重。要散发火气、消肿疏郁，老残便用了"加味甘桔汤"，疗效极佳。对症下药后病人的情况才能好转。同样是清凉药，不同的医生使用不同的药方，其效果亦截然相反。可见，庸医误人之甚，良医救人于病危之时。

第五章　明清小说中的中医养生

日常中医偏向的饮食与中国古代哲学、中国传统医学有着密切的关系，本章将从中国传统医学的角度来研究中国明清小说中的护生、养生知识，进一步探析其与小说文本的关系。

明清小说中某些人物的日常饮食起居充分体现了以《黄帝内经》为代表的我国传统中医养生思想。明清小说中描写的当时人物的日常饮食，反映了当时人民关于生命文化的多样观念。我国医学典籍记载了情志、起居、饮食以及按摩法等。这些在明清小说作品中都有鲜明的体现，如《红楼梦》《醒世姻缘传》等作品，详述见下文。

第一节　明清小说与情志

明清小说深刻表现了人物命运与性格之间的关系，关于性格急躁、患失患得、急功近利的人物，往往会因此影响身体健康，导致疾病缠身或病情加重，最终命归黄泉。这说明情志失衡易导致疾病的滋生。因情志紊乱而丧失生命的情形，在小说中也屡见不鲜。

一、明清小说中的疾患与情志失衡

《三国演义》描写的 1100 多个人物中，有不少人是因为忧虑、悲伤、惊恐、气愤等强烈的情绪波动而致病甚至是死亡的。如朱儁、杨彪二人率领百官为李傕、郭汜劝和，郭汜却软禁百官，朱儁忧愤成疾而病亡。国舅董承目睹曹操骄横跋扈、目无君王而感愤成疾。曹操被暴尸吓倒后惊而成疾，服药无效。曹丕称王，文武官员各有升赏，唯独于禁未封，反被曹丕羞辱，曹丕令于禁管理王陵，并在王陵之中悬挂于禁拜伏求饶图，于禁目睹了自己被俘磕头求饶之画像，气愤成病，不久便死。刘备后悔错斩了刘封，又哀痛关羽，以致染病；刘备闻汉帝被害，痛哭终日，在《三国演义》第九十八回"追汉军王双受诛　袭陈仓武侯取胜"中写到曹真闻知王双被斩："伤感不已，因此忧成疾病。"① 文中还写到郝昭病危，当夜正呻吟之间，忽报蜀军攻城："各门上火起……城中大乱。昭听知惊死。"② 在《三国演义》第一百回"汉兵劫寨破曹真　武侯斗阵辱仲达"中写到曹真与司马懿打赌蜀军不会劫寨，结果赌输，蜀军分多路前来劫寨。司马懿以大局为重，亲率大军救援。曹真自惭形秽："甚是惶恐，气成疾病，卧床不起。"③ 诸葛亮给曹真写了一封信，极尽讽刺、挖苦之能事，直接加速了曹真的死亡。"曹真看毕，恨气填胸，至晚死于军中。"④ 在《三国演义》第一百四回"陨大星汉丞相归天　见木像魏都督丧胆"中写到李严闻听孔明已死极度伤心，大哭病死。⑤ 在《三国演义》第一百二十回"荐杜预老将献新谋　降孙皓三分归一统"中写道："却说吴主孙休闻司马炎已篡魏，知其必将伐吴，忧虑成疾，卧床不起……"⑥ 身中毒箭的孙策，性情

---

① 罗贯中：《三国演义》，毛纶、毛宗岗点评，中华书局，2009年，第589页。
② 罗贯中：《三国演义》，毛纶、毛宗岗点评，中华书局，2009年，第590页。
③ 罗贯中：《三国演义》，毛纶、毛宗岗点评，中华书局，2009年，第601页。
④ 罗贯中：《三国演义》，毛纶、毛宗岗点评，中华书局，2009年，第602页。
⑤ 罗贯中：《三国演义》，毛纶、毛宗岗点评，中华书局，2009年，第628页。
⑥ 罗贯中：《三国演义》，毛纶、毛宗岗点评，中华书局，2009年，第715页。

甚为急躁，箭伤因其恼怒而不加节制，屡屡复发。后孙策因于吉之事，动辄怒气冲冲，终日忧虑，导致旧伤复发而亡，年仅26岁。

与孙策相比，周瑜虽较为理智，但亦无法排遣焦虑、忧闷等负面情绪而深受其害。如在《三国演义》第四十八回"宴长江曹操赋诗　锁战船北军用武"中叙写孙刘联合，共破曹军。周瑜与诸葛亮制定了"火攻"之计。但万事俱备，只欠东风。文中写到周瑜因为想到冬天无东南风而忧从中来，气血逆行而吐血。诸葛亮指出了周瑜病之所在，打开了周瑜的心扉，声称自己能够在七星坛祭风，借来三天东南风。周瑜闻言，豁然开朗，心情舒畅，病体霍然而安。但短期内过度忧虑导致周瑜暴病。诸葛亮能够为之排忧解难，周瑜转忧为喜，病体康复。一忧一喜直接影响着周瑜的健康状况。

周瑜的确是一位动辄发怒、情绪极不稳定的将领，最终被怒气夺去了生命。周瑜与曹操交战，他屡次暗地里给诸葛亮制造难题，不料诸葛亮反而将计就计，使周瑜数次自食恶果。情绪极不稳定的周瑜连续三次遭到诸葛亮的重创，终于导致伤口复裂，气绝身亡。可以说，周瑜死于情志失衡。

从文本出发，笔者梳理了人物疾病与病因之间的关系，如表5－1。

表5－1　《三国演义》中人物疾病与病因之间的关系

人物	病因	结果
杨隽	伤感、忧愤	成病而死
董承	愤怒	感愤成疾
曹操	惊恐、劳累	惊而成疾，旧病复发
于禁	羞恼、气愤	气愤成疾，不久死去

续表

人物	病因	结果
刘备	后悔、哀痛、忧虑	以致染病
曹真	伤感、惶恐、又气又恨	先是成疾，后又死去
郝昭	惊恐	死亡
李严	大哭（伤心）	病亡
孙休	忧虑	成疾
孙策	愤怒	死亡
周瑜	忧闷、苦恼、气愤	成疾，旧伤复发，病故
王朗	气愤、羞恼	死亡
姜维	惊恐	心痛病发作
诸葛亮	劳累	积劳成疾

以上十四位人物形象，文中或浓墨重彩、反复渲染其发病的过程，如曹操的头风、周瑜和孙策的箭伤等引起及其旧疾复发，最终身亡的细节描写或一笔带过或寥寥数语。从有限的文字描写中，不难看出他们患病或病故的原因。作者用一个字或一个词就点出了他们的病因，如"哭""悔""忧虑""忧愤"等，这些词语都与人的七情有关，这些人的病与情志失衡不无关系。

《水浒传》中的宋江十分忧虑战事，背上患了痈疽。《金瓶梅词话》中的李瓶儿过度思念儿子官哥儿，忧虑成疾，不治而亡。《红楼梦》中也有大量的人物因为情志失衡而导致疾病加重而亡故的。例如，王熙凤因劳累而生病，接二连三听说朝廷抄家问罪的消息，王熙凤受到惊吓，病情突然加重。又如林黛玉本就体弱多病，听说贾宝玉将与薛宝钗成婚而悲伤成疾，后又听闻新娘是自己，便转悲为喜；最终得知真相，新娘是薛宝钗，林黛玉又转喜为悲，转悲为绝望，大喜大悲的情绪使她的疾病大落大起，病入膏肓，最终走向死亡；再如尤二姐，因被王熙凤设计而成为贾府的众矢之的，缺衣少穿，加上贾琏又喜新厌旧，逐渐对其冷落了，尤二姐十分悲观、绝望，后忧闷成疾而亡。此外，贾瑞因思淫过度而疾病缠身，单恋王熙凤而自蹈死地；晴雯偶感风寒，因傲气后转为肺痨失去了生命。《红楼梦》中病故的这些人物无非是因思虑过度，如秦可卿、贾瑞；或悲伤过度，如林黛玉；或惊吓过度，如王熙凤；或恼怒过度，如晴雯。他们的病故无不与其七情失常有关。《儒林外史》中的范进，因高中科举喜而失智，陷入了一时的疯狂、痴傻状态。

二、七情的内涵

从前文所述来看，明清小说中有关人物患病或病故，皆与七情失衡密切相关。我国中医学认为七情是指喜、怒、忧、思、悲、恐、惊，这是人的精神意识对外界事物的反应。七情与人的脏腑功能活动有密切的关系，七情分属于五脏，以喜、怒、思、悲、恐为代表，合称为五志。七情是人面对客观事物时的不同反应，在正常的活动范围内，一般不会使人致病。突然强烈或长期持久的情志刺激，超过了人的承受范围，则使人体气机紊乱，脏腑阴阳气血失调，导致疾病的发生。因此，作为病因，七情是指过于强烈、持久或突然的情志变化，是导致脏腑气血阴阳失调而产生疾病的情志活动。因七情而生病被称七情内伤。此外，由于某些慢性疾病，体内的脏腑功能长期失调，引起人的精神情志较异常，被称为因病致郁。升降出入是脏腑气机运动的基本形式，当人受到精神刺激时，会导致人体升降出入功能的紊乱，进而导致气血失常，脏腑受损。七情内伤可使脏腑气机紊乱，易导致血行失常和阴阳失调。不同的情志变化其气机逆乱的表现也不尽相同，一般表现为以下六种情况。

（一）喜则气缓

在《黄帝内经》中记载："喜则气和志达，荣卫通利，故气缓矣。"① "喜"能够使人心气舒缓或和达，喜能使人精神兴奋，心情和达，气机通利。但狂喜暴乐反而会令人精神涣散，心动缓慢，出现心悸、失眠，甚至精神失常等症状，如《儒林外史》中的范进。

（二）怒则气上

气上，气机上逆之意。《黄帝内经·素问》写道："怒则气逆，甚则呕血及飧泄，故气上矣。"② 怒为肝之志，遇到违背自己意愿的事情而产生的一时之怒，一般不会致病。但暴怒危害极大，怒气会损伤肝脏，使肝气上逆为病。肝气上逆，血随气升，可见头晕头痛、面赤耳鸣，甚至呕血或昏厥。肝气横逆，亦可犯脾而致腹胀或飧泄。飧泄又名水谷利，大便呈完谷不化样。若犯胃则可出现呃逆、呕吐等症状。由于肝肾同源，怒不仅伤肝，还能伤肾。肾受到损伤，精气随之衰败，则会出现恐惧、健忘等。肝主疏泄，舒畅全身气机。故肝气疏泄失常，可影响各脏腑的生理功能而导致多种疾病。如孙策、周瑜二人身负箭伤之后，应需静养。无奈，二人遇事急躁，遇到不顺心的事情，动辄大怒。怒则伤肝，反复大怒，长达半月或数月，必对人体及其他脏腑产生巨大伤害，最终因情志内伤导致人体功能紊乱，重病而亡。孙策的命运告诉我们一个常识：人体得病虽有药物等手段治疗，但对患者自身来讲，稳定情绪、止怒静养也是很重要的。从孙策、周瑜的病案可以看出，情绪对人体健康的重要性。发怒是一种宣泄负面情绪的方式，适度发怒对

---

① 《黄帝内经》，姚春鹏译注，中华书局，2022年，第336页。
② 《黄帝内经》，姚春鹏译注，中华书局，2022年，第336页。

人的身心健康有好处。但是，如果怒气过盛、过久或者易怒，对人体健康就会产生极大的损害。

（三）思则气结

同样见于《黄帝内经》思则气结是指忧思过度，则脾气郁结，运化失常，出现胸脘痞满、食减纳呆、大便溏泄等症状，如《金瓶梅词话》中的李瓶儿，长期思念西门庆和官哥儿，导致脾胃虚弱；《红楼梦》中的秦可卿与王熙凤，皆是因忧思过度而导致脾虚。

《三国演义》中曹操、诸葛亮等人善用兵，为军事、国事可谓终日思虑，据中医理论知识可知思虑过多一般会损伤心脾，导致心脾气虚，心脾气虚又反过来会导致其无法自控的思虑，如此恶性循环，就会耗伤心血，心血不足则会导致大脑供血不足，从而产生头痛等。另外，思则气结，思虑过度，容易使神经系统功能失调，消化液分泌减少，出现食欲不振、憔悴、气短、神疲力乏、郁闷不舒等。思虑过度不但伤脾，还会导致人睡眠不佳，日久则气结不畅，百病随之而起。

（四）悲则气消

《黄帝内经》说道："悲则心系急，肺布叶举而上焦不通，荣卫不散，热气在中，故气消矣。"[1] 意思是说过度悲忧，可使肺气抑郁，意志消沉，继而耗伤肺气，出现气短声低、倦怠乏力、精神萎靡不振等症，如《三国演义》中的刘备失去关羽、张飞之后悲痛成疾，蜀将李严得知诸葛亮病故，悲痛而死。又如《红楼梦》中的林黛玉顾影自怜，悲叹身世飘零，失去知音后悲痛而死。再如《儒林外史》中的严监生因思念亡妻，悲伤过度而亡。

---

[1] 《黄帝内经》，姚春鹏译注，中华书局，2022年，第336页。

(五) 恐则气下

过度的恐惧会使肾气不固、精气下陷不能上升、升降失调会出现大小便失禁、精神错乱等情况。惊恐过度严重将会致人死亡，如《三国演义》中在长坂坡被张飞的叫喊声吓破肝胆的夏侯杰，因惊恐过分，肝胆碎裂而死。又如在病中的郝昭闻听军情紧急而大惊，病情加重，死于军中。

(六) 惊则气乱

周瑜大惊之后，气机紊乱，导致气血妄行而口吐鲜血。情志因素导致的疾病，只能用调整情志的方法医治，正所谓"心病还须心药医"，诸葛亮深谙医理，"万事俱备，只欠东风"短短八字便道出了周瑜的心病，"瑜闻言大喜，蹶然而起"[1]。诸葛亮"药"到病除，周瑜心结打开，精神缓解，人体功能恢复正常，康健如初。而郝昭、姜维和王熙凤受惊后，导致他们气机紊乱而病情加重，甚至加速了他们的病亡。

三、明清小说中的情志怡养

七情太过，有损健康。人们在日常生活中，应善于控制和调节情绪，及时消解和排除不良情绪，免受或少受刺激和损害，使得身体各个机制正常运行，以维护身体健康。解铃还须系铃人，为避免不良情绪，还需调整情志，以免因某一种情绪过度而刺激了身体，导致产生疾病。《红楼梦》《儒林外史》等小说体现了怡养情志的知识。

(一) 明清小说中的移情法

移情法是指通过一定的方法与措施，改变人的情绪和意志以消解不良情绪。调和消极情绪有利于人的身心健康。移情法尤其

---

[1] 罗贯中:《三国演义》，毛纶、毛宗岗点评，中华书局，2009年，第294页。

适合于患病者和性格内向而导致的心情抑郁者与因工作压力过大而导致的心理高度紧张者。明清小说中，不乏移情法的片段描写。

《三国演义》中，关羽攻打樊城右臂中了毒箭。华佗为关羽刮骨疗毒，劝说关羽做好手术前的准备。关羽声称大丈夫不怕疼痛，与马良依旧下棋，谈笑风生，丝毫不惧。刮骨疗毒肯定会感到疼痛，关羽亦不例外。下棋、饮酒、谈笑等正是关羽转移注意力的方式。以轻松愉快的生活场景来缓解刮骨疗毒疼痛带来的恐惧之情。

《金瓶梅词话》中西门庆家中的女眷经常在家中，聆听女僧人演讲佛经，以消遣时日。西门庆在外寻欢作乐，流连妓院半月有余。家中妻妾焦虑、寂寞、无助，尤其是潘金莲与孟玉楼常常打扮得花枝招展，倚门翘首而望。然而，西门庆喜新厌旧，把潘金莲、孟玉楼两位抛之脑后。潘金莲、孟玉楼寂寞难耐，常常于花园之中，做针线、下棋、荡秋千，消解寂寞无聊之闲情。夏季天气炎热，吴月娘、李瓶儿、潘金莲、孟玉楼等人在花园中纳凉、聊天以排解漫漫夏日之酷暑带来的烦闷情绪。后花园是西门庆家女主人消遣时日、散心的好去处。

众所周知，《红楼梦》中的林黛玉，体弱多病，心思细腻，多愁善感。细心者会发现林黛玉在贾府有过欢乐而愉快的时光，身体亦随之呈现出良好状态。林黛玉常与贾宝玉、史湘云、王熙凤及三春姐妹等人说笑，异常快乐。在《红楼梦》第三十七回"秋爽斋偶结海棠社　蘅芜苑夜拟菊花题"中写到大病初愈时贾探春建议结社题诗，得到了贾宝玉、林黛玉、薛宝钗等人的附和。诸位才女竞相构思，发挥创作天赋，写出了自己的得意之作。通过写诗、评诗，大家的心情得到了放松，增添了生活情趣，其中受益颇多的应是探春、林黛玉、李纨、薛宝钗等人。贾探春刚刚病愈，题诗会充满了笑声，使她的身体恢复得更快。林黛玉善感易愁，参加了题诗会，使精神有所寄托，转移了忧思的烦恼，心情得到了放松。李纨寡居贾府，心境如同槁木、死灰一般，闻听要举办题诗会，积极参与组织，一扫平日独处和默默无闻的沉闷之气。

题诗会，对于整日里无所事事的贵族青年来说，是打发漫漫无聊时光的一种精神层面的移情方式，避免因长期无聊、空虚而导致的消极精神状态。《三国演义》中曹操曾在与孙刘联军大战之际，横槊赋诗以缓解阵前紧张气氛。文艺活动能够缓解人们的负面情绪，排解愁绪，寄托情怀、舒畅气机、怡养心神，有益于人们的身心健康。

举办娱乐活动转移注意力以调整情绪，也是移情法的一种方式。《红楼梦》中贾母为了让老年生活充满乐趣和延年益寿，经常设宴。尤其是中秋节这一团圆之日，儿孙满堂，击鼓传花，吟诗作对，其乐融融。贾母为薛宝钗、王熙凤等晚辈操办生日宴会，书中详尽描写了薛宝钗的生日宴会，可谓妙趣横生。

（二）明清小说中的怡情法

赏花、观水、品茗等活动能将人的注意力转移到山水之间，调节人紧张、疲惫、无聊的精神状态，使人的心情平和、愉快。《水浒传》在与官兵大战之后，在激烈的战争场面描写中插了一段宋江带领柴荣、燕青等人进入汴京城看花灯的情节。汴京城观灯，绝非闲笔。此行目的之一是宋江准备拜访东京名妓李师师，打算利用李师师与宋徽宗的关系，通过李师师向朝廷表达招安的决心；另一目的是，元宵夜宴之上梁山泊众人对于是否接受招安存在争议，当时不欢而散。宋江心中愁闷，进京看花灯也是为了缓解苦闷的情绪。

《金瓶梅词话》中，西门庆的妻妾吴月娘、李瓶儿、孟玉楼、潘金莲、李娇儿、孙雪娥等人冲破封建礼教，时常抛头露面。在元宵节晚上，她们头戴凤冠，身穿锦衣，走在大街之上，观灯看热闹，笑语盈盈。元宵观灯既拓宽了吴月娘等人的社交圈，又极大地丰富了她们的业余生活，冲淡了喜新厌旧、寻花问柳的丈夫带给他们的苦闷情绪。

古代妇女长期幽居家中，不便抛头露面，生活圈狭窄。游赏风光，消闷散心，却仅限于家中。一般的贵族豪门之家，都有花园或者园林。贾府众女眷之间游玩只在荣宁二府之中，《红楼梦》中的贾母曾带领女眷多次到大观园中赏花游玩，如刘姥姥第二次进贾府；《红楼梦》第五回"游幻境指迷十二钗　饮仙醪曲演红楼梦"中写到宁府花园梅花盛开，贾珍之妻尤氏邀请贾母等人前往宁国府赏花；《红楼梦》第三十八回"林潇湘魁夺菊花诗　薛蘅芜讽和螃蟹咏"中写到史湘云等人设酒奉茶，恭请贾母等人到藕香榭欣赏桂花。众人有的看花，有的戏水，有的看鱼，叽叽喳喳，热闹非凡，开心得不亦乐乎。贾母最喜欢的是热闹，心情愉快有益于其身体健康。

（三）明清小说中的暗示法

暗示尤其是语言暗示，不仅影响人的心理与行为，而且会调节人体的生理功能。《黄帝内经·素问》说道："按摩勿释，出针视之，曰故将深之。适人必革，精气自伏，邪气散乱，无所休息，气泄腠理，真气乃相得。"[①] 文中指出了医者用语言暗示患者即将进行的动作，使得患者有意识地配合，以达到最佳疗效，如华佗告诉关羽需要固定他的胳膊，以此暗示关羽用刀刮去骨上之毒将会十分疼痛。

明清小说中的暗示法往往与情志有关，如《三国演义》中"望梅止渴"的故事便是最好的事例，曹操言于刘备道："……适见枝头梅子青青，忽感去年征张绣时道上缺水，将士皆渴，吾心

---

① 《黄帝内经》，姚春鹏译注，中华书局，2022 年，第 486 页。

生一计，以鞭虚指曰：'前面有梅林。'军士闻之，口皆生唾，由是不渴。"① 军士行军口渴、口干自是缺水，心情郁闷，情绪低落。忽闻前面有树林，军士心中想到梅子的味道，不由得口中生津，这便是典型的心理暗示产生的作用。

我国中医认为气能生津，脾胃之气旺，则化生津液之力强，人体津液充足；脾胃之气虚，化生津液之力弱，则津液不足。军士心情郁闷，影响气血运行及津液量。军士情绪高涨，心情愉快，气血运行有力，刺激了津液的转化，自然会出现口中生津的情况。"望梅止渴"实质上是一种心理暗示法，通过调整情志的方法，使人转忧为喜，保持愉快心情，从而改变了气血流通状况。

暗示法，既可以让人转忧为喜，保持乐观、欣喜的心境，有利于身体健康；又能让人悲上加悲，使得情绪更加低落，雪上加霜，危及生命。因此，在运用暗示法的时候需要掌握主动权，只有不被情志左右，才能达到调整情志的作用。

第二节　明清小说与饮食

一、明清小说中的清淡饮食

现代医学研究表明素食对于心血管、肠道健康有很大帮助，尤其对于糖尿病有很大作用。更有研究表明，素食可以激活人体对疾病的防御功能，预防恶性肿瘤等。明清小说中的某些描写体现了素食对养生有很大的益处。淡食与素食不尽相同，素食可谓

---

① 罗贯中：《三国演义》，毛纶、毛宗岗点评，中华书局，2009年，第119~120页。

清淡。但淡食，并非一味食素。欲使身体健康，饮食要清淡。首要的便是减少盐的摄入，盐乃百味之首，是身体的必需品，是维护机体正常代谢、保护人体健康的重要物质。然而，如果摄盐不适度，会导致高血压、脑血管等疾病。此外，摄盐过多还易引起人的呼吸道疾病。

从文学作品，尤其是明清小说看，长期淡食可以维护人体健康，延长人的寿命，如《三国演义》中的董昭便是淡食养生的典型代表，董昭深谙养生之道，常年食素，延年益寿。董昭经历了曹操、曹丕、曹睿三代，可谓三朝元老，终年八十一岁。在当时饥荒、战祸、瘟疫横行的乱世能活到八十岁以上实属不易。董昭乃袁绍旧部，之所以能在众多谋臣中引起曹操的注意，也得益于其养生之道。书中写到遭遇大旱之年时，官僚军民皆面黄肌瘦，董昭却是眉清目秀、精神充足。曹操大为惊讶，于是向董昭请教。董昭回答说："某无他法，只食淡三十年矣。"[1] 其实，董昭的养生之道就是饮食清淡，减少盐的摄入。

《红楼梦》中的王夫人和《醒世姻缘传》中的晁夫人，均有吃斋的习惯。贵妇人幽居家中，常年锦衣玉食，为了调理肠胃，吃斋也是很好的选择。

二、明清小说中的节食

身体健康长寿的关键因素之一是饮食有节，可谓养生之本在于节食。节制饮食在人们的饮食中占据了重要地位。孔子曾经说过食无求饱。与我们今天所说的少食多餐有着异曲同工之妙。长寿之道，在于养生；养生之本，在于饮食，而节制饮食又在饮食养生中占据着重要地位。我国医学的经典著作《黄帝内经》在谈到上古之人时，说他们亦饮食有节。节，就是节度与节制，这要

---

[1] 罗贯中：《三国演义》，毛纶、毛宗岗点评，中华书局，2009年，第74页。

求吃饭要有规律，同时吃饭要有节制，不宜过饱，更不能暴饮暴食。《黄帝内经》认为五谷、畜肉、水果、蔬菜都有身体需要的营养，适当食用能对身体有益。过量食用则会伤及身体。明代敖英在《东谷赘言》中写到饮食过饱者有五种苦恼：一是大便次数增多，二是小便次数增多，三是惊扰睡眠，四是体重增加，五是消化不良。《饮膳正要》说道："善养性者，先饥而食，食勿令饱，先渴而饮，饮勿令过。食欲数而少，不欲顿而多。"①

宋代诗词大家苏东坡不仅在文学上有很高的成就，而且对养生学亦很有研究。苏轼有《养生说》《养生偈》等文章，文中全面论述了养生的方法，强调饮食在其中占有的重要地位。苏轼提出："已饥方食，未饱先止。"②《冯氏锦囊秘录》亦主张饮食切忌过饱、食冷、食热，宁可忍饥不可食饱，宁食热不食冷，宁食软不食硬。可见，饱食、硬食、冷食对人的健康极为不利。这些饮食养生知识是指导后代养成良好生活方式而健康长寿的秘诀。

贾府有许多养生、治病之道，时常以节食为主，必要时采取饥饿疗法。节食十分符合中医的传统养生之道。贾府上自贾母下至丫鬟，平日吃饭都有所节制。不懂得贾府生活规律与养生的刘姥姥对此深感不解，直截了当地对李纨、凤姐儿、鸳鸯等说道："我看你们这些人，都只吃这一点儿就完了，亏你们也不饿。"③

假如有些小病，贾府主仆上下人等首要的治疗措施不是吃药，而是采用饥饿疗法。在《红楼梦》第五十三回"宁国府除夕祭宗祠　荣国府元宵开夜宴"中写道，"这贾宅中的风俗秘法：

---

① 忽思慧：《饮膳正要》，刘光华校注，中国医药科技出版社，2011年，第2页。
② 苏轼：《东坡志林》，梁树风导读，王晋光、梁树风译注，中华书局，2014年，第49页。
③ 曹雪芹：《红楼梦》，人民文学出版社，2008年，第537页。

无论上下，只一略有些伤风咳嗽，总以净饿为主，次则服药调养"①。晴雯本来就已伤风感冒，症状为"发烧、头疼、鼻塞、声重"，晚上又织补了一夜孔雀裘，劳累过度使病情急剧恶化。文中写到幸亏晴雯是一个"使力不使心的；再素习饮食清淡，饥饱无伤。……故于前日一病时，净饿了两三天，又谨慎服药调治，如今劳碌了些，又加倍培养了几日，便渐渐的好了"②。这说明饥饿疗法效果十分显著。晴雯后期病情加重甚至恶化，是由于她平日得罪了那些上了年纪的婆婆，他们在查检大观园时，添油加醋在王夫人面前搬弄是非，陷害晴雯。王夫人听信了谗言，斥责了晴雯，将其赶出了贾府。晴雯心中委屈，满腹怨恨，更不满兄嫂对自己的态度，得不到生活上的照顾，病情恶化亦是情理之中的事情，晴雯最终因病而故。晴雯之死一半是因病，一半是源于其性格和遭遇，这些非人待遇造成了晴雯死亡的命运。因此，不能否认其感冒之初"饿了两三天"节食的疗效。

《红楼梦》写到在王太医为贾母治病后将要告辞之时，奶妈抱了王熙凤之女大姐儿也来看病。王太医左手托着大姐儿的手，右手诊了一下脉，又摸了一摸头，又叫伸出舌头来瞧瞧，笑道巧姐是吃得过饱，消化不良，只要饿两顿就好了。王太医认为晴雯、贾母、巧姐儿的病，只需要注意饮食，短时期内采用饥饿疗法即可，或者配合少许药物。可见，贾府节食养生的方法具有一定的医学依据。后来三人的情况皆如医生所料，病情亦有所好转。

从饥饿疗法以及王太医的诊断意见来看，贾府众人大多患的是肠胃疾病，如贾母和巧姐儿。这说明贾府众人的生活饮食以油腻、辛辣等重口味为主，很少注重清淡饮食。可见，贾府平日喜

---

① 曹雪芹：《红楼梦》，人民文学出版社，2008年，第716页。
② 曹雪芹：《红楼梦》，人民文学出版社，2008年，第717页。

欢吃一些有滋有味的食品，吃得较精致，贾府的奢侈生活从饮食及所患疾病均可看出端倪。而从饥饿疗法可以看出，贾母众人又深知肠胃等疾病的病因及疏通之法。

三、明清小说中的粥类

粥能中和肠胃，缓解肠胃负担。由于人们的喜爱，粥的品种也层出不穷。粥点缀着我国传统饮食食谱。粥文化更是丰富多彩。明清小说中多有涉及。

(一)《三国演义》中的糜粥

《三国演义》中诸葛亮在叙述沉疴病人的治疗过程时，便提到了糜粥，潮汕人将白粥称为糜粥。糜粥是指将白米放入锅中，与菜、肉一起煮烂的白粥。《礼记》云："水浆不入口，三日不举火，故邻里为之糜粥以饮食之。"[①] 这是糜粥的最早出处。《后汉书·礼仪志》记载："年始七十者，授之以王杖，餔之糜粥。"[②]

糜粥质软，其中还有蔬菜与肉食，既有助于消化，又有营养，特别适合消化功能减退的老者与重病者，因此，诸葛亮认为身染重病者要先饮用糜粥调和肠胃，既利于消化系统的恢复，又能起到滋补的功效。

(二)《金瓶梅词话》中的日常粥品

《金瓶梅词话》中描写了市井日常生活及芸芸众生，笔端指向了政治、经济、文化及社会。对于日常生活的描写，《金瓶梅词话》不吝笔墨，大写、特写西门庆家的饮食，天上飞的、地上爬的、水中游的，只要是世上存在的食物，西门庆家必然拥有。奢侈的饮食彰显了西门庆家中的豪华，长期食用山珍海味，致使

---

① 《礼记》，张延成、董守志编著，金盾出版社，2010年，第577页。
② 范晔：《后汉书》，罗文军编，太白文艺出版社，2006年，第737页。

西门庆身高体胖。

粥也是西门府餐桌上常见的食物,但是书中并没有提到西门庆家粥的名称。文中只是采用简笔或是闲笔的方式,一笔带过,但令人印象深刻。西门庆吃粥文中提到多次,引人注目的有《金瓶梅词语》第四十五回"桂姐央留夏花儿 月娘含怒骂玳安"曾提到应伯爵早晨来访,西门庆与之共用早餐。应伯爵是一盏上新白米饭,西门庆是一瓯儿香喷喷软稻粳米粥儿。另外两处描写是关于腊八粥的。西门庆腊八节所喝的粳米粥同平日早餐的粳米粥有很大的不同。平时,西门庆的早餐粥只是香喷喷的粳米粥。而在腊八节这天,西门庆的粳米粥多了些点缀。腊八节这天,西门庆要与尚推官家送殡,清早出门前要吃粥喝酒,此处的粳米粥中有榛松、栗子、果仁、梅桂、白糖,是典型的腊八粥。

由上文可知,西门府的粥以粳米为主要成分,吃粥时配菜。粳米是大米的一种,米粒呈椭圆状,粳米油性比较大,熬煮时会浮现厚重的米油。中医认为粳米粥可以养生,能养胃气,长肌肉。

(三)《红楼梦》中的喝粥养生

曹寅素有胃病,尤其是在其中年,经常苦于胃病,长期无法安睡。各种各样的粥是曹寅饮食的重要组成部分。粥是《红楼梦》中的一道靓丽的饮食风景。段振离先生在谈到《红楼梦》中的粥时说道:"荣国府粥类何其多。"[①] 结合曹寅的情况可知贾府中亦充满了粥文化。《红楼梦》中描写较为详细的粥就有六七种之多,《红楼梦》第二回"贾夫人仙逝扬州城 冷子兴演说荣国府"中就提到了粥,可见曹雪芹对粥有着特殊的情结,贾雨村被

---

① 段振离、段晓鹏编著:《红楼话美食:〈红楼梦〉中的饮食文化与养生》,上海交通大学出版社,2011年,第11页。

弹劾后，进了林府做了西宾，一日闲着没事，意欲赏鉴那村野风光，最后就走进了智通寺，他见到"只有一个龙钟老僧在那里煮粥"①。这是《红楼梦》中第一次出现关于粥的描写。这里的粥出现在寺院中意味较深远，和尚的主食即是粥，因常年喝粥，再加上清心寡欲，僧人的寿命常常长于普通人。此处设置了和尚熬粥这一场景描写，也许是为了预示贾宝玉出家为僧的结局。

既然是寺庙里的昏聩老者，那么他煮的粥应该是平常人家常吃的粥，大米粥或小米粥之类，做法简单，食材也更简单，这样的粥比较清淡，而且养胃。古代常有富贵人家施粥，应该也多属于这种粥。后文出现了名目不同的粥，自是荣国府的粥了，显然不同于寺院的清淡粥，而是富贵人家喝的粥了。煮粥所用之米、辅料、烹饪方法及食用之法，贾府都非常讲究，亦十分有品位。喝粥对于贵族之家而言不代表其勤俭节约，而是彰显了其与众不同的贵族身份。

1. 碧粳粥

首先，出现在贾府、荣国府餐桌上的粥是碧粳粥，在《红楼梦》第八回"比通灵金莺微露意　探宝钗黛玉半含酸"中写到宝玉去薛姨妈家吃酒时，酒后被薛姨妈哄着吃了半碗碧粳粥。据谢墉《食味杂咏》云："京米，近京所种统称京米，而以玉田县产者为良，粒细长，微带绿色，炊时有香。"②故专供宫廷贵族食用，在清代亦属于贡品。关于粳米的营养价值，李时珍在《本草纲目》中认为粳米能通血脉，和五脏，好颜色。③而宝玉吃的是碧粳米，不仅米粒细长，煮熟后香气扑鼻，而且色泽呈淡绿色。

---

① 曹雪芹：《红楼梦》，人民文学出版社，2008年，第25页。
② 田笑、陶蒙：《〈红楼梦〉之饮食文化探究》，《文化产业》，2019年第6期，第25页。
③ 李时珍：《本草纲目》，赵尚华、赵怀舟点校，中华书局，2021年，第1897页。

2. 腊八粥

在《红楼梦》第十九回"情切切良宵花解语 意绵绵静日玉生香"中写到宝玉为了不让黛玉午睡,就给黛玉讲了一个"林子洞耗子精"的故事,这个故事就是因腊八而起。宝玉讲到,"那一年腊月初七日,老耗子升座议事,因说:'明日乃是腊八,世上人都熬腊八粥。如今我们洞中果品短少,须得趁此打劫些来方妙。'"[①] 此处贾宝玉明确指出世上有吃腊八粥的习俗,可见在中国吃腊八粥的风俗由来已久。每逢腊月初八当天,上至朝廷、官府,下至寺院,抑或黎民百姓,都要吃腊八粥以庆祝节日。到了清朝,喝腊八粥的风俗更加盛行。

腊八粥也叫腊八饭,有多种做法。《金瓶梅词话》中西门庆吃的腊八粥成分有"榛松、栗子、果仁、梅桂、白糖"等,反映了宋代八宝粥的做法。而明代八宝粥的用料有江米、白果、核桃仁、栗子等,与《金瓶梅词话》中腊八粥的做法相近。只是《金瓶梅词话》中腊八粥多了白糖,少了江米。江米属于糯米的一种,糯米分为籼糯米和粳糯米。江米就是籼糯米,外形细长。将二者结合,就是我们今天食用的八宝粥。《红楼梦》中宝玉乃至贾府众人,无不喜欢喝粥,尤其喜欢清淡饮食的贾母更是对粥情有独钟。在《红楼梦》第四十三回"闲取乐偶攒金庆寿 不了情暂撮土为香"中写到刘姥姥二进大观园时,贾母陪同其游玩吃喝,受了些风寒,王熙凤就给贾母送来了一些粥。贾母点头笑道:"难为他想着。若是还有生的,再炸上两块……吃粥有味儿。那汤虽好,就只不对稀饭。"[②]

这里贾母先是说到了粥,然后又提到了稀饭,这里反映了南

[①] 曹雪芹:《红楼梦》,人民文学出版社,2008年,第266页。
[②] 曹雪芹:《红楼梦》,人民文学出版社,2008年,第574页。

北风俗对于粥的不同称谓。譬如今天的小米粥、大米粥、皮蛋瘦肉粥等各种粥，在北方人的口中，统称为"稀饭"或"稀粥"。贾母的这番话也反映出她在饮食上是很有心得的。

3. 鸭子肉粥

在《红楼梦》第五十四回"史太君破陈腐旧套　王熙凤效戏彩斑衣"中写到荣国府在元宵节之夜大开宴席，贾府放完烟花后，贾母说到有些饿，"凤姐儿忙回说：'有预备的鸭子肉粥。'贾母道：'我吃些清淡的罢。'"① 这里提到的鸭子肉粥，从粥的名字可知有咸的或荤的，与清淡无缘。

鸭子肉粥就是鸭肉合着粳米熬成的粥。为什么用的是鸭子肉而不是其他动物的肉。据晋代医家葛洪在《肘后备急方》中所作的记载，鸭子肉性寒，可以清热去火。像贾母这样的老年人，吃多了肉会油腻不说，还容易上火，而鸭肉性寒可以清热。贾母之所以不吃鸭子肉粥，不是因为她不怕上火，而是认为鸭子肉粥过于油腻。

4. 红枣粳米粥

如上文所言，贾母在元宵夜宴即将结束之际，想要吃的，又觉得鸭子肉粥过于油腻。"凤姐儿忙道：'也有枣儿熬的粳米粥，预备太太们吃斋的。'贾母笑道：'不是油腻腻的就是甜的。'"② 此处所谓红枣粳米粥，自然是用粳米熬的粥。粳米中放一些去了核的红枣或冰糖，是非常滋补的，口感也比较香甜，很适合老年人服用。这里贾母也不吃，可能是因为过节吃了很多甜食了，所以最后只喝了一点杏仁茶。

王熙凤准备了两种粥，足见其心思细腻，考虑周到。这些粥在平时应该都是贾母和太太们常吃的，于是就时时备着，以便贾

---

① 曹雪芹：《红楼梦》，人民文学出版社，2008年，第745页。
② 曹雪芹：《红楼梦》，人民文学出版社，2008年，第745页。

母和太太们需要喝粥时能随叫随到，也看得出贾母在饮食上十分讲究。

5. 红稻米粥

贾母平日吃的粥远不止一两种，在《红楼梦》第七十五回"开夜宴异兆发悲音　赏中秋新词得佳谶"中又用贾母的视角，写到了一种很金贵的粥——红稻米粥。书中写到，"贾母因问：'有稀饭吃些罢了。'尤氏早捧过一碗来，说是红稻米粥。贾母接来吃了半碗，便吩咐：'将这粥送给凤哥儿吃去。'"①

读书至此，也许读者不解。贾母吃剩的半碗粥，为什么要给王熙凤送去，难道不担心王熙凤生气？仔细研究便会发现，贾母此举恰能体现出对凤姐的偏爱。贾母疼爱凤姐是不争的事实，不管凤姐犯了多严重的过错，贾母都不会改变对凤姐的偏爱，从这半碗红稻米粥便可看出贾母对王熙凤的喜爱。

红稻米粥不是一般的粥，除了贾母，在贾府不论下人，即便是主子都没有这个口福。后来王熙凤看到尤氏等人吃的都是白粳米饭，十分诧异。此时此刻，鸳鸯和王夫人分别做出了合理的解释，"鸳鸯道：'如今都是可着头做帽子了，要一点儿富馀也不能的。'……王夫人忙回道：'这一二年旱涝不定，田上的米都不能按数交的。这几样细米更艰难了，所以都可着吃的多少关去，生恐一时短了，买的不顺口。'"②

细米尚且如此，何况红稻米。何谓红稻米？在《红楼梦》中第五十三回"宁国府除夕祭宗祠　荣国府元宵开夜宴"中写到乌进孝给宁国府送来了佃户上交的租粮："御田胭脂米二石，碧糯五十斛，白糯五十斛，粉粳五十斛，杂色粱谷各五十斛，下用常

---

①　曹雪芹：《红楼梦》，人民文学出版社，2008 年，第 1044 页。
②　曹雪芹：《红楼梦》，人民文学出版社，2008 年，第 1044~1045 页。

米一千石。"① 从数量上可知最金贵的是胭脂米,而红稻米其实就是胭脂米。红稻米与碧粳米一样都产自河北。

胭脂米是一种极为珍贵的农作物,米粒呈椭圆形,比普通米粒稍长,营养较丰富。胭脂米里外都呈暗红色,煮熟时色如胭脂、异香扑鼻,味道极佳,与白米混煮亦有染色传香之特点。可以想象,这种稀有的农作物,自然是专供皇家和贵族享用的。刘廷玑的《在园杂志》、吴振棫的《养吉斋丛录》、康熙的《御制文集》等史籍资料中均有记载。

这种稀有的且产量较低的稻米,在贾府之中,只有贾母可以吃上几口,就连王夫人等人都无福享受。暂且不论贾府权势已非同往日,就是在平时里这种米也不会多。乌进孝一年只进贡两石,按照单位换算,一石米相当于一百五十斤左右,两石也就三百来斤,可见红稻米有多金贵了。

贾母喝红稻米粥这一生活细节描写,传达出两个有效信息:其一,由于天气旱涝歉收,贾府主子吃的精品米,已经供不应求了,贵族之家尚且如此,下层劳动人民的生活便可想而知了;其二,这种米是米中上品,原本产量就少,所以只能可着人做。从王夫人的口中可知,这种米不是买来的,那就应该是贾府的庄子上交上来的租子,老百姓辛辛苦苦种的粮食交了租子供奉给贵族及地主的,自己不能丰衣足食。刘姥姥因为家中缺衣少食,不得不低三下四、委曲求全到贾府寻求济助。一叶知秋,管中窥豹,不难看出当时清朝中后期处于社会底层的人民生活之艰难。

6. 燕窝粥

林黛玉因为体弱,饮食以清淡的流体食物为主,因此也常常吃粥喝汤。在《红楼梦》第四十五回"金兰契互剖金兰语　风雨

---

① 曹雪芹:《红楼梦》,人民文学出版社,2008 年,第 719~720 页。

夕闷制风雨词"中就提到了黛玉喝的是燕窝粥。

宝钗来看黛玉，建议她多喝燕窝粥。宝钗道："昨儿我看你那药方上，人参肉桂觉得太多了。虽说益气补神，也不宜太热。依我说，先以平肝健胃为要，肝火一平，不能克土，胃气无病，饮食就可以养人了。每日早起拿上等燕窝一两，冰糖五钱，用银铫子熬出粥来，若吃惯了，比药还强，最是滋阴补气的。"①

宝钗不仅分析了黛玉病情，而且还讲解了燕窝粥的做法和功效，可谓是用心良苦。在古代燕窝对于平民之家而言，自然是金贵的东西，一般人家是吃不起的。但对于贾府来说，燕窝便是稀松平常之物了。但因为黛玉是客居，所以不便开口。善解人意的宝钗便打发人送燕窝给黛玉，让她熬粥吃。

燕窝粥有健脾润肺、润肤养颜的功效，可以作为滋润肺燥的辅助治疗食品，还可治肺虚久咳。黛玉是本身体弱多病："每岁至春分秋分之后，必犯嗽疾……"② 宝钗又认为食此可滋阴补气，表达燕窝粥可以治疗黛玉疾病的观点，其根据皆源于燕窝健脾润肺、滋阴补气的功效。

在农业生产水平极其落后的古代社会，贾府之人吃的这些粥，在当时来说，一般人家是享用不到的，也是吃不起的。如今，我国农业生产力较为发达，除了胭脂米已经绝迹，其他几种粥的原材料十分易得，做法也简单，人们皆可熬粥以自食。

四、明清小说的饮茶

宋代张杲在《医说》中写道："世人奉养，往往倒置。早漱

---

① 曹雪芹：《红楼梦》，人民文学出版社，2008年，第606页。
② 曹雪芹：《红楼梦》，人民文学出版社，2008年，第605页。

口，不若将卧而漱去齿间所积，牙亦坚固。"① 后来有更多的人主张每天早晚两次漱口，可以保持口腔卫生。

在刷牙工具没有发明之前，古代漱口普遍采取含漱法，就是以盐水、浓茶、酒为漱口液。唐代伟大的医药学家孙思邈在他的《千金方》中说："每旦以一捻盐内口中，以暖水含，揩齿及叩齿百遍，为之不绝，不过五日口齿即牢密。"② 苏东坡《漱茶》有以漱口的记载："每食已，辄以浓茶漱口，烦腻既去，而脾胃不知。凡肉之在齿间者，得茶浸漱之，乃消缩，不觉脱去，不烦挑刺也。而齿便漱濯，缘此渐坚密，蠹病自已。"③ 凡吃过东西之后，都应该用浓茶水漱口，这样能够祛除饭后口腔的烦腻，脾胃自然和顺，消化自然良好；如果吃过肉食，塞在牙缝中的肌肉纤维，多漱几次，也会漱出来，而无须用牙签挑剔。如此坚持下去，就能有效地防治蠹虫致病（龋病），使牙齿坚牢。

在《红楼梦》第五十四回"史太君破陈腐旧套　王熙凤效戏彩斑衣"中，贾母在元宵节活动快结束时，想吃东西，说鸭子肉粥油腻不想吃。既然油腻，必然会有一些鸭肉的腥味，饭后用茶水漱口，就可以达到解腻、去腥、爽口的目的了，后面果真喝了杏仁茶。除此之外，茶水漱口还有预防龋病、强齿等作用。

在《红楼梦》第三回"贾雨村夤缘复旧职　林黛玉抛父进京都"中写到林黛玉初进贾府时，诸多规矩与自己家中不同，其中写到饭后，贾府主子们各有自己的丫鬟用小茶盘奉上茶。这与林家的规矩又不一样了："当日林如海教女以惜福养身，云饭后务待饭粒咽尽，过一时再吃茶，方不伤脾胃。今黛玉见了这里许多

---

① 张杲撰：《医说》，王旭光、张宏校注，中国中医药出版社，2009年，第145页。
② 孙思邈撰：《千金方》，刘清国等校注，中国中医药出版社，1998年，第119页。
③ 王如锡辑：《东坡养生集》，章原评注，中华书局，2011年，第35页。

事情不合家中之式，不得不随的，少不得一一改过来，因而接了茶。"① 贾府饭后立即饮茶，有一定的科学依据。茶叶可以保护牙齿，清除污垢，起到保健作用，只是要适量饮用。

五、明清小说中的饮酒

（一）《三国演义》中的饮酒消闷

人们常通过饮酒来消遣时光，并消解无聊和苦闷等不良情绪，以免堕入无尽的烦恼之中。李白用"举杯邀明月"以解思乡怀亲之愁绪，苏轼用"一尊还酹江月"以解怀才不遇之惆怅。武将通过奋战疆场来博取功名，常以酒为伴消遣枯燥乏味的军营生活和因紧张而激烈战斗带来的死亡恐惧等情绪。

《三国演义》中张飞留守徐州，闲来无事，常聚众饮酒。后镇守阆中，张飞闻听二哥关羽被害，日思夜盼伐吴报仇。但由于诸葛亮等人的劝说，报仇之日遥遥无期。张飞思念关羽，整日饮酒消愁。刘琦身为长子，却被继母蔡夫人、蔡瑁姐弟排斥，心情郁闷。刘琦领兵在外，远离父亲，非常担忧家事，常常以酒解忧愁。吕布被曹操重兵围困，丧失了战场的主动权。苦闷之下，吕布日日与妻妾饮酒消愁。这几人是典型的苦酒君子，无奈"抽刀断水水更流，举杯消愁愁更愁"。酒精麻醉了他们的大脑，让他们暂时忘记了苦恼，赢得了短暂的轻松，但是，饮酒却无法改变他们伤心的现实。

（二）《水浒传》中的饮酒叙友情

梁山好汉大多都曾流落市井，生活很不稳定，历经风雨，备尝艰辛。若遇知己，英雄必将互诉衷肠，多以酒为媒。梁山好汉聚在一起，大有相见恨晚、英雄惺惺相惜之意，身虽在江湖，但

---

① 曹雪芹：《红楼梦》，人民文学出版社，2008年，第47页。

与朋友饮酒之时却彻底忘记了江湖中的风风雨雨，应尽情享受与朋友相处的美好时光。

美酒带来的快感能让人获得心灵上的片刻慰藉，因此，释放了一丝心理压力。宋江获罪流落江湖及被刺配江州之时，途中与李俊、张横、张顺、李逵、戴宗等英雄相遇。霎时间，宋江喜出望外，亲自设置酒席与朋友叙话，忘记了自己担着杀人犯或逃犯的罪名。武松与宋江经一番畅饮，逃犯的艰辛与杀人犯的羞辱顿时一扫而光。

（三）《金瓶梅词话》中的饮酒消遣

《金瓶梅词话》批判过度沉溺于"酒色财气"之中而不能自拔的现象，如西门庆沉溺于酒色，与女人厮混，又常常饮酒助兴，真所谓"酒色不分家"。在这种情形下，过度饮酒是危害身体健康的，是不值得提倡的。

但是，文中西门庆家中的女眷被封建礼教禁锢于家中，又遭受西门庆的冷落，因此，吴月娘、李瓶儿、潘金莲、孟玉楼等人为消遣寂寞时光，打发漫漫长日，饮酒不失为一种转移注意力的好方法。她们或凑钱买酒，或西门庆主动从家中公用酒中拿出。同为女主人，从买酒来看，可知李瓶儿有足够的经济条件花钱买酒，而潘金莲则不然。潘金莲出身低微，娘家无权无势，是裸嫁西门庆。而孟玉楼、李瓶儿带着丰厚的嫁妆为西门庆积累财富、扩大家业做出了重大贡献。西门庆即使不给月钱，孟玉楼和李瓶儿二人完全可以自给自足。而潘金莲只能靠微薄的月例维持生活，不敢有丝毫的铺张浪费，更不用说买酒了。饮酒情节揭示了众女眷的身份和地位，因饮酒所致的一时狂欢滋生了潘金莲的嫉妒、自卑与报复之怒火。

（四）《红楼梦》中的饮酒

《红楼梦》是中国古典四大名著之首，被举世公认为中国古典小说巅峰之作。文中有关酒的细节描写随处可见，据统计总共出现"酒"字多达580多次，集中体现了当时的酒文化。

1. 黄酒

《红楼梦》中的酒品，写得最多的是黄酒。文中第三十八回、第四十一回、第六十三回及第七十五回，均明确提到众人所饮之酒为黄酒。可以说，在这个封建贵族大家庭中，黄酒是其主要饮料酒。在文中有"薛蟠执壶，宝玉把盏，斟了两大海"[①]的描写，文中还在另外的场合描写贾宝玉等人酣饮的场景，酒缸空空如也，一坛子酒被喝光，可见其心情之好。"海"是古代特大的酒杯，而且众人所喝之酒，不是一缸，就是一坛。如此海量和豪饮，若不是低度的米酒（黄酒），实在是不可思议。在文中还写到在贾宝玉生日那天，袭人、晴雯、麝月、秋纹等丫鬟特意准备了"一坛好绍兴酒"，为宝玉助兴。这绍兴酒便是黄酒中的佼佼者。

关于绍兴酒，据《吕氏春秋》记载在两千多年前的春秋时期，绍兴已经开始产酒。到魏晋南北朝以后，绍兴酒有了较大的发展，素有越酒行天下的说法。在18世纪《红楼梦》成书的年代，绍兴酒更是闻名遐迩。绍兴酒呈琥珀色，即橙色，透明澄澈，纯净可爱，使人赏心悦目。绍兴酒有诱人的馥郁芳香，是由酯类、醇类、醛类、酸类、羰基化合物和酚类等多种成分组成的。绍兴酒风味醇厚甘鲜，是由甜味、酸味、苦味、辛味、鲜味、涩味等组合而成的。作为黄酒中的上品，绍兴酒远销至金陵、京华，并成为上层社会达官贵人相互馈赠的礼品和封建贵族之家的饮宴佳酿。

黄酒不仅是古代人们贵重的馈赠之物或佳酿饮品，而且它还具有养生与药物价值。黄酒酒精含量低，蕴含丰富的蛋白质，含

[①] 曹雪芹：《红楼梦》，人民文学出版社，2008年，第360页。

有大量的氨基酸与维生素 B，长期饮用可起到美容护肤、延缓衰老的作用。同时，黄酒含有十八种无机盐，适量饮用黄酒有利于保护人的心脏。此外，黄酒还可作为药引子增强药物的治疗效果。

2. 屠苏酒

屠苏酒的原料为肉桂、大黄、陈皮、白术、赤小豆、桔梗等多味中药材，相传为汉末名医华佗创制，是具有健身功用的药酒。屠苏酒是由多味药材浸泡而成的健身药酒，具有祛风寒、清湿热及预防疾病的功效，晋代宗懔的《荆楚岁时记》载："于是长幼悉正衣冠，以次拜贺。进椒柏酒，饮桃汤。进屠苏酒、胶牙饧。"[1] 相传饮屠苏酒能辟邪气，驱灾保健康。南宋诗人陆游在《除夜雪》中写道："半盏屠苏犹未举，灯前小草写桃符。"[2] 正月初一饮屠苏酒，可以辟瘟疫邪气，这是古人预防疾病的一种措施。

因此，在《红楼梦》中，贾府除夕饮屠苏酒乃是过年习俗。屠苏酒有预防瘟疫，保护身体健康之意。在《红楼梦》第五十三回"宁国府除夕祭宗祠　荣国府元宵开夜宴"中，描写了贾府除夕大摆酒席，在宴会上自然少不了富有健康、祝福意蕴的屠苏酒。

3. 合欢酒

合欢酒是用合欢树上开的小白花浸泡在烧酒中而制成的一种药酒，具有驱除寒气、安神解郁的功效。书中描写林黛玉吃了螃蟹后，觉得心口微微地痛，自斟了半盏酒，见是黄酒不肯饮，便说须得热热的吃口烧酒。宝玉忙道："有烧酒。"便命丫鬟将那合

---

[1] 宗懔：《荆楚岁时记》，姜彦稚辑校，岳麓书社，1986 年，第 2 页。
[2] 《陆游全集校注 1.》，钱仲联、马亚中主编，浙江教育出版社，2011 年，第 279 页。

欢花浸的酒烫一壶来。黛玉因多愁善感，身体较弱，吃了性寒的螃蟹，喝几口用合欢花浸的烧酒，是最合适不过的。此外，在《红楼梦》中曾多次提及烧酒，烧酒使人易醉，醉后易惹是生非或寻衅滋事。所以，当粮食歉收时，清政府曾颁布过禁烧酒令，清高宗乾隆曾降下永禁烧酒的谕旨，而黄酒不属于禁酒。所以，在当时上层社会中所饮之保健药酒是用黄酒为基酒配制而成的。但黛玉喝的合欢酒却是例外，明确指明的是烧酒。

4. 葡萄酒

文中还写了西洋葡萄酒。宝玉让袭人交给芳官一个五寸来高的小玻璃瓶子，瓶子里面装着半瓶"胭脂一般的汁子"。厨师柳嫂误以为是宝玉平时喝的西洋葡萄酒，便忙着取烫酒的器皿"旋子"，准备烫酒。其实，芳官从袭人那里拿的不是西洋酒，而是玫瑰露。玫瑰露是一种民间古老的露酒，清代王士雄在《随息居饮食谱》中记载："玫瑰花，甘辛温，调中活血，舒郁结，辟秽和肝……酿酒亦佳。"[①] 由此可知，玫瑰露酒在清代曾名扬京师。这一段描写，透露了两条信息：一是宝玉平时除了爱饮黄酒，亦喜爱西洋葡萄酒；二是葡萄酒的颜色是"胭脂一般的"，与今天葡萄酒的颜色大致相同。似乎可以推断，这胭脂一般的汁子是比较浓郁的葡萄酒。

5. 果子酒

果子酒是由发酵粉将水果中的糖分发酵成酒精而成，具有水果与酒的双重风味。在文中写到的果子酒是指贾芹在水月庵里所饮之酒。果子酒可以用橘子、苹果、梨、枣、山楂、荔枝及野生水果来酿造，是一种低精度酒。贾芹的家境贫寒，仅捞了一个打理尼姑庵的差事，享用这种低档且便宜的酒，较符合他的身份。文中还写了金谷酒和桂花酒，可见这类果子酒种类之多，每种酒

[①] 王士雄：《随息居饮食谱》，刘筑琴注译，三秦出版社，2005年，第105页。

都有其特点。

果子酒是贾府下人常用的饮料，如在《红楼梦》第九十三回"甄家仆投靠贾家门　水月庵掀翻风月案"中写到贾芹给水月庵带来一些果子酒，让众人一起乐一乐，就连庵中的女尼姑也纷纷加入。贾芹看到庵中那些人领了月例银子，便萌生了饮酒助兴的想法，向众人提议道："我今儿带些果子酒，大家吃着乐一夜好不好？"① 那些女孩子闻听后，便欣然同意。他们立即着手布置，摆起桌子，连本庵中的女尼（除了芳官）都聚集而来。

果子酒含有丰富的果酸，适当饮用可生津开胃，促进食欲，有助于消化。饮用果子酒可起到滋润皮肤、美容美颜的功效。果子酒的制作方法简便，物美价廉，适合各种人群食用。对于贾芹这样经济拮据或处于社会下层的水月庵众人，果子酒是较适宜的。

（五）《红楼梦》中的暖酒

《红楼梦》中特别讲到饮酒的注意事项，其中主要的大忌是饮用冷酒。在《红楼梦》第八回"比通灵金莺微露意共　探宝钗黛玉半含酸"中，薛宝钗曾劝说宝玉不要吃冷酒，因为冷酒会伤害人的五脏。宝钗为说服贾宝玉还专门将冷酒伤身的原理一一讲明白。宝钗笑道："宝兄弟，亏你每日家杂学旁收的，难道就不知道酒性最热，若热吃下去，发散的就快；若冷吃下去，便凝结在内，以五脏去暖他，岂不受害？从此还不快不要吃那冷的了。"② 贾宝玉听完，这才将冷酒放下，让人热了再饮用。

薛宝钗这番"冷酒伤身"理论适用于整本《红楼梦》，在后来的每次宴会上，他们所喝的酒多为黄酒，而黄酒最适宜加热后饮用。生日宴、除夕摆年筵上所饮之酒均为热酒。可见贾府不愧

---

① 曹雪芹：《红楼梦》，人民文学出版社，2008年，第1292页。
② 曹雪芹：《红楼梦》，人民文学出版社，2008年，第123页。

为世家大族，饮酒亦有道，并非一味贪杯，而是将饮酒与养生相结合。

曹雪芹不止一次地通过笔下的人物介绍了酒的基本知识和饮酒方法。譬如，酒除了饮用之外，可以用来充当烹饪佐料，也可以作为中药的药引，还可以用来烫熨衣服等。在《红楼梦》第八回"比通灵金莺微露意　探宝钗黛玉半含酸"中写到贾宝玉在梨香院喝了冷酒，薛姨妈忙道："这可使不得，吃了冷酒，写字手打飐儿。"① 凤姐也劝过宝玉，说喝了冷酒手颤，写不得字，拉不得弓。《红楼梦》中写喝酒场面，许多地方都提到要喝热酒和烫过的酒，而黄酒是最适宜热饮的。这就从另一个侧面证明了黄酒是贾府的主要饮料酒，是书中出现次数最多的一种酒。另外，从中医的角度看，上面两段有关要饮热酒的说法是很有道理的。

（六）《红楼梦》中的饮酒文化

饮酒讲究场合和气氛，轻松愉快的气氛有助于饮酒时的心情。饮酒可活跃气氛，又可有效调整心态，使人心情舒畅，有助于身体健康。活跃饮酒气氛的娱乐文化随之产生。《红楼梦》通过宴饮为读者展示了雅俗兼容、种类众多的酒令，如牙牌令、曲牌令、故事令、击鼓传花令等。《红楼梦》中的酒令新奇别致，对后世影响巨大。以至后代，酒令花样翻新又层出不穷，这在后来刊行的《酒令丛钞》中有详细记载，极大地丰富了我国的酒文化。文中通过行酒令描写了在行酒令的过程中发生的事件，展示了人物身份地位、性格特征及复杂的人际关系，甚至揭示了主题，如在中秋节晚宴上，击鼓传花，传到贾赦手中。贾赦借机讲了个老母亲偏心的故事，既活跃了气氛，又揭示了贾府存在的嫡庶之争。

---

① 曹雪芹：《红楼梦》，人民文学出版社，2008年，第123页。

《红楼梦》在描写各种各样的美酒佳酿的同时，也不忘呈现各式各样精美的酒器。贾府中的酒具其种类之多令人惊叹，以其质料来分，有金、银、铜、锡质、陶土、细次、竹木、兽角、玻璃、珐琅等。形状多种多样，造型奇巧别致。在饮酒散心的同时，饮者还可尽情把玩精致的酒器，让人心情更加舒畅。贾府曾经对外举行了三次较大的宴会，邀请王公贵族参加，第一次是秦可卿去世，第二次是贾敬去世，最后一次是贾母去世。在这三大宴会上，贾府各式各样的酒器纷纷上桌。

《红楼梦》大量饮酒细节的设置与对酒器、酒令的描写，绝非闲来之笔。这既反映了诗礼簪缨之家日常生活之奢侈，又暗示了曹雪芹喜饮酒作诗，可谓诗酒风流。古代文人中，长安市上酒家眠的李白、酒后骑马如乘船的贺知章，足以见诗酒风流万古传，曹雪芹亦酷爱饮酒。

曹雪芹颇好饮酒，即便是在家族没落，住在北京西郊香山的黄叶村之时，仍然保持着饮酒的爱好。曹雪芹每日著书必定有美酒，过着"举家食粥酒常赊"的苦乐生活。正因为如此，曹雪芹才能在《红楼梦》中将酒文化与小说融合得如此天衣无缝。除了饮酒的器具和酒的种类之外，他还着重描绘了饮酒养生之法和宴会上的酒令。

六、明清小说中的戒酒

《三国演义》中嗜酒如命者如张飞，饮酒误事者亦如张飞。张飞借着酒劲，鞭打督邮；设宴宴请属下，逼迫曹豹饮酒不成便鞭挞之，从而激怒吕布。吕布借此理由出兵，夺取徐州；张飞酒后鞭打士卒，后被部下范疆、张达刺杀身亡。饮酒确实能够养生，适当饮酒有利于身体健康。但过度饮酒将会招来杀身之祸，张飞便是明证。

饮酒过度将会直接危及人们的身体健康，甚至会让人病入膏肓、呜呼哀哉。《三国演义》第五十二回"诸葛亮智辞鲁肃　赵子龙计取桂阳"写道:"刘琦过于酒色,病入膏肓,今见,面黄羸瘦,气喘呕血,不过半年,其人必死。"① 面黄肌瘦,意即脸色发黄,身体瘦削,以此形容人营养不良。又如吕布被曹操大军包围,苦于无计破敌而闭门家中,与妻妾整日饮酒消愁。吕布发现自己面容憔悴、精神萎靡不振,便下了禁酒令。部下侯成向吕布献美酒因违背了禁酒令,从而遭到吕布的处罚,侯成心中极为不满,由怨生恨,伙同宋宪、魏续暗中投靠了曹操。侯成盗了走了吕布的赤兔马,魏续偷取了吕布的方天画戟。宋宪、魏续趁吕布休憩之际,将其绑缚献于曹操。吕布之灭亡其直接原因在于禁酒令,只禁部下,不禁自己。可以说,吕布之亡亦在于酒。

过度饮酒,不仅损害健康,而且容易误事,甚至会带来灭顶之灾,失去生命。张飞与吕布的饮酒致败和纵酒丧生的教训,是后人值得思考与引以为戒的。过度饮酒易冲动,会产生过激行为。《水浒传》中武松饮酒之后,大闹快活林,醉打蒋门神,得罪了张都监等人,惹来了杀身之祸。

无论是从何种角度,饮酒要节制。嗜酒如命、饮酒过度,将会害人害己。《金瓶梅词话》将酒与色、财、贪并列为人世间四害,可见饮酒的弊端。只有适度饮酒,才能发挥酒的积极功效,才能延年益寿。《红楼梦》中的刘姥姥、贾母皆是七八十岁的老人,他们经常饮酒,目的是为了放松心情。对于贾母、刘姥姥这样高龄的老年人而言,适量饮酒可以起到活血、软化血管等保健作用,并可延年益寿。

---

① 罗贯中:《三国演义》,毛纶、毛宗岗点评,中华书局,2009年,第374页。

第六章　明清小说中体现的医患关系

明清小说大多具有医事描写，医患关系成为小说人物之间或隐或显的人际关系之一。明清小说在医疗情节的描写中，不同程度地体现了医患关系。在明清小说中，我国古代医患关系呈整体和谐、局部矛盾的形态。

第一节　中国古代医患关系

医患关系是指医者与患者及其家属之间的关系。医患关系可表现为和谐或矛盾，简单或复杂。当今的医患关系呈现和谐与矛盾并存的现象。随着我国医疗卫生制度和法制不断健全，患者利用卫生法律维护自己的权益，患者的维权意识较强，这就使得在医患关系处于矛盾时，医患双方会通过法律程序解决纠纷，医患关系随即转变为被告与原告的法律关系。医患不和谐只是个别现象，多数情况下，患者大多能够听从医嘱，医生皆是具备执业医师资格，具有一定的医疗技术水平，并能尽职尽责，医患关系整体呈和谐状态。

在医疗卫生管理制度极其落后的古代社会，医患关系十分简单，也相对和谐，这主要有以下五个原因。

一、古代宗法关系严密

忠、孝、仁、义、礼、智、信，为古人的立身之本，是基本的伦理道德准则，若违背了将会受到宗法关系所织就的人际交往朋友圈中人们的谴责。无论医者医术如何，只要患者主动上门就医或患者家属延请至家中治疗，患者及其家属应礼贤下士，以礼相待，不可蔑视。即使是庸医，患者家属亦不可不支付医疗费用，更不能无理驱逐。如若如此，人们皆视患者家属为过错方。因为患方违背了仁、礼、义等封建伦理道德与社交原则。因此，古代社会封建伦理道德营造了相对和谐的医患氛围。

明清小说中的患者及其家属大多是具有一定的社会地位与文化素养的，如《红楼梦》中的贾家乃为诗礼簪缨之家，迎来送往有礼有节，待人宽和，更礼遇医者。有些患者经济实力雄厚，无论治疗效果如何，往往能够给予医者一定的酬金。厚待医者，付酬金，是古代社会的行规。如《红楼梦》中贾宝玉虽不赞同医者为晴雯开具的药方，仍是付了一两的医疗费用。如若治病不付钱的话被传扬出去，患者及其家属将会颜面尽失，被人讥讽此家不仁不义。因此，碍于人情关系、舆论等，患者及其家属往往能与医者和睦相处。

二、古代医者多具儒者身份

古代相当一部分医者是饱读经书、温文尔雅的。大部分德艺双馨的良医的存在营造了和谐医患关系的大环境。此外，还有一些医者出身较高贵，医学著作颇丰，如张仲景、陶弘景等人。孙思邈精通诸子百家，华佗亦是饱学之士。医者的儒者身份足以维系其与患者的和谐关系。

明清小说中亦不乏儒医形象，如《三国演义》中的华佗、《水浒传》中的安道全、《红楼梦》中的张太医、《镜花缘》中的多九公等医者，以《红楼梦》中的张太医最为典型，他进贾府时见到贾母后的礼节尽显儒者风范。王太医进贾府后更是毕恭毕敬，其知识渊博、温文尔雅的气质使得贾母立即将其与往年旧识联系起来。据此可知，王太医的儒者之风是有着极其深厚的家族渊源的。

三、古代医者职业地位受到尊重

我国封建社会将社会职业大致分为士、农、工、商四大行业。医者属于"工"这一职业身份，地位不如农民。然而，士，乃儒者，为读书人，彬彬有礼，有君子之风，对待医者自然是礼遇有加；农民，系耕地劳作之人，性情质朴，对待医者当然不会粗暴无礼；商，位在"工"之后，对医者自然持敬重的态度，如《金瓶梅词话》中的西门庆虽是商人出身，对待不同品行的医者一律采用敬重与包容的态度。赵龙岗为李瓶儿治病是胡吹乱侃的，西门庆只是给了银子打发他走，并未对其埋怨与指责。因此，医者虽然职业地位不高，但受人尊重。

四、医者富有医学素养

大部分医者饱读医书，精通中医四诊。患者备受病痛折磨，将医者视为救星，把健康的期望与生的希望寄托在医者身上。在民间，古人素有"医者父母心"之说。《金瓶梅词话》中西门庆家人生病，必定是延请医者诊治。即便是医者不能挽救病人的生命，患者家属也能报之以理解之心。

明清小说中，许多医者出场时皆是精读医书，精通扁鹊之学，掌握了望、闻、问、切，如《金瓶梅词话》中的蒋竹山以太医院出身为荣，讥讽胡太医不是太医院科班出身，不懂得诊脉。可见，凡是接受过太医院医学教育的医者，大多懂得诊脉之术。任医官为李瓶儿、吴月娘、西门庆诊治时，皆是先诊脉，根据脉象判断病情，然后对症下药。《红楼梦》中的张太医，不仅人品学问极好，而且兼通医理。张太医为秦可卿、贾母切脉时，诊治过程正是中医四诊方法在文学中的生动体现。《西游记》中的孙悟空亦懂得中医四诊方法。

五、中医的独特诊断方式

自从扁鹊开创了中医四诊法的先河，望、闻、问、切成为了后世医者普遍使用的诊断方法，直接接触病人的身体，与病人交流身体感受，往往家属在旁陪同。诊断过程在一定程度上增近了医者与病人及其家属的情感交流。古时医者往往充当了药师的角色，诊断、开具处方、抓药、熬药皆由医者一人完成。患者及其家属，从医者诊断治疗的整个过程，切身感受到了医者的仁心与慈爱，即便药效不佳亦能够理解医者的辛苦，便不会怪罪医者，如《金瓶梅词话》中的何老人、任太医，又如《红楼梦》中的张太医、王太医等。

即使是庸医，治病也是遵循了中医治疗程序的。庸医对医学的了解比较肤浅，有的医者只是读过几本医书，自己还一知半解便行走江湖行医治病，医术自然没那么高明，如《金瓶梅词话》中的赵龙岗，不过是一个凭着两三个药方包治百病的江湖铃医而已。西门庆对赵太医的无知持宽容态度。可见，即便是庸医，患者家属对其拙劣的医术亦常心存侥幸之感。这就是赵龙岗这样的庸医频繁出现在西门庆家中的缘故。

第二节　明清小说中反映的医患关系

明清时期，由于印刷业的发展，医书的普及和政府设立地方太医院（医学院校），加之从业资格容易获得，医疗行业规模扩大，逐渐成为一个热门职业，从业人数激增导致医疗界医者素质良莠不齐。庸医在明清小说以前的文学作品中是以个体形式出现的，但在明清小说中却是以群体形式出现的，甚至在一部小说中可以出现较多的庸医形象。同时，官府逐渐加强了对医疗卫生行业的管理。形形色色的医者与官府医疗卫生制度的不断健全都集中体现在明清小说之中。

正如前文所述，古代医患关系相对和谐，明清小说所反映的医患关系正是和谐关系的体现，但此中略有微妙之处。

一、医患沟通方式

医患能否沟通顺畅，与患者的性别和封建礼仪密不可分。由于封建社会讲求男女有别，尤其是男女之间不能有肢体上的接触，而古代医者往往是男性，在诊治女性患者时极为不便。在不同的明清小说中，女性患者的表现各不相同。《金瓶梅词话》中的吴月娘是位遵守封建妇女道德的女性，不愿意接受男性医者的诊治。在《金瓶梅词话》第七十五回"春梅毁骂申二姐　玉箫愬言潘金莲"中写到西门庆请来任医官为吴月娘治病，吴月娘极不情愿地说道："我说不要请他。平白教将人家汉子，睁着活眼，把手捏腕的……教刘妈妈子来，吃两服药，由他好了。好这等的摇铃打鼓散着哩，好与人家汉子喂眼。"① 显然，吴月娘是反对由男性医者为她看病的，她希望如刘婆子一类的女性医者为其诊治，这体现了男女有别的封建道德。

但是，西门庆却不在乎男女大防，坚持让吴月娘到上房接受任医官的诊治。虽然极不愿意，吴月娘仍然是面对面坐在任医官面前，任其诊脉。李瓶儿亦是如此，诊脉时并未隔着帷帘等遮挡

---

① 兰陵笑笑生：《金瓶梅词话》，陶慕宁校注，人民文学出版社，2000年，第1025页。

物,而是直面医者。吴月娘、李瓶儿的就医过程彰显了晚明时期封建伦理道德对人们的道德要求有所降低。

清代,封建专制更加强化,封建伦理道德对人们的约束力达到了空前的程度。医患沟通依然呈现出男女有别的医疗模式。《红楼梦》中,医者为女性患者治病时往往是小心翼翼,不敢越雷池一步。贾府是贵族士大夫之家,等级制度森严,礼仪传家。医者进入贾府,如同进皇宫,如履薄冰,如王太医进贾府为贾母治病,一路上弓腰低头,小步慢走,讲话文质彬彬。医者为贾府女患者诊治,亦遵守男女有别的封建道德,保持着一定的距离,如在《红楼梦》第五十一回"薛小妹新编怀古诗 胡庸医乱用虎狼药"中描写了大夫为晴雯诊脉的情形,红色绣幔将患者与医者隔开。晴雯只是将手从幔中伸出,配合大夫把脉。大夫一看到这是一双少女细长的手,尚有指甲染色的痕迹,不敢正视,慌忙回头。老嬷嬷用帕子遮住晴雯的手指之后,大夫才开始诊脉。可见面对女性患者时医者往往是慎之又慎,严肃而端庄的,诊治时并不会直接询问患者本人。医者在诊治现场,面对病人一言不发,与患者并不沟通。

医者在患者面前往往不吐露病情,只是与家属沟通,如《金瓶梅词话》中任太医为李瓶儿诊脉后,到外面厅上告知西门庆患者李瓶儿的病情。《红楼梦》中张太医在秦可卿房中把脉后,向贾珍等人说到外边讲其病情。在《红楼梦》第五十一回"薛小妹新编怀古诗 胡庸医乱用虎狼药"中写到大夫为晴雯诊脉之后,便离开到了外间房,向老嬷嬷说明病情,接着走出大观园,在园门口守门班房中开具药方。

对于男性患者,医者并非如面对女患者那么拘谨、严肃。在《红楼梦》第九十八回"苦绛珠魂归离恨天 病神瑛泪洒相思地"中宝玉闻听林黛玉夭亡,悲伤过度,昏倒在床上。医者来诊治,诊脉后,便说出了病情。王太医为巧姐看病,气氛轻松活跃。医生面对成年患者时是将手放在固定的枕上，而在面对小孩子时，王太医并没有那么讲究，只是左手托着巧姐的小手，右手把脉、摸头、看舌头。因为巧姐是小孩子，王太医便站着把脉，举止亦没有那么拘谨。而且，王太医一改与贾母治病时的严肃神情，开玩笑地说，巧姐骂我了，只要饿两顿就好了。王太医所言"巧姐骂我了"，是指巧姐有口臭，说明巧姐火气重，过食油腻食物。王太医对幼儿患者非常幽默风趣，不会使小孩子在诊脉过程中因其是位医者而过分紧张。对于老年患者，医者与其沟通的相对较多一些，如《红楼梦》中王太医与贾母有一番互动，王太医向贾母行礼，贾母笑着向王太医问好，并询问医者贵姓。王太医回答完毕，贾母温和地笑说，两家原是世交。诊脉毕，贾母让贾珍好好款待王太医。二人虽未谈及病情，但是有了一定的沟通交流，增强了医患感情。

二、医患冲突

《三国演义》体现了东汉末年各军事集团统治者担心自身性命、警惕意识极强的心理状态。这种文化心理使得他们当中的某些人为了保全自身利益，与医者发生了尖锐的冲突，如曹操与孙策。

曹操与医者的关系极不和谐，甚至矛盾较尖锐。曹操患有头风，经常延请宫中的太医为其治疗，吉平便是其中之一。由于正统思想的原因，吉平站在了反曹这一边，欲利用治病之机毒死曹操。密谋泄露后，曹操识破了吉平妙计，对其严刑拷问。吉平忠于汉室，坚贞不渝，守口如瓶。由于酷刑难耐，吉平选择了自我结束生命以全其名节的终结方式。曹操与吉平本就是医患关系，但因政治原因，二人发生了尖锐对立，形成了对抗关系。

与吉平不同，华佗治病的原则是有治无类，不问政治，只问病情。《三国演义》中华佗曾经为陈泰、关羽等人治病，深得东

第六章　明清小说中体现的医患关系

吴君臣百姓及关羽的尊重。华佗称赞关羽为天神，关羽当众赞扬华佗为神医，二人彼此钦佩。华佗这样一位受到各路英雄垂爱的神医，在为曹操治疗头风时，提出了为其打开头颅取出风涎的治疗意见。曹操认为剖开头颅会使人丧失生命，将华佗视作蜀国奸细。由于曹操的猜忌，华佗被投进监狱而死。曹操与华佗的医患关系演变为了敌对关系。与吉平案不同的是，华佗是被害人，对曹操没有敌意，完全被患者无故指责而遭陷害。

曹操与吉平、华佗之间的医患关系形态，在封建社会普遍存在。某些处于特权阶层的权贵，他们对待医者的态度是简单粗暴的。帝王将相，因医者未将自己或亲人的疾病治愈，往往将其归罪于医者，轻则责罚，重则处死。医者的命运在一定程度上取决于特权患者。面对不明事理、性情粗暴、手段残忍的患者，医患关系将会高度紧张，甚至会使医者遭受如吉平与华佗一般被迫害的厄运。

除了政治迫害，庸医亦是造成医患冲突的重要原因。《官场现形记》中张守财生病，刁迈彭推荐了一位在上海的医生。这位医生开出了大价钱：一天三百两银子、安家费两千两，坐豪华轮船到达芜湖。早晨到芜湖，医者却不看病，声称休息一夜才能诊治有效。到了晚上，张守财病情急剧恶化，医生仍旧拖延时间、装模作样，不认真诊治，结果张守财一命呜呼。因医者一再耽搁，导致患者错过了最佳治疗时机，致人死亡。负责请医的差官大怒，将医生打了一巴掌，踢了一脚。医者仍索要返程路费，差官骂道"我们军门的病都是你这杂种耽误坏的！"[①] 说罢，差官举起拳头又要打，幸亏刁迈彭的管家阻止，医者方乘机逃走。

《醒世姻缘传》中有一个著名的恶医赵前川，善于治疗各种

[①] 李宝嘉：《官场现形记》，张友鹤校注，人民文学出版社，2014 年，第 758~759 页。

253

类型的痈疮,其祖传膏药疗效极佳。但是,赵前川利欲熏心又视财如命,丧失了医者的职业道德。为了尽可能多赚取病人家的钱财,赵前川经常先用毒药膏药使得病人的疮痈增大、变肿、疼痛难忍,然后以真膏药向患者家属索要银两,收取两次费用。赵前川面对县太爷这位患者依旧采用同样的手段,先予之毒性膏药。县太爷饱受折磨,将赵前川狠狠地教训了一顿。赵前川不得不拿出真膏药,县太爷才放其一条生路,规劝其弃恶从善。赵前川与县太爷之间的关系,由正常的医疗关系恶化为患者痛打医者。出于对医者的宽容,县太爷只是教训了赵前川,并未问其罪。

总之,明清小说中的医患关系整体上呈现和谐状态,医患冲突毕竟是少数。虽然有一二庸医的存在将导致医患纠纷,但由于患者家属的宽容,这些医患纠纷随之消逝在萌芽之中。庸医出场之后,必有良医现身。良医以悲天悯人的济世情怀与高超的医术,全心救助病人。良医与患者及其家属之间和谐、融洽的医患关系,冲淡了庸医造成的负面影响。这大概是明清小说中医患关系整体和谐的原因所在。

参考文献

抱朴子内篇［M］. 张松辉，译注. 北京：中华书局，2011.
曹雪芹. 红楼梦［M］. 北京：无名氏，续. 人民文学出版社，2008.
巢元方. 诸病源候论［M］. 宋白杨，校注. 北京：中国医药科技出版社，2011.
陈寿. 三国志［M］. 裴松之，注. 北京：中华书局，2006.
陈言（无择）. 三因极——病证方论［M］. 北京：人民卫生出版社，1983.
段玉裁. 说文解字［M］. 汤可敬，译注. 北京：中华书局，2018.
段振离. 医说红楼［M］. 北京：新世界出版社，2003.
范晔. 后汉书［M］. 罗文军，编. 西安：太白文艺出版社，2006.
方剂学［M］. 李冀，连建伟，主编. 北京：中国中医药出版社，2016.
高惠娟. 《红楼梦》中的疾病主题［J］. 南都学刊（人文社会科学版），2006，26（6）：49-51.
葛洪. 肘后备急方校注［M］. 古求知，等校注. 北京：中医古籍出版社，2015.
顾学颉. 元人杂剧选［M］. 北京：人民文学出版社，2016.
红楼话美食：《红楼梦》中的饮食文化与养生［M］. 段振离、段晓鹏，编著. 上海：上海交通大学出版社，2011.
洪迈. 夷坚志［M］. 何卓，点校. 北京：中华书局，1981.
忽思慧. 饮膳正要［M］. 刘光华，校注. 北京：中国医药科技出版社，2011.
皇甫中. 明医指掌［M］. 北京：人民卫生出版社，1982.
黄帝内经［M］. 姚春鹏，译注. 北京：中华书局，2022.
黄宫绣. 本草求真［M］. 王淑民，校注. 北京：中国中医药出版社，1997.

贾所学. 药品化义［M］. 李延昰，补订. 杨金萍，等校注. 北京：中国中医药出版社，2015.

开宝本草［M］. 尚志钧，辑校. 合肥：安徽科学技术出版社，1998.

兰陵笑笑生. 金瓶梅词话［M］. 陶慕宁，校注. 北京：人民文学出版社，2000.

礼记［M］. 张延成，董守志，编著. 北京：金盾出版社，2010.

李宝嘉. 官场现形记［M］. 张友鹤，校注. 北京：人民文学出版社，2014.

李东垣. 珍珠囊补遗药性赋彩色药图［M］. 冯泳，杨卫平，主编. 贵阳：贵州科技出版社，2017.

李昉，等. 太平广记［M］. 北京：中华书局，2020.

李冗. 独异志［M］. 北京：中华书局，1985.

李汝珍. 镜花缘［M］. 上海：上海古籍出版社，2005.

李时珍. 本草纲目［M］. 赵尚华，赵怀舟，点校. 北京：中华书局，2021.

李肇，等. 唐国史补 因话录［M］. 上海：古典文学出版社，1957.

刘鹗. 老残游记［M］. 高新，标点. 长沙：岳麓书社，2002.

刘奇志.《红楼梦》中疾病对于林黛玉和薛宝钗的意义之比较［J］. 红楼梦学刊，2013（4）：181.

刘义庆. 幽明录［M］. 郑晚晴，辑注. 北京：文化艺术出版社，1988.

鲁迅. 鲁迅杂文集［M］. 沈阳：万卷出版公司，2013.

陆游全集校注［M］. 钱仲联，马亚中，主编. 杭州：浙江教育出版社，2011.

罗贯中. 三国演义［M］. 毛纶，毛宗岗，点评. 北京：中华书局，2009.

《难经》白话解［M］. 周发祥，薛爱荣，主编. 郑州：河南科学技术出版社，2020.

倪朱谟. 本草汇言［M］. 郑金生，等校点. 北京：中医古籍出版社，2005.

潘岳. 潘黄门集校注［M］. 王增文，校注. 郑州：中州古籍出版社，2002.

浦安迪. 明代小说四大奇书［M］. 沈亨寿，译. 北京：生活·读书·新知三联书店，2015.

伤寒杂病论白话解［M］. 李浩，梁琳，李晓，主编. 北京：北京科学技术出版社，2017.

神农本草经［M］. 孙星衍，孙冯翼，辑. 曹瑛，校注. 北京：中国医药科技出版社，2020.

沈金鳌. 幼科释谜［M］. 上海：上海卫生出版社，1957.

施耐庵. 水浒传［M］. 北京：人民文学出版社，1997.

苏颂. 本草图经［M］. 尚志钧，辑校. 合肥：安徽科学技术出版社，1994.

孙思邈. 千金方［M］. 刘清国，等校注. 北京：中国中医药出版社，1998.

陶弘景. 名医别录［M］. 尚志钧，辑校. 北京：中国中医药出版社，2013.

田笑，陶蒙. 《红楼梦》之饮食文化探究［J］. 文化产业（半月刊），2019（6）：25-28.

汪昂. 本草备要［M］. 郑金生，整理. 北京：人民卫生出版社，2005.

汪讱庵. 本草易读［M］. 太原：山西科学技术出版社，2014.

王如锡. 东坡养生集［M］. 章原，评注. 北京：中华书局，2011.

王士雄. 随息居饮食谱［M］. 刘筑琴，注译. 西安：三秦出版社，2005.

温病条辨［M］. 张志斌，校点. 福州：福建科学技术出版社，2010.

吴承恩. 西游记［M］. 黄肃秋，注释. 北京：人民文学出版社，1980.

吴敬梓. 儒林外史［M］. 张慧剑，校注. 北京：人民文学出版社，1958.

吴仪洛. 本草从新［M］. 北京：中国中医药出版社，2013.

西周生. 醒世姻缘传［M］. 北京：华夏出版社，2007.

严用和. 重辑严氏济生方［M］. 北京：中国中医药出版社，2007.

叶橘泉. 叶橘泉现代实用中药［M］. 北京：中国中医药出版社，2015.

袁炳宏. 《红楼梦》中中医药方剂名称翻译的问题［J］. 文教资料，2010（36）：40-42.

张鹭. 朝野佥载辑校 [M]. 郝润华, 莫琼, 辑校. 济南: 山东人民出版社, 2018.

张秉成. 本草便读 [M]. 太原: 山西科学技术出版社, 2015.

张伯礼, 吴勉华. 中医内科学 [M]. 北京: 中国中医药出版社, 2017.

张杲. 医说 [M]. 王旭光, 张宏, 校注. 北京: 中国中医药出版社, 2009.

张璐. 本经逢原 [M]. 赵小青, 等校注. 北京: 中国中医药出版社, 1996.

张山雷. 本草正义 [M]. 太原: 山西科学技术出版社, 2013.

赵廷海. 救伤秘旨·跌损妙方 [M]. 胡岳, 标点. 北京: 中国书店, 1993.

中医古籍珍本集式. 温病卷. 温热暑疫全书 [M]. 周仲瑛, 于文明, 主编. 长沙: 湖南科学技术出版社, 2014.

周礼·仪礼 [M]. 崔高维, 校点. 沈阳: 辽宁教育出版, 1997.

周密. 齐东野语 [M]. 黄益元, 校点. 上海: 上海古籍出版社, 2012.

朱震亨. 丹溪心法评注 [M]. 高新彦, 焦俊英, 冯群虎, 等解析. 西安: 三秦出版社, 2004.

宗懔. 荆楚岁时记 [M]. 姜彦稚, 辑校. 长沙: 岳麓书社, 1986.

后　记

　　秋风秋雨秋意浓，恰是绿肥红瘦时。盛夏时节的暑气已退，秋意降临。在这丰收的季节，在这金风送爽的时节，拙著《明清小说中的中医药书写研究》一书即将付梓刊印。此时此刻，我感慨万千。我为三年的辛勤付出而即将开花结果而感到欣喜，又为书中的不足而心怀忐忑。

　　写作的过程充满了艰辛，繁重的教学工作让我只能见缝插针，利用星星点点、零零星星的时间思考问题，撰写书稿。忙碌了一天，辅导女儿作业之后，已经是晚上将近十点，我打开电脑，翻开资料，大脑不断地思考，手指不停地敲打键盘。我在仔细阅读《三国演义》《水浒传》《西游记》《金瓶梅》《红楼梦》《醒世姻缘传》《镜花缘》《官场现形记》《老残游记》等明清经典小说的基础上，翻阅了《黄帝内经》《本草纲目》《伤寒杂病论》《中药学》《中医内科学》《中医外科学》《中药方剂》等中医学著作和中医药教材，研读了《古典文学与中医》《〈红楼梦〉与中药》《〈红楼梦〉中的医事描写》等研究文献，对文本中的中医药描写进行了深入思考。本书力图梳理明清小说经典作品中对医者、疾病、方剂、中药等的描写，还原明清时期中医药的发展情况及其文化背景，探求中医药书写的文学功能。

　　然而，由于时间仓促，个人能力有限，本书还存在一些不足之处，比如研究范围过宽，研究深度不够，需待进一步深入研究。敬请广大读者批评指正，希望有更多的学者，投入到文学与中医的研究领域。

  此书能够顺利完成和出版，感谢家人的支持，感谢同事的帮助，更要感谢四川大学出版社编辑老师的辛勤付出。

王莹雪
2022 年 9 月 28 日